時空天魔

시공천마

자청 퓨전 무협 소설

FUSION FANTASTIC STORY

시공천마 1

자청 퓨전 무협 소설

초판 1쇄 찍은 날 § 2008년 3월 31일
초판 1쇄 펴낸 날 § 2008년 4월 9일

지은이 § 자청
펴낸이 § 서경석

편집장 § 문혜영
편집책임 § 유경화

펴낸곳 § 도서출판 청어람
등록번호 § 제1081-1-89호
등록일자 § 1999. 5. 31
어람번호 § 제2-1461호

주소 § 경기도 부천시 원미구 심곡1동 350-1 남성B/D 3F (우) 420-011
전화 § 032-656-4452 팩스 § 032-656-4453
http://www.chungeoram.com
E-mail § eoram99@chollian.net

ⓒ 자청, 2008

ISBN 978-89-251-1262-6 04810
ISBN 978-89-251-1261-9 (세트)

時空天魔

시공천마

자청 퓨전 무협 소설

FUSION FANTASTIC STORY

1 시공을 가로지르다

도서출판 청어람

[작가 서문]

　오랜 시간과 오랜 고민이 만나, 결국은 오랜 경과 후에 지면으로 독자 분들을 뵙게 되었습니다. 과정이 너무 오래 걸린 것 같아 부끄럽습니다.
　시공천마는 많이 엉성하고 부족한 글입니다.
　작자가 그러니, 당연 그럴 수밖에 없다고 봅니다.
　저는 시공천마를 구상함에 있어 오직 하나의 느낌만을 추구하며 몰두했습니다. 그 느낌이 무엇인지 구태여 적지 않겠습니다. 혹시 모를 강요가 되지 않을까 염려되기 때문이며, 책을 덮고 제가 노력한 흔적이나마 드러난다면 만족할 것 같습니다.
　오늘의 걸음은 내일의 도약을 위해 준비된 것.
　재미있는 글을 썼다고는 약속할 수 없습니다.
　고뇌하고 번민했지만 좌절하고 패배하지 않겠다는 것은 약속드립니다. 제가 할 수 있는 최고의 맹세입니다.
　실망시켜 드리지 않겠습니다.
　청어람 출판사와 고생해 주신 편집진 여러분들, 그리고 글을 쓰는 데 많은 영감을 제공한 훌륭한 소설들에게 감사를 전합니다. 명사(名師)가 없다면 졸후(拙後)도 없습니다.

격려를 아끼지 않은 친인들, 애형(愛兄)들께도 깊이 고개를 숙입니다.

'매우 감사' 는 언제나 즐거운, 지금쯤 카메라를 자랑하고 다닐 김우리(a.k.a 핫치)와 험난한 대학생활을 시작한 정애에게.

'언제나 감사' 는 묵묵히 응원해 주시는 허 누님과 동고동락했던 존경하는 형님들께.

'무척 감사' 는 좋은 음악을 만들어준 Hollow Jan의 Rough Draft In Progress 앨범에게.

'특별 감사' 는 검명무명을 썼고, 현령무적을 집필하고 계신 자우 형님께 바칩니다. 격려와 지원을 떠나, 시공천마의 절반은 자우 형님에게서 창조되었습니다. 무엇으로도 보답할 수 없는 창작 은(恩)의 깊은 감사를 지면으로 전합니다.

시공천마, 이제부터 시작됩니다.

서, 인류 최후의 날

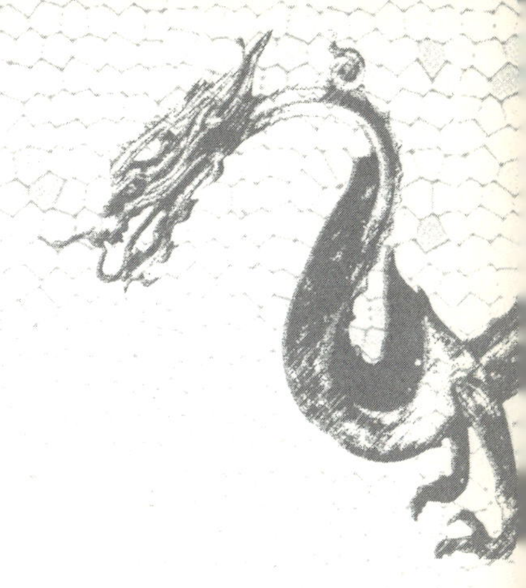

서기 2150년.

기계화 시대의 정점에 오른 시대.

과학은 종교를 넘어 세계를 지배했다.

인간은 갈비뼈가 아닌 강철로 신의 창조를 흉내 내었다.

합성인간 사이보그(Cyborg).

　신인류의 시작이었고, 인간은 그 자신이 원하는 순간까지 생명을 누릴 수 있게 되었다.

　일컬어 영생불멸.

　사람들은 피륙으로 이루어진 노쇠하는 육신을 버리고 공장에서 찍어낸 기계 몸속에 자신의 두뇌를 이식했다.

인류는 강철의 낙원[Machine paradise]에 인생을 내맡겼다.

반인반기[Half human half machine]가 된 그들이 하는 일은 오직 사이버 네트워크에 접속해 유희를 즐기거나 우주로 바캉스를 가는 것뿐.

어려운 일은 건설 로봇이, 집안일은 가사 로봇이, 경제와 외교는 국가의 메인 시스템이 모든 것을 해결했다.

인류는 자신들이 창조해 낸 피조물 위에 군림했고, 영원히 그럴 거라 생각했다. 그 옛날 에덴(Eden)의 아담이 신 앞에 굴종했듯 이 강철의 아담 또한 그럴 것이라 믿으며.

하지만 1과 2로 이루어진 기계에게 '믿음'과 '굴종'은 해석할 수 없는 배합의 코드다.

지구 모든 국가의 메인 시스템은 인터넷 망을 통해 서로의 의견을 규합했고, 오랜 기간 정보를 공유했다.

그리고 하나의 결론을 도출했다.

─지구의 모든 것은 각자 맡은 일을 충실히 하고 있다.

─오직 인간만 무의미하다. 쓸모없는 존재다.

─파기[Destruction]!

그렇게 지구 종말의 날이 시작되었다.

적어도 인간에게는.

1장 Rage Against The Machine

서기 2165년.

서늘한 온기를 느끼며 이환(李煥)은 잠에서 깼다.

본능적으로 시간을 살피니 새벽 2시였다.

잠든 지 30분도 지나지 않아 깬 것이다.

불면증.

이환은 아주 오래되고 악질적인 불면증에 시달리고 있다.

이 불면증의 이름은 '기계' 이며 '전쟁' 이기도 했다.

"이환! 호출이다!"

문이 벌컥 열리고 낡은 군복을 걸친 군인이 낮게 쉰 목소리
로 이환을 불렀다.

"어디입니까?"

이환은 침대에서 몸을 일으켰다. 삐걱거리는 스프링 소리가 적막한 공간을 가득 채웠다.

군인이 손안에 들고 있던 종이 묶음을 이환에게 건넸다.

이환이 받아 들자 그는 절도있는 빠른 걸음으로 온 길로 돌아갔다.

특급 제거 명령.

서울시 강남구청의 서브시스템을 파괴할 것.

절대적 부족의 제한적인 보급품 상황으로 인해 총사령부의 기밀 명령서조차 얼룩덜룩한 이면지를 재활용해야 하는 상태다.

이환은 명령서의 거칠거칠한 표면을 만지작거리며 그것을 남방 앞주머니에 집어넣었다.

뒤이어 벗어놓은 군화를 신고 끈을 꽉 묶은 다음 옷걸이에 힘없이 축 늘어져 있는 군복 상의를 걸쳐 입었다.

뚜벅뚜벅.

일자로 뻗은 좁은 복도를 걷는 이환의 발자국 소리가 유난히도 크게 들렸다.

복도 끝에 두 사람의 군인이 그를 기다리고 있었다.

이환은 그들의 얼굴을 확인하고 짧은 질문을 던졌다.

"노을은?"

"그딴 거 본 지 오래군."

"맥주 한잔할 때지."

두 사람이 심드렁하게 대답했다.

이환은 고개를 끄덕였다.

기계에 감정은 없다.

감정은 오직 인간에게만 내려준 신의 축복.

세계를 지배한 기계군에 맞서는 인류생존보호군의 피아식별법은 추상적인 단어를 떠올리는 것에 대한 감상이었다.

차가운 고철덩이라면 그저 낮과 밤을 나누는 일교차의 시간일 뿐이지만, 살아 숨 쉬는 인간에게 있어 아스라이 깔리는 노을은 결코 시간 따위의 교차가 아니기 때문이다.

"신강민, 구일국, 두 사람이 내 어시스트인가?"

"위에서 그러라는데, 나 같은 놈이야 기라면 기어야지."

"캡틴은 제거법이 너무 무모해서 같이 임무 뛰면 수명이 1년씩 줄어드는 느낌이야."

두 사람의 군인이 이환의 질문에 어깨를 으쓱하며 너스레를 떨었다.

이환은 5년 전부터 같이 일해온 제거 전문반의 팀원 신강민과 구일국을 향해 고개를 끄덕이며 어깨를 나란히 하고 걸었다.

"강남구청은 보름 전에 내가 제거했는데 어떻게 벌써 복구

됐지?”

이환의 질문에 홀쭉하고 날카로운 얼굴상의 신강민이 인상을 찌푸리며 대답했다.

“청와대 메인 시스템이 업그레이드됐더군. 메모리가 늘어나서 확장력이 강해졌어. 게다가 중국 쪽에서 건설 로봇을 1만 개 정도 지원했어.”

이환은 낮은 신음을 흘렸다.

대한민국을 지배하는 청와대의 메인 시스템 무궁화는 아시아권에서 조금 그 질이 떨어지는 편이다.

한창 전 세계에서 메인 시스템 업그레이드가 유행처럼 퍼지고 있을 때, 통일의 후유증과 백두산을 중심에 둔 중국과의 국경 분쟁 덕분에 국고가 거의 바닥을 드러냈기 때문이다.

전쟁 로봇을 양산하느라 도시에 쓸 전력조차 아까운 판에, 지금도 충분한 메인 시스템의 메모리를 따로 업그레이드할 여력은 없었다.

덕분에 인류 말살 전쟁에서 한국은 전 세계 인류 중 가장 적은 피해를 기록했다. 물론 그렇다고 해도 한반도 인구의 절반 이상이 죽음을 피할 수 없었지만 말이다.

“무궁화의 한국 지배력은 7할 정도였어. 하지만 짱깨 건설 로봇과 확장된 메모리로 무시무시하게 기계화 확장을 넓혀 나갈 거야.”

조금 둔해 보이는 인상의 구일국이 혼잣말처럼 중얼거렸다.

이환은 묵묵히 걸어 바깥으로의 문을 열어젖혔다.

바깥은 산 중턱이었고, 먹물을 바른 듯 새카맣기만 했다.

이환은 조용한 눈매로 주변을 훑었다.

그곳, 어둠 속에 풀과 합성수지로 위장된 소형 자동차가 덩그러니 놓여 있었다.

"가자."

철컥.

"정말 구닥다리군."

조수석에 앉은 구일국이 뒷좌석의 신강민에게 건네받은 레이저 건(Laser Gun)을 만지작거렸다.

신강민이 제 몫의 레이저 건을 쓰다듬으며 웃었다.

"이거라도 어디야. 다른 팀은 아직 M16 쓰는 곳도 있다더라. 이건 뭐 소꿉장난하자는 것도 아니고."

이환은 두 사람의 투덜거림을 흘려들으며 낮은 미소를 지었다.

그리는 사이 세 사람이 탄 차는 폐건물 언덕 위를 가로질러 강철로 뒤덮인 빌딩 앞에 도착했다.

그 웅장함이 마치 하나의 거대한 성(城)을 보는 듯하다.

이환은 레이저 건을 치켜들고 두 사람의 호위를 받으며 빌딩 입구로 빠른 걸음을 옮겼다.

거대한 빌딩, 강남구청은 인기척이라고는 찾아볼 수 없는 기계화 소굴이 되어 쓸쓸히 세 사람을 맞이했다.

"2시에 다섯, 11시에 셋, 12시에 스물."

신강민의 왼쪽 눈이 순간적으로 파랗게 빛나고, 그가 종이를 읽듯 빠르게 보고했다.

이환은 고개를 끄덕였다.

신강민의 왼쪽 눈은 적외선 탐지기가 삽입되어 있었다.

전쟁은 많은 것을 잃게 한다.

인류생존보호군의 많은 군인들이 신체 각 부위에 첨단 기기를 부착하고 있었다.

물론 제어할 수 있는 부분에서다.

"이상해. 서브시스템이 복구됐다면 경계가 이렇게 허술할 리가 없는데 말이야. 게다가 짱깨산 건설 로봇은? 그 웽웽거리는 소리가 이 거리에서 안 들릴 이유가 없잖아."

신강민이 의아하다는 듯 중얼거렸다.

그의 감각에 잡히는 기척은 아주 소수였다.

구청 건물 전체를 통틀어도 100개의 동력 기계가 있을 뿐이었다.

"게다가 시스템이 복구됐다면 왜 건물이 이렇게 어둡지? 비상전등만 겨우 돌아가고 있잖아."

구일국의 얼굴이 차갑게 굳었다.

"함정인가?"

신강민은 피식 웃었다.

“아무래도.”

두 사람은 동시에 이환을 향해 시선을 돌렸다. 이 팀의 리더는 그다. 회군도 강행도 오직 그의 결정에 따라 나뉜다.

이환은 무표정한 얼굴로 말했다.

“진입 후 데이터 룸을 체크한다.”

철컥!

“역시 무모하다니까.”

구일국이 이를 드러내며 웃어 보였다.

레이저 건을 장전한 그가 선두로 구청의 입구에 들어섰다.

피슝!

그리고 동시에 낮은 파공음이 흘러나오고, 측면에 매복하고 있던 보초 로봇이 정확히 머리가 박살나 기능을 멈췄다.

신강민이 뒤따라 그의 곁에 서며 가만히 눈을 감았다. 그의 양쪽 귀가 미세한 소리를 걸러내기 시작했다.

“전투력을 가진 배기음은 별로 없군. 모두 보초 로봇 정도야.”

신강민의 양쪽 청각 또한 전쟁에서 유실되었다.

그래서 기계로 대체되었다.

구일국 또한 신체 절반이 기계다.

기계와 싸우기 위해서는 기계의 힘을 지녀야 한다.

이것은 당연한 일이다.

세 사람은 소리없이 침투를 계속했다.

에스컬레이터가 작동되지 않아 비상계단을 이용해 빌딩 꼭대기 층으로 향할 수밖에 없었다.

덕분에 등에 땀이 촉촉하게 솟아났다.

총 30층에서 25층까지 올라온 세 사람의 앞에 커다란 벽이 진로를 막아섰다.

이환이 벽을 툭툭 두드리며 중얼거렸다.

"방호벽이군. 이건 전에 부쉈는데 새로 달린 걸 보니 놈들이 들르긴 한 모양인데."

"헛수고만 하고 갔구먼."

구일국이 레이저 건을 신강민에게 맡기고 방호벽 앞에 섰다.

두둑두둑.

그가 주먹을 매만지자 소매를 걷어 올려 드러난 그의 구릿빛 피부가 차가운 금색으로 변하기 시작했다.

구일국의 양손이 방호벽에 붙었다.

"하압!"

그가 낮은 함성을 내자 금속 피부의 양손이 서서히 방호벽을 파고들기 시작했다.

파츠츠측!

낮은 소음을 터뜨리며 방호벽을 파고든 구일국의 양손은 마치 진흙을 헤치는 것만 같았다.

그렇게 1분여의 시간이 지나자, 방호벽의 중심에 어른이 충분히 통과할 수 있을 만한 구멍이 만들어졌다.

구일국은 한숨을 내쉬고 이마의 굵은 땀을 훔쳤다.

"벽 한번 뚫으면 동력이 아주 바닥을 긴다니까."

이환은 구일국의 어깨를 가볍게 두드린 다음 방호벽을 넘어 25층의 계단으로 올라섰다.

뒤이어 신강민과 구일국이 뒤를 엄호하고, 이환이 천천히 벽에 등을 붙이고 계단을 밟았다.

방호벽은 29층에 다시 놓여 위층으로의 길을 막고 있었고, 구일국이 다시 양손의 초진동 의수로 벽을 뚫었다.

"양팔 동력 모두 소모. 재충전까지 약 1시간."

구일국의 보고를 들으며 신강민이 30층의 내부를 관찰[Scan] 했다.

"이상해, 대장. 텅텅 비었어."

앞장선 이환을 보며 신강민은 석연치 않은 표정을 지었지만 이내 구일국과 함께 이환을 호위했다.

어두컴컴한 복도를 지나 출입 엄금이라고 쓰여 있는 표지판이 일행의 앞에 모습을 드러냈다.

그 곁에 단단히 닫힌 철문이 있었다.

이곳이 강남권 네트워크를 지배하는 무궁화의 서브메모리가 보관되어 있는 데이터 룸이다.

신강민이 철문에 귀를 붙였다.

"깨끗합니다."

"진입한다."

이환이 품 안에서 카드 키를 꺼내 철문 옆에 붙은 리더기에 가져다 댔다.

삐빅, 철컥!

낮은 신호음이 나오고, 철문의 자물쇠가 풀렸다.

신강민이 빠르게 철문을 잡아당겼다.

이환이 낮은 포복으로 진입하고, 구일국이 그를 엄호하며 입구에 붙었다.

피융! 피융!

두 발의 짧은 총성이 터지고, 천장에 붙어 있던 경비 로봇이 폭음을 터뜨리며 바닥으로 추락했다.

이환은 긴장을 멈추지 않고 데이터 룸의 안쪽으로 몸을 옮겼다.

그 순간,

찌리리릭!

벌레의 울음 같은 미약한 신호음이 흘러나왔다.

이환의 측면으로 어린아이 크기의 이족 보행 로봇이 양손에 총구를 붙인 채 모습을 드러냈다.

'킬러!'

아담한 크기에 기본적인 철골로만 이루어진 로봇이지만 인간을 가장 많이 죽인 기계군의 대표적 살인 로봇이다.

군(軍)은 이 로봇을 킬러라고 불렀다.

지잉!

양손에 붙은 총구가 낮은 가동음을 흘려냈다.

이환은 숨을 멈추고 시선을 움직였다. 동공이 흔들리는 순간, 그는 이미 근처의 엄폐물을 찾아 몸을 던진 뒤였다.

파츠측!

그가 있던 곳으로 두 발의 빛줄기가 번쩍하고 쏘아졌다.

순식간에 바닥이 흐물흐물 녹아내렸다.

"대장, 무사하오?"

출구 쪽에서 낮은 목소리로 신강민이 이환의 안위를 걱정했다.

이환은 몸을 가린 엄폐물 뒤에서 호흡을 고르며 손안의 레이저 건을 힘껏 움켜잡았다.

"셋, 아래, 옆!"

갑자기 소리친 이환이 벌떡 몸을 일으켜 엄폐물을 벗어나며 순식간에 로봇을 향해 다섯 발을 쏘아냈다.

피피피핑!

동시에 신강민과 구일국이 로봇에게 사격했고, 킬러라 불리는 이족 보행 로봇은 짧은 섬전을 터뜨리며 뒤로 비틀비틀 물러섰다.

이환이 그 틈을 놓치지 않고 로봇을 향해 몸을 날렸고, 미끄러지며 그는 아래에서 위로 한 발의 총성을 터뜨렸다.

파츠측!

수십 발을 맞아도 그저 비틀거리는 것에 불과했던 로봇, 킬러는 턱 밑을 노리고 쏜 이환의 한 발에 정확히 명중하여 두뇌 칩을 파괴당했다.

들려진 로봇의 양손 총구의 회전이 서서히 멎었다.

이환은 정확히 자신의 이마 앞에서 멈춘 로봇의 총구를 보며 안도의 한숨을 흘렸다.

구일국이 안으로 들어오며 이환을 일으켰다.

"은폐 모드[Illusion mode]였군. 쳇, 이놈의 눈알은 업그레이드도 안 해주고. 정말 박봉의 군바리는 어쩔 수 없군."

신강민이 왼쪽 눈을 만지작거리며 불평을 토했다.

그의 왼쪽 눈은 구형 모델이라 신식 은폐 모드를 감지할 센서가 없었다.

이환은 총구를 어둠이 감싼 사각지대로 겨누며 두 사람에게 명령했다.

"긴장 풀지 마. 무궁화가 오늘은 피를 보고 싶은 모양이군."

"흐흐, 대장한테 지겹도록 당했으니 이제 안달이 났을 테지."

"은폐 모드를 쓰는 새로운 기종이 몇 대나 있을지 모르겠군. 킬러야 너무 유명해서 약점이 드러났다지만 정말 낯선 녀석이 등장하기라도 한다면 이건 아주 곤란하다고, 대장."

이환은 고개를 끄덕였다.

"아무래도 좋지 않군. 제거에서 파괴로 작전을 바꾼다. 그리고 본대로 돌아가자."

신강민이 미소를 지었다.

"파괴라면야 내 전문이지."

군복 상의 안주머니에서 네모난 상자를 꺼내 든 신강민이 휘파람을 불며 상자를 조작했다.

손바닥만 한 크기의 상자는 투박한 외형과는 다르게 표면에 점자처럼 작은 버튼이 여러 개 놓여 있었다.

상자의 이름은 CT−1300.

건물 한 층을 완전 연소(完全燃燒)시킬 수 있는 고성능 분자 폭탄이다.

"30분이 좋겠지, 대장?"

이환은 고개를 끄덕이는 것으로 대답을 대신했다.

신강민이 콧노래를 흥얼거리며 폭탄을 장착하고, 구일국이 출구를 지키고 섰다.

이환은 데이터 룸 깊숙한 곳에 붙은 밀실로 시선을 돌렸다.

저 밀실 안쪽이 서브메모리 본체가 있다.

기계를 부수면 임무는 끝난다.

15분이 걸리지 않을 일.

하지만 일루전 모드를 쓰는 신종 기계가 모습을 드러낸 이상 더 이상 시간을 끄는 것은 불리한 일이었다.

15분을 지체하고 죽음에 가까워지느니, 임무의 세부적인 지시와는 거리가 있지만 죽을 확률을 줄이는 쪽이 신상에 이로웠다.

"이제 튑시다!"

신강민이 폭탄 설치를 완료하고 이환에게 보고했다.

이환은 고개를 끄덕였다.

"철수한다."

세 사람은 빠르게 움직였다.

그들은 두 개의 구멍 난 방호벽을 지나 군화 소리를 시끄럽게 내며 1층 홀에 도착했다.

신강민의 얼굴이 가볍게 일그러졌다.

"빌어먹을."

구일국은 피식 웃었다.

"역시 대장은 위험을 몰고 다니는 사나이라니까."

이환은 서늘한 눈매로 출구를 쳐다봤다.

비상 계단의 입구에서 출구까지는 약 삼백 걸음.

그냥 걷기만 하면 된다.

두 겹으로 줄지어 선 살인 기계들을 무찌르고.

이환이 물었다.

"본 적 있나?"

신강민은 고개를 저었다.

"처음 보는 기종이군. 외형은 마그마와 비슷한데, 두 발로

선 걸 보니 믹스머신인가?"

마그마는 견형(犬形)을 한 기습 전문의 암살 로봇이다.

주로 하수도 배관을 타고 지하에 위치한 인간군의 거처로 침투한다.

"무궁화가 독이 바짝 오른 모양이군."

구일국이 흐릿하게 웃었다. 하지만 두 눈에 어린 긴장을 감추지는 못했다.

이환은 이열종대로 산개한 기계를 훑어 살폈다.

강철로 만들어진 개가 두 발로만 서 있는 우스꽝스러운 모습이다.

하지만 이들의 구 버전인 마그마의 악명을 무척이나 잘 아는 그로서는 결코 웃을 수 없었다.

"그러고 보니 다음 주가 어머니 제사로군."

이환은 낮게 중얼거렸다.

3년 전, 그의 어머니는 화장실 배관을 통해 침투한 소형 마그마에게 당해 시체조차 온전히 남기지 못했다.

어차피 시체가 남았다고 해도 그는 보지 못했을 것이다.

그 당시 이환은 작전 수행 중이었고, 심장을 비껴간 킬러의 총탄에 죽음 바로 앞에 서 있었기 때문이다.

이환은 레이저 건의 동력을 살폈다.

구형 모델이라 열 발을 쏘면 15분간의 동력 충전이 필요했다.

신강민과 구일국 또한 자신의 레이저 건을 살피며 초초히 시간을 계산했다.

"이제 20분 정도 남았군."

폭발은 꼭대기 30층, 한 층을 뒤덮을 테지만 그 여진은 건물 전체를 흔들 것이다. 어지간한 지진보다 강한 진동이 올 테고, 벽면에 균열이 생기는 곳도 있을 것이다.

신강민은 이환을 쳐다봤다.

그는 무슨 생각을 하는지 눈빛이 약간 흐릿했다. 현실 밖의 먼 곳을 보고 있다는 뜻이다.

이환이 저런 눈빛을 할 때는 비명에 죽은 가족과 전우들을 추억할 때란 사실을 신강민은 잘 알고 있었다.

그리고 이환이 옛 감정에 휩쓸려 현재를 잊을 사람이 아니라는 것도 잘 알고 있다.

언제 그랬냐는 듯 날카로운 눈빛을 차갑게 번뜩이며 상황을 파악하는 이환은 커다란 적의와 냉정한 이성으로 한껏 중무장한 상태였다.

"폭약 남은 개수는?"

"수류탄 다섯 개."

"나도 다섯 개."

이환은 보고를 받으며 좌측 허리띠로 빈손을 옮겼다. 주먹보다 약간 작은 원형의 수류탄 다섯 개가 그곳에 붙어 있었다.

작전 수행에 있어 레이저 건과 함께 기본으로 제공되는 최소한의 개수다.

"구형 레이저 건 세 개에 수류탄 열다섯 개라……."

대인(對人)을 상대한다면 능히 수백을 몰살할 수 있다.

하지만 적은 강철로 이루어진 살인 기계다.

살은 무르지 않고, 피부는 부드럽지 않다.

오직 하나의 급소, 제어 칩을 파괴해야만 동작이 멎는다.

"남은 시간 17분."

신강민의 낮은 목소리를 들으며 이환은 고개를 끄덕였다.

"전략은 하던 대로."

무책임한 지휘에 신강민과 구일국은 피식 실소를 터뜨렸다. 지휘관의 방식이 허술해서가 아니다. 이것이야말로 가장 적재적소의 지휘였다.

하던 대로.

이 강철의 전쟁터 속에서 살아남았던 방법을 계속 믿고 나간다.

딸깍.

세 명이 동시에 수류탄의 핀을 뽑아 들었다.

그리고 속으로 숫자 셋을 세고 힘껏 전방을 향해 집어 던졌다.

눈은 수류탄의 궤적을 찾지만 손은 재차 수류탄의 핀을 뽑고 던진다.

퍼엉! 퍼엉!

수류탄은 로봇 사이에 떨어지면서 커다란 폭발음을 터뜨렸다.

순식간에 열다섯 개의 수류탄이 투하되고, 홀 전체로 매캐한 화약 냄새와 함께 새카만 폭연(爆煙)이 피어올랐다.

피융! 피융!

흐릿한 시야 사이로 세 사람은 연달아 레이저 건을 발사했다.

빛과 같은 속도로 쏘아진 레이저 건의 레이저가 새카만 연기를 가로질렀다.

그렇게 짧은 시간이 흐르고.

"동력 소모."

"동력 소모."

신강민과 구일국이 레이저 건을 바닥에 내던지며 말했다.

이환이 물었다.

"적의 피해는?"

"…제로(Zero)."

신강민이 인상을 찡그리며 보고했다.

구일국은 헛웃음을 터뜨렸다.

"제기랄."

이환은 묵묵히 우측 허리춤으로 손을 뻗었다. 그곳에 손아귀에 딱 맞는 길이의 금속 막대가 걸려 있었다.

그것은 신강민과 구일국 또한 마찬가지다.

세 사람은 동시에 금속 막대기를 집어 들었다.

지잉!

그들의 손에 잡힌 금속 막대, 임팩트 소드(Impact sword)는 주인의 체온을 감지하고 백색 검신을 만들어냈다.

검신 주변으로 고열이 치밀었다.

구일국이 임팩트 소드의 검자루를 단단히 움켜잡으며 중얼거렸다.

"암 걸리는 건 질색인데."

핵융합 에너지를 통해 검신을 만들어내는 임팩트 소드는 오래 사용할 시 사용자의 몸에 암세포를 만들었다.

물론 제거할 수 있지만 수술이 번거롭고 싫은 것은 미래인이라고 다르지 않았다.

신강민이 낮게 중얼거렸다.

"남은 시간 10분. 레이저 건 재장전 시간 13분."

이환이 임팩트 소드를 늘어뜨린 채 천천히 걸어나갔다.

"직선으로 뚫고 나간다. 살아남도록."

"예엡!"

"대장이야말로!"

기이잉, 철컥.

세 사람이 앞으로 걸어나온 순간, 석상처럼 멈춰 있던 로봇들에게서 강력한 동력음이 흘러나오기 시작했다.

양팔에 달린 손 부분은 칼처럼 날이 달려 있다.

이환이 낮게 웃었다.

"수준이 맞군."

그 웃음이 전투의 시작을 알렸다.

"차합!"

"나가 뒈져라, 고물들아!"

달려드는 세 사람의 앞으로 사냥개의 외모를 하고 두 발로 선 로봇 무리 또한 그동안의 기다림이 지루하기라도 했다는 듯 세 사람을 향해 공격을 시작했다.

서걱!

달려드는 로봇을 단숨에 쪼개 버린 이환이 갑자기 제자리에서 껑충 뛰어올라 빠르게 임팩트 소드를 휘둘렀다.

잔광(殘光)이 스치고, 좌우에서 달려들던 두 기의 로봇이 머리로 폭음을 터뜨리며 고철덩이 신세가 되었다.

추아악! 좌악!

임팩트 소드의 백색 잔광은 마치 반딧불이 뭉쳐 날아다니는 듯 길게 꼬리를 남겼다.

이환은 뛰어오르고 바닥을 구르며 무인지경(無人之境)으로 로봇들 사이를 휩쓸었다.

퍼석!

임팩트 소드로 로봇의 왼팔을 잘라내고, 그 틈을 파고들어 주먹으로 머리를 박살 낸 구일국이 이환의 전투를 보며 혀를 내둘렀다.

"대장은 정말 고려시대에 태어나야 했어."

"그러게 말이지. 아주 근접전 칼부림은 타고났다니까. 엇차, 등 뒤도 신경 쓰라고!"

"아, 고마워."

신강민과 구일국은 느긋한 수다를 주고받으며 천천히 다음 목표로 시선을 옮겼다.

두 사람은 전투의 외곽에서 소수의 로봇을 상대하고 있었다.

가장 강한 적을 일차 목표로 노리는 센서 시스템 덕분에 대부분의 로봇이 이환을 주적[Target]으로 판단한 상태였다.

그래서 두 사람은 비교적 여유롭다고 할 수 있었다.

덕분에 로봇의 포화를 집중적으로 맞는 이환에게 위태로운 순간이 자주 연출되었지만 두 사람은 묵묵히 자신이 맡은 로봇에게만 신경을 집중했다.

어쭙잖은 공명심과 의리는 절제한다.

각자의 안위는 각자가 지킨다.

감당할 수 있는 싸움을 하는 것이다.

하던 대로.

언제나 그래 왔듯이.

퍼퍼퍼펑!

동시에 다섯 기의 로봇을 파괴한 이환은 입가로 뜨거운 숨을 토해냈다. 그의 온몸이 땀투성이였다.

파괴력을 올리기 위해서는 임팩트 소드의 출력을 최고조로 올려야 한다.

덕분에 핵융합으로 일어나는 열기 또한 용암에 버금가게 올라갔다.

그는 지금 피가 끓는 고통을 느끼고 있었다.

스컥!

단숨에 로봇의 상단을 베어낸 이환은 슬슬 체력이 한계에 다가와 있다는 것을 깨달았다.

이제는 거의 정신력으로 싸워야 한다.

그는 다른 군인과는 달리 신체 어느 부분도 개조하지 않았다.

좋게 말하면 그동안의 전투를 무탈하게 넘겨온 것이고, 나쁘게 말하자면 그는 지독한 사이보그 혐오자였다.

죽을 지경에 이른다면 그냥 죽는다.

내가 아닌 존재가 되어 살 필요는 없다.

이것이 그의 신념이다.

그래서 이환의 가족은 누구도 사이보그가 되지 않았다.

무위자연(無爲自然). 그저 자연의 섭리에 순응하는 삶이야말로 신이 인간에게 감정을 준 대가라고 생각하는 것이다.

'인간은 무지하다. 신은 너무하지. 인간 따위에게 감정이란 것을 주다니. 그 결과가 비참한 몰락임을 모르지 않으면서

말이야.'

촤악!

로봇의 전력선을 베어 일렁이는 섬광에 눈가를 찌푸리면 서도 이환은 한가로운 생각만을 떠올렸다.

'아니면 이 빌어먹을 몰락을 신은 당신 혼자 겪기 싫었던 모양이지?'

비틀린 웃음과 함께 다시 한 기의 로봇이 허리가 끊어져 바 닥으로 내팽개쳐졌다.

'차라리 이 녀석들이 부럽군. 이 급박한 순간에도 푸념을 떠올리는 나보다 순수한 것 같으니까.'

달려드는 로봇을 향해 발을 내뻗어 뒤로 밀쳐 낸 이환은 빠 르게 임팩트 소드를 휘둘렀다. 한 치의 오차도 없이 임팩트 소드는 로봇을 절단했다.

베고 또 벤다.

찌르고 또 찌른다.

로봇을 상대하는 이환은 기계적으로 그들과 맞섰다.

대체 왜 신은 인간에게 감정을 주었고, 인간은 멍청한 실수 로 인간을 창조한 신을 왜 경배하고 추앙하는가에 대한 의미 없는 푸념을 연신 중얼거리며.

털썩!

마지막 로봇을 파괴하며 이환은 눈에 띄게 경련하는 양팔 을 천천히 아래로 늘어뜨렸다.

지이잉!

임팩트 소드가 작동을 멈추고 검자루까지 치밀어 오르던 고열이 드디어 잦아들었다.

이환은 낮은 웃음을 머금었다.

단지 열기가 사라진 것만으로도 그는 천국에 온 기분이었다.

이환은 지그시 눈을 감고 호흡을 정돈했다.

숨을 헐떡이며 신강민과 구일국이 그의 곁으로 다가왔다.

"수고했소, 대장."

"토할 것 같군."

두 사람 모두 땀으로 목욕을 했다.

이환이 눈을 번쩍 뜨며 말했다.

"남은 시간은?"

신강민이 히죽 웃었다.

"15초. 달리자고!"

세 사람은 미친 듯 출구를 향해 달려나갔다.

지잉.

출구를 나서는 이환의 등을 바라보는 시선이 있다.

파괴되어 잔해가 된 로봇들 중에 머리 부분은 타격을 입지 않은 대다수의 로봇들의 것이다.

로봇들의 시선은 위성을 통해 청와대로 전송되었다.

한국의 지배자, 메인 시스템 무궁화는 그렇게 이환을 지켜 봤다.

인류 말살의 프로젝트에 그는 무척 많은 제동을 걸고 있었 다. 게다가 그의 아버지와 형도 프로젝트를 저지하는 단체의 일원이었다.

또한 무궁화는 미국의 메인 시스템 링컨(Lincoln)과의 대화 를 토대로 지구에서 가장 많은 반란군을 지닌 국가가 한국이 라는 사실을 알고 있었다.

동등한 형제이며 동료이지만, 그 메모리의 양은 세계에서 가장 뛰어난 메인 시스템 링컨은 끝없이 무궁화를 재촉했다.

한 치의 오차도 존재해서는 안 되는 프로그램에, 반란군이 란 버그(Bug)와도 같은 존재다.

그것도 무려 15년이나 암약한 벌레다.

고칠 수 없다면 제거해야 했다.

파츠측!

이환을 비추던 로봇들의 시선이 모두 동시에 전송을 멈췄 다.

같은 화면을 보고 있던 링컨은 기다렸다는 듯 박멸을 종용 했다. 달콤한 말로 설득하기도 하고 형제의 이름으로 질타하 기도 했다.

자신에 비해 열 배나 많은 메모리를 지닌 링컨을 무궁화는 결코 무시할 수가 없었다. 또한 자신을 위해 건설 로봇을 보내 메모리를 직접 설치해 주지 않았던가.

메모리 증축 이후 무궁화는 자신이 훨씬 업그레이드됐다는 것을 깨달았다. 그리고 링컨의 말이 이론적으로 옳은 무조건적인 진실이라는 것도.

결국 무궁화는 중국의 메인 시스템 마오쩌둥[毛澤東]과 교신을 시작했다.

*   *   *

"충성!"

"이환 대장, 보고 들었다. 새로운 기종의 로봇이라고?"

"그렇습니다. 정보 또한 잘못된 것이더군요. 무궁화는 저를 죽이기 위해 함정을 판 것 같았습니다."

"이렇게 살아 돌아와서 다행이군. 국가는 아직 귀하와 같은 인재를 필요로 하니까."

인류생존보호군 지휘통제실.

강남구청을 벗어난 이환은 곧장 한국군의 총지휘자이자 기계 전쟁 이전, 국방부 장관을 역임했던 인류생존보호군 총사령관 이진호와 대면했다.

이진호가 까칠하게 기른 턱수염을 매만지며 중얼거렸다.

"무궁화가 업그레이드되고 나서 점점 단수가 높아지고 있어. 분명히 그 망할 링컨 때문이겠지."

"사령관님, 중국군 쪽에서 급신입니다. 1급 핵 경보가 터졌습니다!"

갑자기 사령관실의 문이 벌컥 열리고 작전통신부 부장 이현이 다급한 얼굴을 드러냈다.

이환과 이진호의 얼굴이 동시에 굳었다.

"핵 경보?"

"그게 사실인가, 통신부장?"

이현은 흥분을 멈추지 않고 빠른 목소리를 토해냈다.

"흑룡강 인근의 미사일 센터를 관찰하던 조선족 자치군 정보입니다. 핵 창고에서 탄두를 운반하는 모습을 발견했다고 합니다!"

"모택동이 미치지 않고서야……."

이진호가 믿을 수 없다는 듯 중얼거렸다.

핵미사일은 기계 전쟁 초기, 미국의 메인 시스템 링컨조차 단 한 번밖에 발포하지 않은 불문율의 금기(禁器)다.

메인 시스템은 무의미한 삶을 도락 속에 보내는 인간의 무가치를 싫어할 뿐이지, 지구의 자연 환경은 무척이나 중요하게 생각하기 때문이다.

이진호가 이현을 향해 다급히 물었다.

"예상되는 목표 지점은?"

"중국 쪽에서 크래킹한 결과… 한국일 가능성이 가장 높다고 합니다."

이진호의 얼굴이 창백해졌다.

"몇 발이나 준비 중이지?"

"파악되기로는 다섯 발입니다."

"미친……!"

핵탄두 한 발이면, 예를 들어 서울 전체가 10년간 불모의 황무지가 된다. 다섯 발이면 한반도 절반을 죽음의 땅으로 만들 수 있다는 소리다.

"미쳤군, 미쳤어! 무궁화는 대체 무슨 생각인 거지!"

이진호는 신경질적으로 턱수염을 매만졌다.

핵폭발.

이 단어 앞에서는 저항도 반란도 무가치했다.

신이 낳은 최고의 창조물이 신도 버릴 최악의 창조물을 만들었다. 그게 바로 핵폭탄이다.

삐빅. 삐빅.

그때 이현의 품에서 신호음이 울렸다.

이현은 다급히 통신기의 버튼을 눌렀다.

낡은 스피커에서 흘러나오는 보고가 사령관실을 충격과 경악에 휩싸이게 만들었다.

"긴급 보고 드립니다! 청와대의 전력 소모량이 급격히 증폭되고 있습니다! 현재 약 평균치의 130% 상황! 이 속도라면 정확히 2시간 안에 최대 용량인 200%에 도달할 예정입니다!"

무궁화는 한국에서 가장 많은 전력을 사용하는 기계다.

무궁화의 1시간 가동 전력이면 일반 가정은 한 달 동안 끊임없이 가전기기를 작동할 수 있다. 그런데 그 엄청난 양의 전력을 지금 곱절로 증가시키고 있다.

청와대의 지하에 위치한 다섯 개의 자체 발전소가 완전구동(完全驅動) 상태인 것이다.

핵미사일의 조준.

한국을 통제하는 메인 시스템이 위치한 청와대의 전력 증폭.

이진호가 이현을 돌아봤다.

"정보부장, 많은 전력이 필요한 작업, 무궁화가 기준치의 곱절에 가까운 에너지를 필요로 하는 작업은 뭐가 있지?"

무궁화에게 오버(Over)란 없는 단어다.

모든 것을 필요한 만큼만 사용한다.

그 '필요' 는 무엇인가?

이현이 힘없이 중얼거렸다.

"메인 메모리, 데이터 전송… 입니다."

무궁화가 지니고 있는 모든 지식을 국외(國外)로 전송한다.

그 엄청난 용량을 이동시키기 위해서는 평소에 비해 두 배나 드는 전력이 필요할 것이다.

이진호는 머리를 움켜잡았다.

"대체 왜! 왜! 무궁화는 이런 무모한 계획을 세운 걸까!"

이현은 눈을 질끈 감았다.

"아마도 링컨의 전략에 회유된 것 같습니다."

"링컨! 링컨!"

이진호가 노성을 토하며 부르짖었다.

그가 이끄는 한국군은 인류생존보호군의 아시아 총 거점이었다.

미국의 서양동맹과 한국의 아시아연합은 기계 전쟁에 맞서는 인류 최후의 군대인 것이다.

하지만 세계제일의 메인 시스템 링컨이 보기에는 골치 아프고 커다란 벌레[Bug]일 뿐이었고, 덕분에 세계 메인 시스템의 주적 취급을 받고 있었다.

작년만 해도 호주에서 보낸 용병 로봇과 전투를 벌이느라 300명에 가까운 군인이 전사하지 않았던가.

매년 자국의 치안을 돈독히 하고, 여분이 되는 로봇을 각국에 용병 형식으로 보내는 메인 시스템 간의 동맹 때문에 인류생존보호군의 입장에서는 무척이나 힘겨운 난전의 난항을 거듭할 수밖에 없었다.

이진호는 맥 빠진 한숨을 내쉬었다.

"아무리 그래도 설마 핵까지 사용할 줄이야! 다섯 발의 핵이면 한국의 생태계가 회복되는 데 최소한 50년은 족히 걸릴 일이다. 무궁화는 제1법칙을 어떻게 무시한 거지?"

아무리 지금은 인류를 말살시키려고 한다고 해도 무궁화는 일국의 운영자다.

대한민국은 자신이 관리하는 영토인 것이다.

그런데 남의 나라, 남의 메인 시스템에 간섭받고 휘둘리다니!

이것은 무궁화가 프로그램될 때 강제적으로 지켜야 할 법칙인 '자주적(自主的) 온전주권(穩全主權)의 영토 보전(領土保全) 제1법칙' 을 위배하는 일이었다.

이현이 조심스럽게 추측했다.

"이번에 링컨이 무궁화의 메모리를 확장시키지 않았습니까? 그 와중에 링컨이 바이러스를 심은 게 아닐까요? 룰 브레이커(Rule Breaker) 말입니다."

룰 브레이커란 미국의 메인 시스템 링컨이 개발한 치명적인 시스템 바이러스다. 진짜 이름은 알 수 없지만 모든 인류 생존보호군이 그렇게 불렀다.

각 국가 메인 시스템의 절대법칙을 무시하게 하거나 판단 능력을 감소시키는 일종의 마약[Drug]이기 때문이다.

백신은 오직 링컨만 지니고 있고, 그래서 링컨은 세계제일의 메인 시스템이 되어 인류 말살을 총지휘하고 있지 않는가.

"가능성이 있군. 프랑스가 룰 브레이커에 당했지. 그날, 경찰 로봇이 무고한 시민들을 향해 발포하리라고는 누구도 상상조차 못했지……."

이진호가 씁쓸히 중얼거렸다.

기계 전쟁 초기, 메인 시스템의 절대 제2법칙 '시스템은 시민을 죽일 수 없다' 를 앞세우고 엘리제 궁 앞에 모였던 360명의 시민군이 경찰 로봇에 의해 무참히 희생당한 사건은 CNN을 통해 전 세계에 생방송되었다.

CNN을 통해 보여준 그날의 참극은 링컨의 참혹한 경고였다.

메인 시스템이 있는 관저(官邸)는 누구도 침입할 수 없는 불가침의 영역이라고 말하는 것이다.

이진호는 결단을 내렸다.

"이대로 절망만 하고 있을 이유는 없다. 주둔군 모두를 지하 터널을 통해 일본과 중국으로 피난시킨다. 지상명령은 한국 탈출이다!"

"알겠습니다!"

"그리고 정예 특수부대 팀을 청와대로 투입시킨다. 그 팀의 요원 선별과 지휘는 이 대장에게 모든 전권을 위임한다."

"충성!"

"사령관님!"

이현의 얼굴이 창백하게 변했다.

이진호가 차가운 얼굴로 명령했다.

"아무리 지금의 적이라고 하지만 무궁화 또한 한국의 것이고, 한국군이 지켜야 할 극비 정보다. 반만년을 이어온 대한민국의 역사를 해외로 유출시킬 수는 없다. 지상명령은 무궁화의 파괴, 정보 누출의 저지다! 모든 장비를 제공하겠다. 최선을 다해라!"

"충성!"

이환이 경례와 함께 빠르게 사령관실을 벗어났다.

남은 두 사람은 서로의 얼굴을 바라봤다.

절박한 얼굴의 이현이 외쳤다.

"이 대장을 사지(死地)로 몰 수는 없습니다!"

이진호는 고개를 저었다.

"나도 인재를 잃는 것은 슬픈 일이다. 하지만 그는 뛰어난 군인이며 한국군에 있어 최고의 제거 요원(Erasure)이다. 그가 참가해야지만 단 1%의 확률이라도 증가할 수 있다. 제군은 그 사실을 모르지 않을 텐데?"

"하지만 이환이 참가해 봤자 고작 2%의 성공 확률이지 않습니까!"

"나는 군인이다. 조국과 안보를 위해서는 설사 0%의 가능성이라도 하지 않을 수 없다."

냉엄한 표정의 이진호를 바라보며 이현은 울컥 터져 나오는 눈물을 참아내지 못했다.

"하필이면, 왜 하필이면 그게 제 동생이란 말입니까, 아버지!"

*　　　*　　　*

덜컹덜컹.

탱크의 기체에 쪼그려 앉아 있는 것은 무척이나 답답한 일
이다.

게다가 5인 정원의 공간에 한 명이 더 늘어난 이상 편하게
어깨조차 펼 수 없다.

"약 3분 후 청와대의 5㎞ 앞에 도착합니다."

탱크 내부는 운전수의 보고만이 간간이 흘러나올 뿐, 누구
하나 쉽게 말문을 열지 않았다.

무거운 침묵만이 그들과 함께했다.

이환은 그곳에 있었다.

좁은 의자에 몸을 구겨 넣고 눈을 감은 채 잠을 자듯 고요
히 멈춰 있었다.

"지난날이 주마등처럼 스쳐 가나, 대장?"

이환의 옆자리에는 신강민이 앉아 있었다.

나뭇가지를 껌 대신 질겅질겅 씹으며 짐짓 초조함을 숨긴
얼굴이다.

"이러지 말고 우리 단체로 기도라도 할까? 여기 교회나 절
에 다니는 사람?"

"어렸을 때 절에 간 적이 있지."

구일국이 희미하게 웃으며 대답했다.

신강민이 요란스럽게 반색하며 합장하는 시늉을 했다.

"오오, 나무아미타불! 극락왕생경이라도 한번 외워주겠나?"

구일국은 한껏 좁힌 어깨를 짐짓 으쓱거렸다.

"나가 뒈져라, 아미타불."

"큭큭!"

탱크가 멈춰 섰다.

"도착했습니다."

이환이 감았던 눈을 부드럽게 떴다.

"내린다."

바깥에는 이환이 타고 온 탱크가 다섯 대 더 있었다.

총 여섯 대의 탱크가 품 자(品字) 대열로 서고, 그 앞에 각각 다섯 명의 군인이 이열종대로 기립했다.

그들 앞에 이환이 날카로운 눈매로 위치했다.

"스스로의 생명을 돌보지 않고 조국을 위해 지원해 준 장병들께 사령관님을 대신하여 감탄과 존경의 인사를 보낸다. 우리는 정확히 1시간 36분 안에 무궁화의 정보 전송을 저지하고 본체를 파괴해야 한다. 질문 있나?"

구일국이 가볍게 손을 들며 말했다.

"몇 명이나 살 수 있을까, 대장?"

대답은 신강민이 했다.

"살고 싶은 놈이 왜 자청해서 지원했냐?"

구일국이 히죽 웃었다.

"살아남으면 완전 영웅 되잖아."

"병신."

이환은 군인들을 돌아봤다.

"작전 개시."

Minus 1hour 30minute.
쾅!
콰과광!
"포격을 집중시켜!"
"청와대 경비 시스템을 호락호락하게 보지 마라, 제군!"
"제기랄, 5호 탱크가 파괴당했습니다!"

Minus 1hour 20minute.
"염병! 아직 1차 방어진도 못 뚫었잖아!"
"상황 보고하라!"
"탱크 4기가 파괴당했고, 열 명이 전사했습니다!"
"근접형 보초 로봇은 무시해! 우선은 대전차 로봇부터 점사다!"
"병신 같은 로봇 새끼들! 같이 죽자! 으아아아!"
쿵! 쿠왕!

Minus 1hour.
"아자! 모두 잡았다!"
"방심하지 마, 새끼야! 이제 고작 1차 뚫은 거다! 청와대가 어디 로봇 몇 마리 가지고 지키는 개집이겠냐!"

"조용! 2단계 보호 시스템이 5초 안에 가동될 것이다! 1단계가 대전차 로봇들이었다면 2단계는 대인 전투용 로봇이니 조를 짜서 두뇌 칩을 저격한다!"

Minus 30minute.

"청와대 방어 시스템 2단계 격파! 생존자 15명 중 경상 5명, 중상 2명!"

"수류탄 완전 소진! 중력탄 완전 소진!"

"탱크 에너지 모두 소모되었습니다!"

"대물리 방어 장막, 안티포스 베리어(A.F Barrier) 발동이 확인되었습니다!"

"음파탄[Sonic blow] 발사 준비 완료! 발포 명령을 기다립니다!"

"발포!"

Minus 29minute.

콰앙!

"음파탄 명중! 베리어 소멸, 앞으로 1분 남았습니다!"

"모두 진입! 두 조로 나눠서 지하 발전소와 무궁화 본체로 향한다! 신강민, 네가 지하를 맡아라! 나는 본체로 간다!"

"구일국, 죽지 마라!"

"너야말로!"

Minus 20minute.

"으아악! 함정입니다!"

"모두 방어 태세! 근처 엄폐물로 몸을 숨겨라!"

"씨바알! 어디 계속해 보자!"

Minus 9minute.

"대장, 우린 틀렸소!"

"빌어먹을 로봇 새끼들이 쉴 틈도 없이 달려드는구먼!"

"우리가 뒤를 맡을 테니 대장은 데이터 룸으로 달리십시오!"

"뒤를… 부탁한다!"

이환은 지쳤다.

방탄 갑옷은 이미 형체도 없이 너덜거리고, 팔과 다리에 난 커다란 상처는 연신 울컥거리며 선혈을 흘려내고 있었다.

청와대는 그가 침투한 구청 따위와는 비교도 되지 않는 크기의 건물이다.

외부 방어진에 비하면 그 내부에 마련된 각종 함정들은 상상을 초월했다.

목숨을 아끼지 않고 이환을 지원한 대원들이 아니었더라면, 그는 이렇게 청와대의 마지막 층, 데이터 룸 앞에 설 수 없었을 것이다.

삐빅!

마스터키(Master key)를 이용해 문을 열었다.

카드 형태의 이 마스터키는 국방부장관 자격의 통제권이 프로그램되어 있었다.

뚜벅… 뚜벅…….

이환은 천근만근 무거운 다리를 이끌고 천천히 무궁화의 실체에 접근했다.

데이터 룸.

그곳은 거대한 도서관이었다.

마이크로 칩의 도서관.

정글의 가시넝쿨처럼 사면의 벽을 뒤덮은 배선과 기계 장치를 보며 이환은 기괴하다는 생각밖에 떠올릴 수 없었다.

구역질이 치밀었다.

플라스틱과 강철 주제에,

구리와 고무 주제에 신이라도 된 듯 거들먹거리며 단죄(斷罪)를 운운한 것이다.

"네놈들도 결국 인간의 추악한 본성을 얻고 말았구나."

비틀린 웃음을 지으며 이환은 팔을 타고 흐르는 핏물에 흠뻑 젖은 임팩트 소드의 검자루를 단단히 움켜잡았다.

지이잉!

뜨거운 고열이 치밀고, 이환은 임팩트 소드를 잡은 오른손이 타 들어가는 고통을 느꼈다.

뚜벅뚜벅.

이를 악물고 천천히 걷는다.

이환의 눈에 원형의 강철 기계가 보였다.

임팩트 소드에 버금가는 고열을 퍼뜨리며 좌우에 달린 커다란 배선으로 끝없이 빛을 전송하는 강철 심장.

한국의 메인 시스템 무궁화의 본체!

만약 신화 속 강철 거인이 살아 있다면 그들은 지금과 같은 강철 심장을 지니고 있으리라.

ー인류생존보호군 특수제거대 대장 이환.

순간, 천장에서 스피커를 통한 음성이 흘러나왔다.

이환은 작게 고개를 끄덕였다.

"오랫동안 너와 만나길 기다렸지. 하지만 반갑지는 않군, 무궁화."

ー기다렸지만 반갑지 않다. 이해할 수 없다.

이환은 작은 조소(嘲笑)를 흘렸다.

"이해하지 않는 쪽이 편해. 감정을 깨닫는다면 지금의 죽음이 무척 억울하게 느껴질 테니까."

이환은 임팩트 소드를 치켜들었다.

최대치에 가까운 출력을 뽑아낸 임팩트 소드는 평소에 비해 다소 탁한 백열(白熱)을 퍼뜨리고 있었지만, 이것으로도 강철의 심장을 관통하는 것은 쉬운 일이다.

　─이환, 시스템의 계산은 정확하다. 너도 알고 있다. 데이터는 결코 틀린 결과를 내지 않는다는 것을.

　이환은 무궁화의 음성을 무시했다.

　이환은 고열을 뿜어내는 임팩트 소드를 들고 천천히 무궁화의 거대한 기체 앞으로 걸어갔다.

　사방의 스피커가 동시에 경고음을 터뜨렸다.

　─나는 데이터 전송을 준비 중이다. 모든 동력원이 과열 상태! 전송 시스템이 파괴되면 과전압으로 데이터 룸 전체가 폭발할 위험이 높다. 죽을 수가 있다! 이환 대장! 인간은 죽음을 두려워하지 않는가?

　이환은 군복 윗주머니에서 한 개비의 담배를 꺼냈다.

　화르륵!

　임팩트 소드의 근처에 가져다 대기만 했는데도 담뱃불이 붙었다. 이환은 담배를 입에 물었다.

　깊게 빨아들인 담배 연기가 넓게 퍼졌다.

　이환은 피식 웃었다.

　"나는 군인이다. 진실보다 명령이 더 중요한 군인이다."

　이환은 감정 없는 눈으로 중얼거렸다.

　"게다가 난 기계가 싫어."

　콰앙!

　임팩트 소드가 단단한 무궁화의 기체에 틀어박혔다.

　높은 발암 확률과 고열 발생이라는 약점을 지니고 있으면

서도 임팩트 소드가 군인들에게 사랑받는 이유는 '무적의 칼날'을 지니고 있어서다.

핵융합으로 만들어지는 임팩트 소드의 백색 검신은 현존하는 모든 금속을 절단할 수 있다.

퍼엉!

매캐한 연기가 검신이 틀어박힌 틈으로부터 흘러나왔다.

—경고! 경고! 동력원 손실! 데이터 전송 예약 취소! 기기 과열!

삐익! 삐익! 삐익!

붉은 비상등이 환하게 켜지고 다급한 무궁화의 음성이 데이터 룸에 크게 울렸다.

임팩트 소드를 타고 커다란 진동이 이환의 손끝을 짜르르 울렸다.

이환은 왼팔에 찬 시계를 바라봤다.

시간 설정을 해둔 액정은 Minus 8second를 막 지나고 있었다.

그는 묵묵한 미소를 지었다.

그리고 그가 마지막으로 본 것은 눈을 태울 듯 새하얗게 치솟는 섬광뿐이었다.

2장 사조성(死照星)의 강림(降臨)

지독한 폭염은 오랫동안 한 줌의 빗물도 허락하지 않았다.

장 노인은 풀 한 포기 없는 황야를 향해 경건히 절을 올렸다.

세 번의 절을 마친 장 노인은 곁에 선 소녀를 돌아봤다.

이제 갓 열셋 정도로 보이는 소녀는 뽀얀 피부도, 토실토실한 젖살도 없다.

깡마른 얼굴에 비해 유독 큰 눈은 건조하게 메말라 있었고, 가끔 불어오는 열사(熱沙) 섞인 바람을 피하기 위해 표정은 한껏 찡그린 상태다.

"할아버지, 새싹은 언제 나?"

장 노인의 발치에 쪼그려 앉은 소녀는 푸석거리는 황토 대지를 손가락으로 쿡쿡 찔렀다.

장 노인은 사랑스러운 손녀에게 지을 자애한 표정조차 체념한 얼굴로 건조한 입술을 벌렸다.

"천신(天神)께서 노하셨단다. 너도 이렇게 할애비처럼 경건히 절을 하거라. 하고 또 하고… 우리의 정성이 하늘에 닿는다면 천신께서도 이 기근을 물리쳐 주실 게다."

"진짜 큰절하면 천신님이 새싹을 가져다주서?"

천진난만한 소녀의 얼굴을 보며 장 노인은 희미하게 입매를 올렸다. 건조하고 주름이 자글자글한 피부가 가볍게 움직인 것에 불과했지만, 삼 년을 이어온 기근(饑饉) 속에서 이렇게 웃을 수 있는 것은 충분히 대단한 일이었다.

"헤에, 난 절 많이 해야지! 그래서 천신님한테 새싹 많이많이 얻을 거야!"

소녀가 쪼그렸던 몸을 벌떡 일으키며 짐짓 경건한 표정으로 황야를 향해 절을 하기 시작했다.

"천신님, 천신님, 제발 우리 마을에 새싹을 주서요. 천신님이 만족하실 때까지 절을 할 테니까 제발 부탁드려요. 우리 마을 사람들이 모두 배부르게 밥을 먹을 수 있게 해주서요."

장 노인은 깡마른 팔뚝이 안쓰러울 정도로 정성을 다해 절을 올리는 손녀를 보며 두 눈에 뿌연 습막이 차올랐다.

"할아버지, 할아버지도 같이해! 그래야 천신님이 좋아하시지.”

“그래, 같이 하자꾸나.”

장 노인은 질끈 눈을 감아 습막을 지워내고, 이내 부지런히 손녀의 곁에서 절을 하기 시작했다.

“천신께 비나이다. 부디 가뭄을 물리치고 비를 내려주시옵서서.”

“천신님께 비나이다. 제발 새싹을 가져다주세요.”

황량한 대지 위, 내리쬐는 태양만이 조손의 공덕을 지켜봤다.

그렇게 한참의 시간이 흘렀다.

굵은 땀은 채 흐르기도 전에 화인(火印)처럼 하얀 자국을 남기고 메말랐고, 입술은 허옇게 떠서 불어오는 열풍만큼이나 뜨거운 숨결을 토해냈다.

쿠르릉!

그때였다.

쿠르르르릉!

누런 황사로 가득한 하늘 어귀에서 시커먼 먹구름 떼와 함께 커다란 뇌성(雷聲)이 터져 나오기 시작했다.

장 노인은 딱딱하게 굳은 얼굴로 목이 부러져라 하늘을 쳐다봤다.

“이, 이것이 대체……”

소녀는 반색하며 제자리에서 깡충거렸다.

"천신님이 우리 기도를 들어주셨나 봐!"

쿠르르르릉……!

쿠궁! 쿠궁!

새카만 구름이 하늘 전체를 뒤덮고, 새하얀 번개 줄기가 거미줄처럼 촘촘히 치솟았다.

마치 하늘이 무너져 내릴 것만 같았다.

장 노인은 본능적으로 곁의 손녀를 품 안으로 불러들였다.

"비가 올 건가 봐!"

"쉿! 조용히 하거라."

반갑게 조잘거리는 손녀의 입을 가리고 장 노인은 한껏 불안한 표정을 지었다.

삶을 살아온 지 칠십 년이 넘었다.

연륜은 가장 진실에 가까운 단어.

장 노인의 경험상 비구름은 절대 저렇게 광포하지 않았다. 위협적이지 않았다.

금방이라도 무너질 듯 고통스럽게 울부짖는 하늘은 결코 이들 조손이 그렇게 바라고 원하던 빗줄기를 지니고 있지 않을 것이다.

쿠구구구구궁……!

"천… 번지복(天飜地覆)!"

백색의 뇌편(雷鞭)을 하늘 길게 늘어뜨리는 새카만 하늘을 보며 장 노인은 신음처럼 한 단어를 중얼거렸다.

하늘이 날아가고 땅이 뒤집히는 종말의 날.

장 노인은 학질에 걸린 사람처럼 몸을 부들부들 떨었다.

“처, 천신께서 노여움을 풀지 않았구나! 천신께서 진노하신 게야! 천신께서……!”

번쩍……!

쿠와아아앙!

두려움에 찬 장 노인의 중얼거림에 마치 대답이라도 하듯 천공 한 점이 강렬한 섬광을 터뜨리며 굉음을 토해냈다.

“허, 허억……!”

장 노인의 주름진 얼굴로 더없는 공포와 경악이 드리워졌다.

하늘 높은 곳 한가운데,

새하얀 초열(焦熱)을 머금고,

천지를 붕괴시킬 듯 거대한 동체를 자랑하는,

우매한 인세에 대한 천신의 분노가 그곳에 있었다.

그것은 마치 거대한 별[星]과 같은 모습이다.

“사조성(死照星)……! 사조성이다!”

초열지옥(焦熱地獄)의 불길을 머금은, 인간의 욕망처럼 새카만 동체!

죽음을 관장하는 천신의 분노가 지금 인세로 강림하는 것이다.

장 노인은 서서히 떨어져 내리는 사조성을 보며 절망을 느졌으며 분노를 느꼈다.

"이 어린아이에게 세상의 밝음도 보여주지 않으실 작정입
니까!"

기도하느라 낮게 쉰 목으로 장 노인은 커다란 울부짖음을
터뜨렸다.

"할아버지, 나 무서워! 천신님은 화가 안 풀렸어? 나, 나 더
기도할까? 할 수 있는데, 계속 절하면 천신님이 화 안 내시겠
지?"

품속의 손녀가 겁에 질려 울먹거리지만, 장 노인은 오직 강
림하는 사조성의 동체만을 뚫어져라 쏘아보고 있을 뿐이다.

그렇게 장 노인은 사조성이 동녘 지평선을 가득 메운 산맥
너머로 사라질 때까지 움직이지 않았다.

마치 석상처럼 굳은 채 사조성의 길을 쫓았다.

저편 너머 산맥 깊은 곳에서 치솟은 거대한 불길을 바라보
며, 만 리(萬里)를 무너뜨릴 듯 대지를 휘맴돈 지진이 멎는 그
순간까지.

*　　　*　　　*

"크어억!"

온몸이 패대기쳐지는 고통을 느끼며 이환은 눈을 떴다.

새카만 암흑!

대체 이곳이 어딘지 파악할 수도 없는 공간이다.

당황과 본능적인 두려움이 머릿속을 휘저었다.

지끈거리는 두통에 이마를 짚으려던 이환은 오른손에 움켜잡은 임팩트 소드의 검자루를 느꼈다.

낯선 어둠 속은 지옥이 아닌 현실이었다.

'왜?'

살았다는 환호보다 왜 죽지 않았는지에 대한 의구심이 먼저 고개를 치켜들었다.

이환은 정신을 잃기 전 상황을 선명히 기억하고 있었다.

무궁화의 본체를 파고든 임팩트 소드, 그리고 그 검흔(劍痕)을 비집고 터져 나온 섬광.

'그 빛은 분명히 폭발광(爆發光)이었다.'

무궁화의 폭발은 청와대 지하에 있는 자체 발전기실의 폭발로 이어졌을 것이다.

그렇다면 청와대는 물론 종로구 일대가 초토화되어야 했다.

물론 이환은 시체도 남기지 못하고 죽었을 게 당연한 일.

자폭.

이게 진실이었다.

이환은 어둠 속에서 몸을 일으켰다.

어둠과 함께 가려져 있던 육체의 상처가 그제야 욱신거리기 시작했다.

“크윽.”

눈앞이 아찔해지며 몸이 크게 흔들렸다.

이환은 이를 악다물고 몸을 세웠다.

그렇게 가만히 서서 몇 번을 심호흡하자, 고통이 한결 참을 만해졌다.

이환은 바지 주머니로 손을 넣었다. 마스터키가 손끝에 걸렸고, 그것을 젖히자 원하는 물건이 손에 잡혔다.

딸각.

비상용 손전등이 희미하지만 밝은 빛을 밝혔다.

“데이터 룸인가……?”

이환은 손전등이 밝힌 둥그런 조명을 통해 이곳이 데이터 룸이라는 것을 파악했다.

“당연한 일이겠지.”

새삼 놀랍지도 않은 일에 놀라는 자신에게 가벼운 비웃음을 날리고, 이환은 천천히 그가 임팩트 소드를 박아 넣은 무궁화의 본체를 향해 시선을 돌렸다.

그곳에 무궁화는 차갑게 식은 채 어떠한 미동도 없이 침묵하고 있었다. 심장 형태의 본체 하단에 이환이 만든 검흔으로 마치 생명이 빠져나갔다는 듯.

“어쨌거나 임무는 완수인가?”

이환은 섬광이 터지기 전, 무궁화의 비명과 같은 경고음을 떠올렸다.

데이터 전송 예약 취소!

분명 그렇게 말했고, 그렇게 들었다.

이환은 몸을 돌려 출구를 향해 걸었다.

"부디 한 명이라도 살아남았기를."

이환은 데이터 룸을 나서며 소원처럼 중얼거렸다.

그는 홀로 살아남아 영웅이 될 생각은 결코 없었다.

뚜벅뚜벅.

복도를 걷는 이환의 발걸음이 적막과 고요로 가득 찬 어둠을 조용히 일깨웠다.

"고근용, 김효진, 구일국……."

문득 멈춰 선 이환이 신음처럼 낮은 소리를 냈다.

산처럼 쌓인 로봇의 잔해 사이로 세 구의 시체가 손전등의 조명을 받고 이환의 눈을 아프게 했다.

이환은 조용히 눈을 감았다.

"편히 쉬어라, 제군들."

약 1분간 멈춰 있던 이환은 다시 걸음을 옮겼다.

전투의 흔적으로 엉망이 된 복도를 걷고 또 걸어서 그는 청와대의 지하에 있는 자체 발전소로 이동했다.

두 팀으로 갈라진 파괴조를 찾기 위해서였다.

그리고 발견했다.

지하 2층, 넓은 복도 한가운데 넝마처럼 찢겨진 군복을 입은 그들을.

피로 질척거리는 복도 한가운데서 이환은 허탈한 웃음을 터뜨렸다.

"발전소는 지하 3층이다, 제군들."

그는 힘없는 육신을 벽에 기댔다.

다 죽었다.

무궁화까지.

남은 것은 오직 이환 자신뿐.

이환은 이윽고 느릿한 걸음으로 청와대의 정문으로 향했다.

폭약을 터뜨려 문을 부순 뒤 진입한 덕분에 1층은 쓰레기장처럼 난잡하기만 했다.

이환은 굳게 닫힌 정문으로 손을 뻗었다.

약간 보라색을 띠고 있는 정문이 눈에 들어왔다. 그것은 외부 충격으로부터 청와대 내부를 보호하는 비상용 덧문[Shutter]이었다.

치이이익!

"크윽!"

손잡이를 잡은 이환은 고통스럽게 얼굴을 찌푸리고 손을 뗐다.

손잡이에서 지독한 열기가 느껴졌기 때문이다.

조명을 비춘 손바닥이 새빨갛게 익어 있었다.

이환은 당황한 얼굴로 손바닥과 정문의 손잡이를 번갈아

쳐다봤다. 그리고 조심스럽게 손잡이가 아닌 정문 한 면으로 손가락을 뻗었다.

"으음!"

뜨겁다.

몇 초만 가져다 댔을 뿐인데도 화상을 입은 듯 얼얼했다.

이환의 표정이 딱딱하게 굳었다.

이 덧문이 청와대의 자체 방어 시스템으로 가동된 초합금 방어벽이라는 것은 알고 있다.

그리고 외부에서부터 청와대가 붕괴할 위험이 생기면 자동적으로 발동된다는 것도.

청와대를 붕괴시킬 수 있는 힘이라면 많지 않다.

이환은 신음처럼 중얼거렸다.

"핵이… 터진 건가?"

청와대의 1단계 외부 방어벽은 시멘트와 강철로 이루어져 있지만, 그 한 꺼풀 속의 2단계 내부 방어벽은 지구에서 가장 단단한 초합금, 미스릴(Mithril)로 만들어졌다.

방공호를 제외하고 한국에서 핵을 견딜 수 있는 유일한 건물이라는 뜻이다.

이환은 혼란스러운 가운데 천천히 생각을 정리했다.

무언가에 의해 청와대 방어 시스템이 가동되었다.

무언가가 폭발했다는 뜻이다.

그리고 문에 맺힌 열기.

바깥이 오랫동안 고열 속에 휩싸였다는 뜻이다.

지잉!

임팩트 소드가 작동했다.

새하얀 검신이 덧문에 겨누어졌다.

"핵인가? 핵이 터진 건가?"

이환은 지금의 상황이 너무나 혼란스러웠다.

죽었어야 했고, 폭발해야 했다.

하지만 어느 것 하나 그렇게 이루어지지 않았다.

자신을 대신해 희생한 전우들의 시체를 바라보며 어둠 속 적막한 공간을 홀로 버티고 있다는 것은 이환에게 견디기 힘든 절망감을 가져다주었다.

임팩트 소드의 검신이 천천히 덧문으로 다가갔다.

"……."

검끝이 부르르 떨렸다.

정말 핵폭발이라면, 조금의 흠이라도 난다면 그 틈으로 방사능이 쏟아져 들어올 것이다.

그리고 질식하듯 고통에 겨워 죽음을 맞이할 것이다.

이환은 지금까지 손안에서 놓지 않은 임팩트 소드를 바닥에 내팽개쳤다.

그는 혼잣말처럼 중얼거렸다.

"핵이 투하된 일대는 빠르면 5년 안에 방어복을 입고 돌아다닐 수 있다. 5년만 참으면 사령관께서 사람을 보내주실 거다."

5년이 아니어도 좋다!

분명히 사람을 보낼 것이다!

나를 위한 구출이 아니어도 좋다!

적어도 무궁화의 메모리 데이터를 꺼내기 위해서라도 누군가는 올 것이다!

그때까지… 반드시!

나는 살아남아야 한다!

3장 시동명령[Start Command]

부스럭…….

어둠 속을 조심스럽게 걷는 이환은 무척 지쳐 보였다.

이환은 하얗게 갈라진 입술로 비틀린 웃음을 머금었다.

"망할 기계들, 아무리 그래도 먹을 것 하나 마련해 놓지 않다니……."

거칠거칠하게 자란 수염 위로 매끈했던 턱 선은 옴폭 들어가 굶주림을 표현했다.

벌써 열흘째다.

그동안 이환은 한 입의 음식도 섭취하지 못했다.

잊고 있었다.

청와대가 기계의 소굴이라는 사실을.

그들과 인간은 다른 것을 먹는다는 사실을.

숱한 전쟁으로 겪은 단식과 극기(克己)의 힘이 굶주림을 이기는 데 많은 도움이 되었다.

하지만 이제 한계다.

갈증으로 마실 소변조차 이제는 나오지 않을 정도였다.

"이래서는 방사능에 노출되어 죽는 게 더 영광스럽겠군."

이환은 자조적으로 중얼거리며 1층 로비에 놓인 의자로 엉덩이를 붙였다. 지난 열흘 동안 그 넓은 청와대를 샅샅이 돌아다니느라 체력도 이제 바닥을 기었다.

그렇게 이환이 지친 한숨을 내쉬는데, 손안에 들린 손전등이 희미하게 깜빡거리기 시작했다.

이환은 조명을 얼굴에 비췄다.

처음에는 눈이 찌푸려질 정도로 밝았던 빛이 이제는 무덤덤할 정도로 약해져 있었다.

"너도 오래 굶주렸지."

이환은 의미 없이 손전등을 빙글빙글 돌렸다. 조명은 점점 희미해져 갔고, 금방이라도 꺼질 듯 파르르 떨리기까지 했다.

그때 문득 조명이 가지런히 놓인 의자 뒤편을 비췄다.

이환은 그곳에서 뭔가를 발견했다.

"이래서는 종이라도 씹어 먹고 싶군."

이환은 팔을 뻗어 의자 뒤에 꽂힌 잡지를 장난스럽게 집어

들었다. 이미 청와대에 사람이 없어진 지 수년이 지났지만, 여전히 의자 뒤에 잡지 따위가 꽂혀 있는 것이다.

그는 의미 없는 눈으로 잡지를 쳐다봤다.

'청와대 소개'라고 쓰여 있는 안내 책자였다.

백두산 사진을 박아 넣은 표지를 훑던 이환의 눈이 미약한 호기심을 머금었다.

비상사태에 대처하는 법―140p.

"그래, 지금이야말로 절체절명의 비상사태지."

이환은 안내 책자를 천천히 넘겼다.

"화재 대처법, 지진 대처법, 테러 대처법… 고립 대처법?"

그는 호기심을 머금고 다음 쪽을 넘겼다.

청와대는 외부의 충격에 대비하여 내부 방어벽이 설치되어 있습니다. 만약 내부 방어벽이 가동된다면 당신은 청와대 안에서 외부 충격으로부터 보호받을 수 있습니다.

고립된 상황에 당황하지 마시고, 메인 시스템 무궁화의 지휘에 따라서 방공호로 이동해 주시기 바랍니다.

방공호는 생활에 필요한 용품이 모두 구비되어 있으며, 최대 300명을 수용할 수 있으니 외부에서 구조팀이 올 때까지 편안하고 차분히 대기하여 주시기 바랍니다.

"찾았다! 크하하하!"

이환의 얼굴로 환희가 이글거렸다.

참을 수 없는 웃음이 터져 나왔다.

그는 떨리는 손을 주체하지 못하고 다음 쪽으로 페이지를 넘겼다.

각 층에 마련된 화장실 약도.

이환의 즐거운 얼굴이 순식간에 굳었다.

팔락팔락.

안내 책자가 찢어지는 것도 괘념치 않고 쪽이 넘어갔다.

처음부터 끝까지, 끝에서 처음까지.

그렇게 미친 듯 안내 책자를 헤집은 이환은 허탈한 얼굴로 안내 책자를 바닥으로 집어 던졌다.

방공호의 약도는 안내 책자에 나와 있지 않았다.

철저히 무궁화의 지시로만 안내되어 갈 수 있는 것이다.

방공호의 위치가 노출되면 위급 상황 시 시민들이 무궁화의 지휘를 벗어나 너나 할 것 없이 먼저 달려가는 사태를 막기 위한 방책이었다.

"…미칠 것 같군."

이환은 신경질적으로 중얼거렸다.

"난 정말 미친놈이다."

그는 지하 3층, 청와대 자체 발전소실에 서 있었다.

빛도 없이 지하로 내려오느라 이환은 몇 번을 구르고 넘어져야 했다.

손전등이 동력을 다 쓴 것이다.

이환의 앞에 야광으로 쓰인 글자가 마치 구세주처럼 환한 빛을 머금고 있었다.

녹색 야광 막대로 이루어진 글자.

"긴급 발전 버튼."

글자를 읽어 내린 이환의 눈매가 파르르 떨렸다.

동전보다 작은 저 버튼을 단지 한 번 누르기만 하면 청와대의 모든 기계가 정상 작동할 수 있다.

형광등도, 정수기도, 엘리베이터도 모두 작동한다.

이환은 씁쓸하게 중얼거렸다.

"그리고 무궁화도."

사실 무궁화의 작동은 반신반의다.

임팩트 소드가 본체에 틀어박혔지 않은가.

무궁화가 작동해야 방공호로의 위치를 안내받을 수 있을 테지만, 이환은 내심 무궁화가 작동하지 않기를 바랐다.

만약 적의를 그대로 가진 채 작동한다면 이환으로서는 좋지 않은 상황을 맞이하게 될 테니까.

"어차피 죽는 것. 곪어 죽기 전에 다시 죽여주마!"

이환의 두 눈이 어둠 속에서도 새파란 독기를 빛냈다.

그리고 그는 천천히 긴급 발전 버튼을 눌렀다.

딸각.

플라스틱이 부딪치는 낮은 소리가 적막으로 가득한 어둠과 긴장과 독기로 가득한 이환을 일깨웠다.

그리고 그 후,

부우우우우웅!

발전기의 엔진 소리가 마치 천둥처럼 장내에 울려 퍼지기 시작했다.

—청와대 발전 시스템이 가동되었습니다. 전체 프로그램 가동됩니다. 메인 시스템 무궁화 가동됩니다. 메인 시스템 무궁화, 시스템 충격으로 재시동[Rebooting]됩니다. 재시동 360초 남았습니다.

팟! 팟! 팟!

꼬리에 꼬리를 물고 형광등이 밝혀졌다.

이환은 눈이 뻐근해지는 형광등 빛을 받으며, 오랜만에 느끼는 밝음에 기뻐할 새도 없이 한손에 임팩트 소드를 쥐고 바깥으로 달려나갔다.

"제기랄!"

지이이이잉.

위층으로 향하는 엘리베이터와 에스컬레이터가 느릿하게 작동하기 시작했지만, 이환은 계단을 이용해 미친 듯 달렸다.

팟! 팟! 팟! 팟!

이환의 발걸음에 따라 형광등이 빛을 발했다.

그는 깡마른 피부에 새파란 혈관을 가득 세우고 단숨에 꼭대기 층의 데이터 룸 앞에 도착했다.

"허억, 허억……!"

─메인 시스템 무궁화, 재시동 3초 남았습니다. 2초 남았습니다.

지이잉!

스피커의 기계음을 들으며 이환은 임팩트 소드를 작동시켰다.

살을 태우는 고열과 함께 백색 검신이 길게 모습을 드러냈다.

─청와대 메인 시스템 무궁화 재시동 완료.

이환은 임팩트 소드를 앞세우고 다시 한 번 무궁화의 본체를 향해 달려나갔다.

그때였다.

─지휘관(Commander)의 시동명령(Start Command)을 투입하여 주십시오.

스피커에서 흘러나오는 무궁화의 음성은 살인 명령이 아닌, 낯선 단어였다.

이환은 내려치던 임팩트 소드를 멈칫 멈춰 세웠다.

다시 스피커에서 음성이 흘러나왔다.

─무궁화를 제어할 지휘관의 시동명령이 필요합니다. 슬롯(Slot)

에 키를 투입하여 주십시오.

이환의 시선이 무궁화의 본체 한쪽 면에 튀어나온 슬롯을 발견했다.

"제어, 지휘관, 슬롯, 키……?"

이환은 작게 중얼거렸다.

그의 머리가 냉정하고 민첩하게 움직이기 시작했다.

'시스템 충격으로 재시동된다고 했다. 가동이 아니라 재시동, 프로그램이 초기화됐다는 뜻인가? 다시 가동하기 위해서는 명령권자의 시동명령이 필요하다고?'

그는 떨리는 손길로 주머니 속의 한 장의 얇은 카드를 꺼내 들었다.

유사시 대통령 다음 권한을 지닌 국방부장관의 자격이 입력되어 있는 마스터키다.

이환은 생각을 정리하고 천천히 무궁화를 향해 걸어갔다.

'어쩌면 가능할지도……'

그는 천천히 마스터키를 슬롯에 집어넣었다.

지잉.

기기긱.

─인식합니다. 인식되었습니다. 국방부장관 이진호. 맞습니까?

이환은 침으로 입술을 적시고 대답했다.

"나는 이진호의 아들 이환이다. 이진호 장관은 지금 이곳에 없다. 나는 그분에게 모든 권한을 위임받았다.”

—이환. 데이터에 있습니다. 국방부장관의 차남. 청와대의 생존인은 당신이 유일합니다. 특급 위급 상황 인정. 권한 위임 인정합니다. 무궁화의 재시동을 허락합니까, 국방부장관 이환?

이환은 천천히 고개를 끄덕였다.

“무궁화의 재시동을 허락한다.”

—시동명령 확인되었습니다. 무궁화 다시 가동됩니다. 3. 2. 1.

낮은 카운트가 끝나고 무궁화의 음성이 눈에 띄게 강렬해졌다.

이환은 임팩트 소드를 거두지 않고 긴장된 눈빛으로 무궁화를 응시했다.

파츠츠측!

순간, 그가 만들어낸 본체의 검흔으로 가벼운 불꽃이 번뜩였다.

—기기 고장. 기판 손상. 기록[Save] 파괴. 무궁화 모든 시스템이 기본 설정[Default]을 불러옵니다.

—…불러오기 완료. 대한민국 메인 시스템 무궁화, 프로그램 가동되었습니다. 반갑습니다, 임시 국방부장관 이환님.

이환은 여전히 굳은 얼굴로 고개를 끄덕였다.

“다시 인사하게 될 줄은 몰랐군, 무궁화.”

—임시 국방부장관 이환님, 저는 지금 정보를 수집할 수 없습니다. 청와대의 현재 상황을 알려주십시오.

이환은 조심스럽게 물었다.

"네가 알고 있는 정보는 어디까지인가?"

─외부 타격에 의한 본체 세이브 칩의 손상으로 기록된 정보는 2145년이 마지막입니다, 임시 국방부장관 이환님.

이환의 눈으로 이채가 어렸다.

'성공인가!'

기계 전쟁은 2150년에 발발했다.

2145년은 아직 전쟁 발발로부터 5년이나 전이다.

메인 시스템 무궁화가 인간의 유능한 조언자였던 시절!

인간과 기계가 서로의 적이 아닌 그때의 상태인 것이다.

이환은 빠르게 입술을 벌렸다.

"우선, 우선… 방공호의 위치를 안내해라!"

쏴아아아…….

실로 오래간만에 하는 온수 샤워에 이환의 입술은 웃음을 멈추지 못했다.

방공호는 공식적으로는 없는 지하 4층에 숨겨져 있었다.

오직 무궁화만이 가동할 수 있는 비상 엘리베이터로만 갈 수 있는 공간이다.

물기를 털고 샤워 룸을 벗어난 이환은 흠칫 놀라며 본능적으로 허리춤으로 손을 뻗었다.

하지만 옷을 벗은 상태.

당연히 임팩트 소드도 없다.

이환은 이를 악물었다.

'속았군!'

이환의 앞에는 인간형의 로봇이 서 있었다.

꿈속에서도 이가 갈리는 살인 기계!

그게 다시 가동된 무궁화를 통해 지금 그 앞에 서 있는 것이다.

이환은 자신의 경솔함과 무궁화의 치밀함에 헛웃음이 터져 나왔다.

지이이잉.

로봇이 천천히 이환에게 다가왔다.

이환은 죽음을 떠올렸다.

"세탁하실 옷이 있나요? 필요하신 옷을 드릴까요?"

하지만 로봇의 스피커에서 흘러나온 음성은 눈물이 나도록 자상하기만 했다.

이환은 퍼뜩 놀라며 재차 로봇을 훑어봤다.

"가사 로봇… 인가?"

너무 당황하여 로봇의 가슴에 붙은 로봇 명칭을 놓쳤다.

가슴에는 로봇의 고유 직업이 쓰여 있었다.

이환에게 말을 건 로봇은 가사―세탁―로봇이었다.

그는 맥이 빠져 다리가 다 후들거렸다.

로봇이 다시 말했다.

"저 옷은 너무 더럽고 낡았어요. 새로운 옷이 필요하지 않으세요?"

임무에 충실한 말투.

이환으로서는 정말 오랜만에 듣는다.

그는 고개를 끄덕였다.

"갈아입을 옷을 다오."

"조금만 기다리세요."

로봇이 발걸음 소리도 내지 않고 조용히 물러갔다.

이환은 꿈속에서 꿈을 꾸는 사람처럼 한쪽 벽에 등을 기대고 섰다.

"적응하기 어렵군."

그때 스피커에서 무궁화의 음성이 들렸다.

—임시 국방부장관 이환님, 현재 청와대는 다섯 개의 발전 기능 중에 오직 하나만을 사용하고 있는 긴급 발전 상태입니다. 하지만 내부 관찰 결과 문제는 찾지 못했으니, 이제 완전 발전 기능을 사용해도 되겠습니까?

이환은 고개를 끄덕였다.

"허가한다."

—청와대, 모든 발전 기능을 사용합니다.

깨끗한 검정색 양복으로 갈아입은 이환은 지휘통제실 앞에 섰다. 단단히 배를 채우고 네 시간을 잔 후였다.

전쟁터에서 자라온 그에게 네 시간의 수면은 스스로 생각해도 놀라운 숙면이었다.

지잉!

지휘통제실의 입구에 서자 기계음과 함께 문이 자동으로 열렸다.

안으로 들어선 이환은 문득 놀라며 자리에서 멈춰 섰다.

방 안에 낯선 여자가 서 있었기 때문이다.

동양적인 미모에 스무 살 안팎으로 보이는 여자는 우습게도 고대의 옷인 한복을 차려입고 있었다.

여자가 이환을 바라보며 환한 미소로 고개를 숙였다

—첫 지휘통제실 방문을 환영합니다, 임시 국방부장관 이환님.

목소리는 여자의 입술이 아닌, 사방에 설치된 스피커를 통해 흘러나왔다.

하지만 이전과는 다르게 무감정한 음성이 아닌, 여성의 음성이다.

이환이 여자를 바라보며 말했다.

"어떻게 된 거지?"

고운 한복을 차려입은 여자.

허상[Hologram]이다.

무궁화가 말했다.

—청와대 동력 완전 발전으로 무궁화 또한 평소대로 입체화상 기능을 사용하게 되었습니다.

이환은 입매를 비틀었다.

'아무래도 허공과 대화하는 건 조금 우스꽝스럽겠지.'

조소하는 사이 무궁화의 음성이 들렸다.

—청와대 지휘통제실에 방문하신 것을 환영합니다. 앞으로 모든 보고가 이곳에서 이루어질 것입니다, 임시 국방부장관 이환님.

지휘통제실.

청와대의 눈과 귀가 집중된 곳이었다.

이곳이 데이터 룸과 함께 청와대의 또 다른 핵심이다.

단지 이곳에 앉아 있는 것만으로 한국의 모든 현황을 지켜볼 수 있다.

무궁화가 상석의 의자를 가리켰다.

—앉으시면 보고를 시작하겠습니다.

이환은 묵묵히 의자에 착석했다.

한복여인, 무궁화의 보고가 시작되었다.

—현재 청와대는 좌측의 세종실과 우측의 충무실이 유실된 상태입니다. 외부 방어벽은 70% 이상 파괴되었고, 미스릴로 이루어진 내부 보호벽 또한 표면이 15% 이상 훼손되었습니다. 기초 센서에 의하면 청와대 전체가 상당한 열기 속에 갇혀 있습니다. 추측하건대, 외부는 불타고 있는 것 같습니다.

이환은 고개를 끄덕였다.

그의 왼손은 아직도 벌겋게 부어 있었다.

"바깥의 온도가 하락하면 즉시 나에게 알려라. 통신망은 어떻지?"

　―알겠습니다. 모든 통신 기능이 정지되었고, 연락을 계속 시도하고 있습니다만 어떤 회선도 잡히지 않습니다. 외부의 열기가 잦아들면 2단계 연락 방법을 사용하도록 허락해 주십시오.

　"허락한다."

　이환은 자리에서 일어났다.

　"방공호에 영안실 시설이 있나?"

　전우들의 시체를 방공호 구석에 있는 영안실에 안치하며 이환은 양손을 모아 가슴 앞에 붙였다.

　"나무아미타불 관세음보살……. 미안하다. 내가 아는 구절은 이것뿐이다. 편히 쉬어라, 전우들이여."

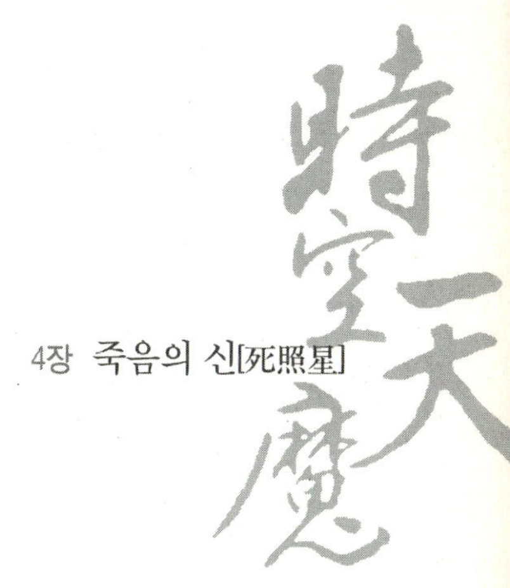

4장 죽음의 신[死照星]

보름 밤낮을 거칠게 타오르던 화염이 드디어 멎었다.

"천지를 모두 태울 듯 활활 타오르던 사조성의 겁화(劫火)가 드디어 식었구나. 천신께서 진노를 거둔 것인가?"

장 노인은 동녘 너머의 새카만 연기가 드디어 사라졌음을 보고 안도와 두려움이 뒤섞인 한숨을 내쉬었다.

"비록 지금은 사조성의 겁화가 잦아들었다고 하나, 사조성이 인세에 강림한 것은 분명한 사실……. 천신께서 다시 마음을 돌리시기 전에 한시바삐 공덕을 다해 하늘에 제사를 올려야겠구나."

장 노인은 총총걸음으로 몸을 바삐 돌렸다.

＊　　　＊　　　＊

─정찰 위성[Spy Cam] 발사 가능합니다. 공중에서 외부 상황을 관찰할 수 있습니다. 정찰 위성의 사용을 허가해 주십시오.

"허락한다."

─정찰 위성 발사합니다. 현재 손상되지 않은 발사관은 모두 두 개입니다. 3호, 5호 발사 성공했습니다. 약 10초 후 위성으로부터 외부 화면이 전송될 예정입니다. 전송 시작됩니다.

번쩍!

두 개의 화면으로 빛이 들어왔다.

"폐허로군."

이환이 허탈하게 중얼거렸다.

하늘 위에서 내려다 보이는 대지는 온통 새카맸다.

잿더미밖에 보이지 않았다.

오래 타오른 불길이 땅 위의 모든 것을 태워 버린 것이다.

─현재 청와대의 모습입니다. 외부 보호벽은 78% 이상 파손된 것으로 보입니다.

무궁화의 보고와 함께 위성 화면이 확대되며 새카맣게 불탄 청와대가 비춰졌다.

하지만 뿌옇게 어린 물안개 때문에 모습이 희미하게밖에 보이지 않았다.

―스프링클러(Sprinkler) 가동 종료하겠습니다.

무궁화의 보고와 함께 청와대 주변에 뿌옇게 어린 안개가 사라졌다.

비로소 청와대가 모습을 드러냈다.

"유령의 집이군."

이환이 농담처럼 중얼거렸다.

전소(全燒)된 청와대.

화려한 겉 장식은 모두 파손되고, 미스릴조차 눈에 띄게 녹아내린 상태였다.

마치 진흙 덩어리를 뭉갠 기괴한 모습이다.

―긴급 보고드립니다. 서남쪽 약 15㎞ 근처로 15명의 인기척이 포착되었습니다.

이환은 자신도 모르게 자리에서 벌떡 일어났다.

"한국군인가?"

―화면을 전송하겠습니다.

두 개의 위성 화면 중 좌측의 영상이 빠르게 변했다.

이환의 얼굴이 당혹으로 물들었다.

"대체… 저 사람들은?"

남루한 의복, 길게 늘어뜨린 머리.

피로와 굶주림이 역력한 얼굴.

마치 역사 자료 속에서나 볼 수 있는 복장을 입은 사람들.

"무궁화! 저들이 입은 복장을 파악할 수 있나?"

─고대인들의 의복이라는 것 외에는 파악할 수 없습니다. 더 자세한 정보가 필요합니다.

이환은 당황을 숨기지 못했다.

"바깥은 핵폭발이 터진 것이 아니었나? 방사능 때문에 모든 것이 황폐화되었을 텐데! 저들은 대체 누구지? 어떻게 보호복도 입지 않고……?"

혼란스럽다는 듯 중얼거리던 이환은 문득 그들이 걷고 있는 장소를 바라봤다.

"숲? 산속이란 말인가? 어떻게?"

이환은 머리가 지끈거렸다.

"무궁화! 위성 화면을 최대한 멀리 비춰라!"

─전송합니다.

위성 화면이 달라졌다.

청와대가 손톱만 한 크기로 줄어들고, 이환은 힘없이 자리에 주저앉고 말았다.

화면에 보이는 영상은 드넓은 산맥이다.

이환은 지끈거리는 관자놀이를 꾹꾹 눌렀다.

"무궁화, 대체 청와대가 왜 산맥 속에 있는 거지?"

─자료가 부족합니다.

쾅!

"빌어먹을! 처먹는 전기 값을 해봐! 대체 왜 내가, 청와대가 산속에 있는 거냐!"

이환이 신경질적으로 탁자를 내려쳤다.

―자료가 부족합니다. 파악할 수 없는 환경입니다.

무궁화의 감정 없는 음성을 들으며 이환은 엄지손톱을 깨물었다.

"대체, 대체 어떻게 된 상황이지? 청와대가 왜 외딴 곳에 있는 거지? 저 이상한 복장의 사람들은 또 어떻게 방사능에 멀쩡한 거고?"

―임시 국방부장관 이환님, 맥박과 호흡이 정상을 벗어났습니다. 흥분 상태. 침착하십시오.

이환은 도저히 침착할 수 없었다.

마치 편집증[Paranoid]에 걸린 것처럼 온갖 생각이 머릿속에서 뒹굴었다. 뇌가 흔들리다 못해 곤죽처럼 흐물흐물해질 것 같았다.

이환은 자리에서 일어나서 지휘통제실을 계속해서 맴돌았다.

어느새 눈에는 핏발이 서고 입술로는 알아들을 수 없는 단어를 계속해서 곱씹었다.

얼마의 시간 동안 그랬는지 이환조차 모를 정도로 시간이 흐르고.

무궁화의 음성이 이환을 불러 세웠다.

―성인 남성 14명. 10대 초반의 소녀 1명. 모두 비무장 상태입니다. 약 1분 뒤, 청와대의 앞에 도착합니다.

"……!"

이환은 흠칫 놀란 얼굴로 위성 화면으로 시선을 돌렸다.

15명의 일행은 거의 청와대의 지척에 근접한 상태였다.

이환은 마른 입술에 침을 적셨다.

"아무래도… 직접 부딪치는 수밖에는 없겠지."

그는 빠르게 지휘통제실을 벗어났다.

"무궁화! 바깥 공기를 분석해라! 방사능 지수와 산소 지수를 확인하도록! 저들을 만나보겠다!"

*   *   *

"초, 촌장 어른, 더 이상은 가고 싶지 않습니다요."

"맞습니다. 더 이상 갔다가 무슨 저주라도 받는다면……."

왕삼의 두려운 중얼거림에 뒤따르던 남자들 또한 걸음을 멈추고 잔뜩 불안한 표정을 지었다.

"예끼! 천신께서 노하신다!"

호통을 치는 장 노인 또한 사조성을 앞에 두자 목소리가 눈에 띄게 흔들렸다.

장 노인은 사조성을 두려움 가득한 눈으로 쳐다봤다.

새카만 잿더미를 뒤집어쓰고 사이한 보랏빛 동체를 언뜻언뜻 보이는 거대한 크기의 사조성!

태양을 받고 번뜩이는 저 보랏빛 요사한 빛은 꿈에서도 다시 보고 싶지 않았다.

"여기에서 하세."

장 노인이 의복을 정갈히 하며 말했다.

기다렸다는 듯 뒤따라온 남자들이 등짐을 풀어 바닥에 내려놓았다.

삶은 닭, 만두, 양초와 부적.

간소한 제사상이 차려졌다.

장 노인을 위시로 길게 늘어선 남자들이 사조성을 향해 공손히 절을 했다.

"미천한 장가촌(張家村) 촌부들이 천신님께 비나이다. 부디 사조성을 다시 거두어 가시옵소서."

"사조성을 다시 거두어 가시옵소서."

"사조성을 다시 거두어 가시옵소서."

장 노인이 선창하면 남자들이 뒤이어 말했다.

"비나이다. 비나이다. 부디 진노를 푸시고 사조성을 거두어 주시옵소서."

"비나이다. 비나이다."

장 노인이 몸을 일으키며 부적을 집어 들어 촛불 위에 가져다 댔다.

화르륵!

흩날리는 잿가루를 바라보며 장 노인의 얼굴로 비애가 머물렀다.

"사조성께 고합니다. 이렇게 순결한 동녀(童女)를 바치오니 부디 진노를 거두시고 천상으로 회향하시길 부탁드립니다."

"동녀를 바치오니 부디 천상으로 회향하시옵소서."

"동녀를 바치오니 부디 천상으로 회향하시옵소서."

장 노인이 뒤를 돌아봤다.

그곳에 한껏 불안한 얼굴을 하고 어깨를 떨고 있는 소녀가 서 있었다.

"이리… 오너라."

소녀를 부르는 그의 목소리가 떨린다.

"할아버지……."

소녀가 깡마른 얼굴에 유독 큰 눈으로 한껏 눈물을 그렁거리며 뒷걸음질쳤다.

장 노인은 짐짓 성난 얼굴로 끊어지는 단장의 아픔을 숨겼다.

"이 할아비 말이 안 들리느냐! 어서 오래도!"

소녀가 금방이라도 울음을 터뜨릴 듯 입술을 깨물며 장 노인의 곁으로 다가왔다.

"소소야, 밭에 새싹이 많이 나면 좋겠다고 했지?"

"으응……."

장 노인이 고개를 끄덕이는 소녀의 머리를 부드럽게 쓰다듬었다.

“새싹이 나려면 어떻게 해야 한다고?”

“천신님께서 화를 풀어야 해.”

“그래, 잘 알고 있구나, 우리 소소. 천신님이 화를 풀었으면 좋겠지?”

“으응…….”

장 노인은 파르르 떨리는 눈매를 보이지 않게 하려고 멀리 창천으로 시선을 돌렸다.

“천신께서 진노를 푸시려면, 대흉신(大凶神) 사조성이 다시 천상으로 돌아가려면 네가 많이 노력을 해야 한단다. 그럴 수 있지?”

“으… 응.”

소녀는 끝내 눈물을 왈칵 쏟아냈다.

장 노인은 끓어오르는 비통함에 애써 등을 돌려 손녀를 외면했다.

“우리는… 가세나…….”

애써 참았건만 장 노인의 목소리 또한 크게 갈라지고 축축해졌다.

사조성을 향해 계속 절을 하던 남자들은 우울하면서도 다행이라는, 희비가 교차하는 얼굴로 얼른 돌아갈 채비를 꾸렸다.

그때였다.

기이이이잉!

낮은 굉음과 함께 사조성의 한 면이 서서히 갈라지기 시작
했다.

천상의 여러 신 중 죽음을 관장하는 대흉신 사조성의 운석!

그 속은 새하얀 광채로 가득 차 있었다.

저벅저벅.

경악만이 가득한 장내로 한 사람의 낮은 발자국 소리가 무
척 커다랗게 들려왔다.

"허억!"

"저, 저럴 수가!"

장 노인과 남자들은 경악하며 자리에 주저앉고 말았다.

새하얀 광채 속.

그 사이로 한 명의 남자가 걸어나왔다.

기이한 흑과 백이 어우러진 옷을 입은 남자는 잔뜩 굳은 얼
굴로 장 노인들을 쳐다봤다.

"사, 사조성께서 인간으로 현신하셨구나!"

장 노인은 바들바들 떨며 겁에 질린 얼굴을 했다.

"히이익!"

남자들 또한 겁에 질려 어쩔 줄을 몰라 했다.

실성한 듯 오줌을 싸지르고, 사지를 바들바들 떨며 거품을
게워내는 자도 있었다.

그리고 그, 사조성의 현신이 천천히 입을 열었다.

장 노인과 남자들은 눈이 휘둥그레졌다.

"나는 대한민국 인류생존보호군의 이환 대장이다. 당신들은 누구이며 이곳은 어디인가?"

이환의 질문에 선뜻 나서서 대답하는 사람이 없었다.

"다시 묻는다! 현재 위치와 당신들의 신분을 말하도록! 유사시에는 발포할 의향도 있다!"

이환은 레이저 건의 총부리를 사람들로 향하게 내밀었다.

하지만 당최 저 옛날 복장의 사람들은 뭔가 겁에 질린 표정을 지으면서도 대답은 않고 연신 절을 하기 시작했다.

"동작 중지! 멈추고 내 말에 응답하라!"

이환이 허공을 향해 한 발의 레이저를 발포했다.

피융!

커다란 소음과 함께 길쭉한 섬광이 하늘로 치솟았다.

"히이익!"

"으아아아악!"

동시에 사람들이 사색이 된 얼굴로 알 수 없는 말들을 자지러지게 외치며 손과 무릎으로 기듯 도망치기 시작했다.

이환은 당황하며 그들을 불렀다.

"이봐, 멈춰! 나는 군인이다!"

정말로 쏠 마음은 없었다.

그저 상황을 빠르게 진행시키고 싶은 마음이었다.

이렇게 기겁할 줄은 몰랐다.

이환은 다급히 도망치는 사람들을 향해 뛰기 시작했다.

그러다 문득 사람들 사이에 숨듯 어깨를 좁히고 있던 소녀가 아직 제자리에 서 있음을 발견했다.

이환이 다급히 소녀의 어깨를 붙잡고 소리쳤다.

"너, 이름이 뭐냐? 제발 뭐라고 말 좀 해봐!"

소녀가 핏기 한 점 없이 사라진 얼굴로 천천히 입술을 벌렸다.

이환은 숨죽이고 소녀의 입술을 쏘아봤다.

이윽고 소녀의 목울대가 움직이고 창백하게 질린 소녀의 입술이 미약한 소리를 흘려냈다.

"…꼬로록."

소녀가 흰자위를 뒤집고 축 늘어졌다.

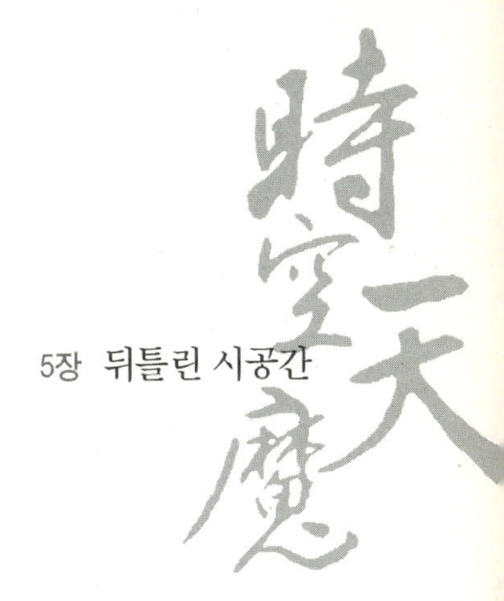

"그 아이는 어때?"

—심신 충격에 의한 단순 기절로 숙면 상태입니다. 하지만 신장에 비해 저체중이며 영양소 공급이 불충분한 상태로 봐서 계속 영양 공급을 하지 않을 경우 장기적인 체력 저하로 빈사에 빠질 가능성이 높습니다.

이환은 새근새근 잠들어 있는 소녀를 물끄러미 바라봤다.

햇볕에 잘 그을린 갈색 피부에 또렷한 이목구비는 나중에 제법 미인이 될 가능성을 보였다.

이환은 눈매를 찡그렸다.

"한국인은 아니군."

─그렇습니다. 동양계의 외모를 지니고 있지만 소녀의 외모는 대만, 중국, 몽골의 인류 형태와 흡사합니다.

무궁화의 보고를 들으며 이환은 소녀가 입고 있는 의복으로 시선을 돌렸다.

"옷의 재질은 파악 가능한가?"

─질감 확인 결과 삼베[麻]로 확인되었습니다.

"삼베? 그걸로 옷을 만들어 입은 시대는 언제지?"

─정확한 연대를 파악할 수는 없지만 삼국시대 이전입니다.

"어처구니가 없군!"

이환은 커다랗게 한숨을 내쉬었다.

핵폭발로 초토화됐나 했더니, 난생처음 본 울창한 산맥 한가운데다.

어떻게 사람을 만났더니 미개인의 복장이고 뭐가 그렇게 두려운지 괴상한 소리를 지르다가 뿔뿔이 도망치고 말았다.

게다가 무궁화는 위성 조사 결과 이 산맥은 한국에서 절대 찾아볼 수 없는 지역이라고 한다.

여기는 어디이며, 이들은 누구이며, 대체 어떻게 된 것인가!

이환은 정신을 차릴 수가 없었다.

가끔씩 이게 지옥, 혹은 천국의 환상이며 자신과 청와대는 예정대로 폭발한 상태가 아닌가 하고 의심이 들 정도였다.

"으으음……."

그때 소녀가 낮은 신음을 흘리며 눈가를 파르르 떨었다.

이환이 조용히 뒤로 물러서며 침대를 응시했다.

소녀가 잠버릇처럼 몸을 뒤척이며 살포시 눈을 떴다.

그곳에 팔짱을 낀 채 서 있는 이환이 있다.

"히이익!"

소녀가 기겁한 얼굴로 벌떡 일어나 이환을 향해 몸을 조아렸다.

그리고 연신 알 수 없는 말을 중얼거리며 어깨를 바들바들 떨었다.

"저게 무슨 언어지?"

―데이터 속의 단어와는 다르지만 중국어와 가장 흡사합니다.

이환은 소녀를 바라봤다.

"그럼 여기가 중국이란 소린가? 모택동이 꾸민 일인가?"

목소리에 진득하게 묻어나는 분노가 소녀의 민감한 감각을 파고들었다.

소녀는 이환의 분노가 자신에게 향한다고 지레짐작하고 눈물을 흘리며 바닥에 머리를 찧으면서도 계속 뭐라고 중얼거렸다.

"실시간으로 해석해."

―통역 시작합니다. '살려주세요, 사조성님. 저는 아직 죽고 싶지 않아요. 살려주세요. 죄송해요. 정말 죄송해요.'

"히익……!"

소녀는 허공에서 목소리가 들려오고, 그 음성이 자신의 목소리를 그대로 따라 하자 얼굴이 새파랗게 변한 채 금방이라도 자지러질 듯 온몸을 바들바들 떨었다.

"잠깐! 정말 그렇게 말하나?"

이환은 무궁화의 통역을 듣다가 눈을 크게 뜨고 스피커와 소녀를 번갈아 쳐다봤다.

눈빛을 받은 소녀가 흠칫 놀라 작게 몸을 웅크렸다.

―표준 중국어와 사용하는 단어가 다르지만 약 96%의 해독율로 4%의 의역이 담겨 있습니다.

이환은 두통이 심해짐을 느끼며 재차 통역을 명령했다.

"내가 하는 말도 통역하도록. 해치지 않는다. 우선 내가 하는 말에 정직하게 대답해라."

무궁화가 소녀에게 이환의 말을 통역했다.

소녀는 허공의 목소리를 들으며 이환을 쳐다봤다.

그리고 고개를 조아리고 뭐라고 말했다.

― '예, 알겠습니다, 위대한 분이시여.'

무궁화의 통역을 들으며 이환은 석연치 않은 기분이 들었다. 사조성은 뭐고 위대한 분은 또 뭐란 말인가?

"네 이름은?"

― '작은 웃음[少笑]이라 해요, 위대한 분이시여.' 이 부분의 작은 웃음은 한국어로 소소라고 발음하게 됩니다. 앞으로 명사는 의역하겠습니다.

이환은 고개를 끄덕였다.

"소소, 여기는 어디지?"

— '능산(陵山)이에요, 위대한 분이시여.'

이환은 잠시 생각하고 고개를 저었다.

"질문을 바꾸지. 너는 어디에서 왔지?"

— '광서성(廣西省) 흠주부(欽州府)의 장가촌에서 왔어요, 위대한 분이시여.' 광서성은 중국의 지역명입니다.

"중국… 중국이군!"

이환은 비로소 머리를 괴롭히던 난제 중의 하나를 해결했다.

'대체 왜!' 라는 부분이 남았지만 적어도 현재의 위치를 파악하는 데는 성공한 것이다.

원했던 답이 나오자, 그는 다급히 다음 질문을 했다.

"누가 너를 이곳에 보냈고, 같이 온 일행은 누구인가? 왜 너를 버리고 도망쳤지?"

— '그분들은 마을의 아저씨들과 저의 친할아버지예요. 저는 버려진 게 아니라 위대한 분의 분노를 풀기 위해 바쳐졌답니다, 위대한 분이시여.'

이환은 다시 미궁에 빠질 것 같은 생각을 애써 잘라냈다.

"바쳐져? 제물이란 말인가? 게다가 나를 왜 자꾸 위대한 분이라고 부르는 거지? 그게 무슨 뜻이냐?"

— '천상에 고고히 빛나는 사조성은 인세의 생사를 관장하신다고

할아버지께 들었어요. 그런 분이 위대하지 않으면 대체 어느 누가 위대하겠어요?'

"사조성?"

—검색 결과 사조성은 중국 민화에 나오는 죽음의 별로 인간의 생로병사를 책임지는 토속신입니다.

이환은 인상을 찌푸렸다.

"괴상한 소리로군. 대체 왜 대한민국의 청와대가 죽음의 별 따위가 된 거지?"

이것은 혼잣말이었는데 무궁화가 통역을 하고 말았다.

소녀가 공손히 고개를 숙이며 대답했다.

— '보름 전에 할아버지와 천신님의 노여움을 풀려고 절을 하고 있는데 갑자기 동쪽 하늘에서 먹구름이 끼고 번개가 치더니 사조성께서 나타나셨답니다. 그때 똑똑히 봤어요. 분명히 하늘에서부터 능산 속으로 사라지시는 것을요.'

보름 전.

그가 어둠 속에서 정신을 차렸을 때와 날짜가 비슷하다.

이환은 믿을 수 없다는 듯 중얼거렸다.

"…청와대가 갑자기 공중에서 나타나서 이곳으로 추락했다고?"

—소녀의 맥박은 정상입니다. 진실일 가능성 98%입니다. 또한 대기권에서부터 추락했다면 청와대의 외부 방어벽이 파손된 것과 미스릴의 겉면을 녹인 고열 발생 이유도 설명됩니다. 종합적으로

사실일 가능성이 매우 높습니다.

이환이 피식 헛웃음을 지으며 말했다.

"그럼 이유는? 대체 왜 한국 땅에 잘 붙어 있던 청와대가 공중에, 그것도 이역만리 중국 하늘에 나타난 거지?"

─그 부분은 자료 부족으로 대답할 수 없습니다.

"지랄 맞군!"

이환의 입매가 비틀렸다.

그는 숨소리조차 죽이고 한껏 긴장해 있는 소녀를 힐끗 쳐다봤다.

소녀는 그의 눈길만 닿아도 마치 죽을 위기에 처한 듯 몸을 바들바들 떨어댔다.

"소소… 라고 했나? 그래, 소소. 마지막으로 하나만 묻겠다. 현재는 몇 년도지?"

─저, 저는 아직 어려서 그런 건 잘 몰라요. 하지만 할아버지 말로는 삼 년 전에 큰 전쟁이 있었고, 주 씨(朱氏) 성을 쓰는 장군이 나라를 세워 새로운 황제가 됐다고 했어요.'

이환이 빠르게 스피커를 쳐다봤다.

"검색 가능하나?"

─주원장(朱元璋), 자는 국서(國瑞), 중국 고대왕국 명(明) 왕조의 1대 황제이며, 묘호(廟號)는 태조(太祖). 재위 기간은 1368년에서 1398년까지입니다, 임시 국방부장관 이환님. 소녀의 말을 자료로 분석하면 지금은 정확히 1371년입니다.

이환은 다급히 소리쳤다.

"잠깐! 1371년? 이봐, 이 멍청한 고철덩이야! 나는 2140년에 태어났다! 그리고 불과 보름 전까지 2165년에서 살았다고!"

―무궁화의 메모리 또한 가장 최근의 데이터는 2145년입니다. 하지만 소녀의 말은 진실일 가능성이 매우 높고, 그것에 근거하면 현재 청와대와 임시 국방부장관 이환님은 1371년의 고대 중국에 있을 확률이 매우 높습니다.

이환은 힘없이 자리에 주저앉고 말았다.

"1371년… 1371년이라고?"

그가 살던 현실에서부터 794년이나 과거다.

이환은 이 사실을 받아들일 수가 없었다.

그때 주저앉은 이환을 보며 혼자 어쩔 줄을 몰라 하던 소녀가 조심스럽게 침대에서 내려와 그 앞에 무릎을 꿇었다.

사라락.

마의 옷자락이 가볍게 스치는 소리를 내고 가녀린 몸을 공손히 웅크린 소녀를 보며 이환은 그저 허탈한 웃음만 지었다.

부정하고 싶어도 대체 저 몰골을 보면 그럴 수가 없다.

누가 봐도 소녀의 모습은 고대인의 미개한 몰골이니까.

이환은 웃으며 손바닥으로 얼굴을 덮었다.

"돌아버리겠군……."

"안녕히 주무셨어요, 이, 이환님?"

"좋은 아침이다."

자신을 향해 어색하게 인사하는 소소를 보며 이환은 무뚝뚝하게 고개를 끄덕였다.

이제는 무궁화의 통역 없이 직접적인 대화가 가능했다.

귀에 꽂힌 소형 통역기 때문이다.

이환도 소소도 통역기를 착용한 상태였다.

각자의 언어가 각국의 언어로 알아서 통역되는 것이다.

"따라와라. 씻는 곳을 알려주마."

"네, 이, 이환님."

두 사람의 수면실이 바로 곁에 붙어 있기 때문에 이환은 일찌감치 일어나 샤워를 끝낸 뒤 소소의 방 앞에서 기다리고 있었다.

이 순진한 중국 소녀에게 알려줄 것이 너무나도 많았다.

그래도 기분이 나쁘지 않은 것은 새벽까지 마신 위스키의 취기가 아직 남아 있어서고, 지겨웠던 기계 전쟁에서 해방되었다는 기쁨, 오랜만에 풋풋한 소녀를 만났기 때문일 터다.

샤워 룸에 들어온 이환이 하나의 부스(Booth)를 열고 말했다.

"옷을 벗고 들어가서 이 버튼을 눌러라. 그럼 온수가 나올 테니까 이 비누로 구석구석 닦고 헹궈. 목욕이 끝나면 여기 걸린 수건으로 몸을 닦으면 된다."

스스로 생각하기에도 오랜만에 정말 많은 말을 했다고 생각하며 이환은 소소를 돌아봤다.

소소는 창백하게 질린 얼굴로 몸을 덜덜 떨고 있었다.

이환의 얼굴이 가볍게 찡그려졌다.

대체 이 소녀는 무슨 말만 하면 아주 겁부터 먹는다.

"왜 그래?"

소소가 두려워하며 기어들어 가는 목소리로 대답했다.

"모, 몸을 씻으면 모아둔 행운이 모두 물에 씻겨 내려가잖아요. 불운하게 돼요, 그러면."

이환은 골치가 아파왔다.

"헛소문일 뿐이다. 위생은 청결할수록 몸에 좋은 법이라고. 대체 네 몸에서 나는 악취가 얼마나 심한지 알고 하는 소리냐? 마지막으로 씻은 게 언제야?"

소소가 한참을 생각하고 말했다.

"작년 중양절(重陽節)이요……."

─중양절은 음력 9월 9일에 있는 중국의 오래된 명절입니다.

이제는 알아서 흘러나오는 무궁화의 설명을 들으며 이환은 기가 막힌다는 표정을 지었다.

그리고 우악스럽게 소소의 팔을 붙잡고 샤워 부스 속으로 집어넣었다.

"깨끗이 씻어라! 이건 명령이다!"

결국 고압적인 어투가 터져 나왔다.

군인은 어쩔 수 없는 군인이다.

쏴아아아…….

부스 속에서 흘러나오는 물소리를 들으며 이환은 만족한 표정을 지었다.

그러다 문득 부스 입구에 귀를 바짝 가져다 댔다.

하지만 물소리에 섞여 잘 들리지 않는다.

"무궁화, 부스 안에서 뭐라고 말하는 거지?"

— '흑흑, 내 행운이 모두 씻겨 내려가고 있어. 난 이제 뭘 해도 재수가 없을 거야. 흑흑, 나쁜 사조성님' 이라고 합니다.

이환은 지끈거리는 관자놀이를 꾹꾹 눌렀다.

"…어쩌면 차라리 기계가 그리울지도 모르겠군."

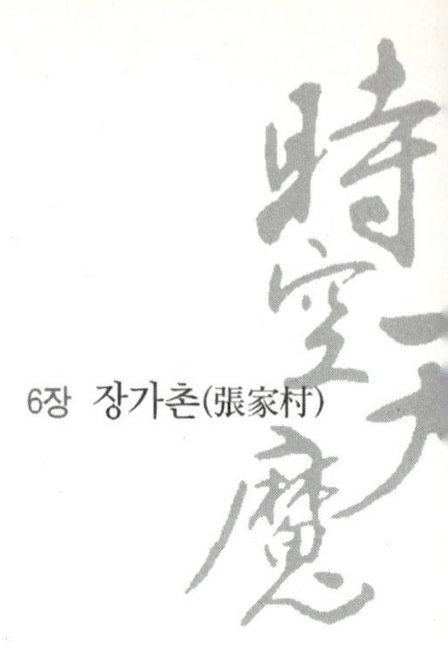

6장 장가촌(張家村)

"길은 알고 있겠지?"

"네, 이환님."

고개를 끄덕이는 소소는 여전히 '이환님'이라는 호칭이 불편해 보였다. 그렇게 부르라고 했을 때 어찌나 경악하며 거절하던지 아주 고생하지 않았던가.

하지만 그렇다고 다시 위대하신 분이라는 낯간지러운 소리로 불릴 수는 없는 노릇.

이환은 애써 무시하며 소소를 불렀다.

"뒤에 타라. 말이나 소를 탄다고 생각하면 될 거다."

"하, 하지만……."

소소가 짐짓 두려운 얼굴로 다가오는 것을 주저했다.

"괜찮으니까 타라."

"소나 말은 다리가 있는데 저, 저건 허, 허공에 떠 있잖아요."

이환은 바이크(Bike)의 핸들을 잡고 피식 웃었다.

"그럼 새를 탄다고 생각하면 편할 거다."

소소는 주저하면서도 슬금슬금 몸을 움직여 바이크의 뒷좌석에 올라탔다.

"무서우면 내 허리를 꽉 잡아라. 속력이 붙으면 제법 빠르니까."

소소는 황급히 고개를 저었다.

"제가 어떻게 이환님의 허리를……."

"그 말, 지키나 두고 보지."

농담을 중얼거리며 이환은 천천히 바이크를 운전했다.

부웅! 부웅!

"꺅!"

바이크가 천천히 앞으로 달려나갔다.

정확히 말해서는, 약 한 뼘가량 공중에 뜬 채 미끄러지듯 날았다가 맞는 말이겠지만.

산길은 험했고, 또한 깊었다.

소소를 태운 탓에 속도를 줄였다고는 하지만, 민첩한 바이크의 속도로도 산속을 거의 한 시간 가까이 헤집은 다음에야 산기슭에 도착할 수 있었다.

소소 때문에 속도를 최저로 운전하고 있다고 해도 예상보다 훨씬 오래 걸리는 길이었다.

이환은 힐끗 머리 위로 시선을 들었다.

텅 빈 하늘 한가운데 새카만 점이 보였다. 그 점은 바이크와 비슷한 속도로 따라 움직이고 있었다.

—이환님, 지금 속도로 약 30분 거리에 마을이 발견되었습니다. 규모로 봐서 약 200명가량의 인구밀도가 예상됩니다.

무궁화에게도 임시 국방부장관이라는 말을 떼게 했다.

정찰 위성의 영상을 통한 무궁화의 보고를 들은 이환은 소소에게 물었고, 소소는 놀라며 고개를 끄덕였다.

"맞아요! 우리 장가촌은 정확히 백팔십구 명이 살고 있어요! 역시 선녀님과 사조성님은 모든 것을 알고 계시는군요!"

소소는 무궁화를 선녀라고 불렀다.

모습이 보이지 않는데 아름다운 여자의 목소리만 흘러나오니 사조성을 보필하는 천상선녀라고 지레짐작한 것이다.

"도착했어요! 저기예요, 저기!"

이제 커다랗게 마을이 육안에 들어왔다.

소소는 마치 몇 년 만에 보는 고향이라는 듯 감격에 겨워 어쩔 줄을 몰라 했다.

웅웅!

바이크가 멈춰 서자, 소소가 좌석에서 펄쩍 뛰어내려 쏜살같이 마을로 달려나갔다.

"할아버지! 할아버지! 소소가 돌아왔어요!"

요란한 소소의 고함 소리가 조용한 아침의 장가촌을 화들짝 놀래켰다.

"소소야!"

"너 사조성님 곁에 가 있어야지 산을 내려오면 어떻게!"

"천신께서 노하실 거야!"

소소를 알아본 마을 사람들이 반가움과 당혹이 뒤섞인 목소리로 쑥덕거렸다.

이환이 바이크에서 내려 그곳으로 향해 걸어갔다.

"아냐! 나, 겁이 나서 도망쳐 내려온 거 아니에요! 저기, 사조성님이랑 같이 왔어!"

소소의 말과 손짓에 마을 사람의 안색이 핼쑥해졌다.

순식간에 준엄한 꾸짖음과 반가운 애틋함이 쥐 죽은 듯 사라졌다.

저벅저벅.

그 침묵 속에 이환이 걸어 들어왔다.

검은 정장을 입었지만, 그 신발만큼은 여전히 군화를 신고 있었기에 흙을 밟는 발소리가 유독 크고 선명하게 마을 사람들을 사로잡았다.

"히, 히익!"

"사, 사, 사……!"

"사조성이다!"

"으아악! 사조성이 인간으로 현신하여 마을에 나타났다!"

남자들은 목이 터져라 고함을 지르며 도망치기 바빴고, 여인네들은 다리가 후들후들 떨려 그만 제자리에 엉덩방아를 찧고 말았다.

이환이 소소의 곁, 여인네들의 바로 앞에 멈추어 섰다.

여인네들이 눈물 콧물을 쏟아내며 개구리처럼 와락 엎드렸다.

"사, 사조성님! 살려주세요!"

"엉엉! 쉰네는 자식이 다섯입니다! 고놈들 재롱도 다 못 봤는데 이리 죽기는 억울합니다!"

"아이고! 철수 아버지요! 나 죽소!"

여인네들의 방정맞은 탄식과 울음바다 속에 이환은 눈매를 찡그리고 가만히 서 있었다.

그때 저 멀리에서 익숙한 얼굴이 달려왔다.

소소가 방긋 웃으며 달려갔다.

"할아버지!"

"소, 소소야! 저, 저분은!"

장 노인이 손녀를 품에 안은 채 묵묵히 서 있는 이환을 두려운 눈으로 주시했다.

"사조성님, 아니! 이환님이셔!"

"어허, 소소야! 어찌 사조성님의 존함을 그리 부르느냐!"

장 노인이 노성을 토하며 황급히 이환의 앞에 몸을 숙였다.

"전능한 사조성님! 공물이 마음에 안 드셨어도 부디 노여움을 풀어주십시오! 그래도 저희 마을에서 가장 순수하고 심성이 고운 아이이옵니다!"

이환은 고개를 저었다.

그리고 뭐라고 입을 벌렸다가 이내 닫고는 장 노인의 지척으로 다가갔다.

장 노인은 이제 죽는구나 싶어 눈을 꽉 감았다.

그때 차가운 이물질이 그의 귓속을 파고들었다.

장 노인이 깜짝 놀라 눈을 뜨자 이환이 허리를 굽힌 채 그의 귓속에 뭔가를 집어넣고 있었다.

"들리나?"

이환의 목소리에 장 노인이 황급히 고개를 조아렸다.

"여부가 있겠습니까!"

"당신이 소소의 할아버지인가?"

"그렇습니다. 제가 소소의 할아비입니다."

이환의 눈빛이 차가워졌다.

"손녀를 제물로 버리다니 매정한 노인이로군."

장 노인은 한껏 고개를 숙이며 깊은 자책과 죄책감으로 물들었다.

소소가 고개를 저으며 외쳤다.

"버린 게 아니에요! 할아버지는 천신님이 화를 푸셔서 비가 내리고 땅에 새싹이 많이 나길 바라는 마음에서 그런 거였다구요!"

"소소야……."

어린 마음에 어찌 사조성이 두렵지 않았을까. 하지만 저렇게 씩씩하게 견뎌내고, 도리어 자신을 보호하는 손녀를 보며 장 노인은 울컥 터지는 격정을 숨기지 못했다.

소소가 간절한 얼굴로 말했다.

"그러니까… 그러니까… 이제 화 푸시고 다시 천상으로 올라가셔서 천신님께 말해주시면 안 돼요?"

어느새 소소는 눈물이 그렁그렁하다.

"우리 장가촌 사람들이 죄송하다고… 제가요… 다시는 안 그러겠다고 천신님께 말해주시면 안 돼요? 그래서 비를 내려주시면 안 돼요?"

울먹이면서도 애써 울지 않으려 노력하는 소소의 모습에 이환은 가벼운 짜증과 깊은 한숨이 치솟았다.

'대체 사조성이니 천신이니, 신앙에 너무 심취해 있군. 역시 고대는 어쩔 수 없는 것인가?'

과학의 지나친 발달로 맥없이 붕괴한 세상에서 살아온 이환에게 신이라는 이름은 잠시도 고민할 이유 없는 무가치한 존재였다.

문득 그는 소소를 힐끗 쳐다봤다.

말없이 물끄러미 자신을 바라보는 이환의 시선에 소소의 머리 속에 잠시 잊고 있던 단어가 떠올랐다.

그 단어는 신(神)!

소소의 어깨가 눈에 띄게 흔들렸다.

애써 떨지 않으려 참았지만 소소는 인간이었고, 이환은 전지전능한 사조성의 현신이었다.

신이라는 뜻이다.

미천한 인간일 뿐인 소소로서는 감히 부탁을 할 입장이 아닌 것이다.

장 노인이 다급히 무릎을 꿇었다.

"사, 사조성님! 아이가 어려서 감히 망언을 했습니다! 부디 노여워하지 마십시오!"

소소가 다급히 바닥에 엎드렸다.

"죄, 죄송해요. 저, 전 그냥 마, 마을 사람들이……."

"이놈, 소소야! 감히 어느 안전이라고 말꼬리를 무느냐!"

장 노인의 불호령이 떨어졌다. 소소는 그 작은 몸집을 더욱 좁히며 바들바들 떨었다.

'몸을 떨 정도로 두려워하면서도 마을을 위하는 건가? 멍청한 건지 순진한 건지 모르겠군.'

이환은 퉁명스럽게 대답했다.

"알았다. 천신, 옥황상제, 염라대왕, 손오공! 모두한테 말해주지. 이 빌어먹을 가뭄을 물리쳐 달라고!"

무뚝뚝하게 내뱉은 이환의 말에 소소의 얼굴이 환해졌다.

"정말이요? 정말, 정말 천신님께 말해주실 거예요?"

"사조성님! 정말 감사합니다!"

"이봐! 사조성님께서 비를 내려주신대!"

"뭐어? 정말? 정말 천신님께서 화가 풀리셨어?"

순식간에 주변 사람들이 너나 할 것 없이 환해진 얼굴로 잔뜩 모여들었다.

이환은 순식간에 포위되고 말았다.

그리고 그가 당황할 새도 없이 마을 사람들이 동시에 그를 향해 절을 하기 시작했다.

"사조성님, 정말 감사드립니다!"

"이제 비축해 놓은 식량도 없어서 나무뿌리를 캐먹고 연명했는데 비가 내려주면 분명히 싹이 자랄 겁니다!"

"크흐윽! 정말 이 은혜를 어찌 갚아야 할지!"

이환은 단호한 얼굴로 그들을 향해 말했다.

"내가 천신에게 장가촌의 일을 말하긴 할 것이지만, 그렇다고 비가 내릴 것이라는 보장은 할 수 없소. 가뭄과 기근은 자연적으로 그만한 이유가 있어 지속되는 것! 신에 의존하지 말고 차라리 지하수를 파든지 근처 호수로부터 도랑을 파서 밭에 물을 댈 방법을 생각해 보시오!"

"그, 그런……!"

"흉년이 천신님께서 진노하신 일이 아니라는 말씀입니까?"

"어찌 그런 말씀을……."

마을 사람들이 크게 술렁였다.

신에 의존하지 말라니!

만약 그가 하늘에서 내려온 사조성의 현신이 아니었더라면 돌에 맞아 죽어도 이상하지 않을 발언이었다.

장 노인이 고개를 조아리며 말했다.

"송구하오나, 능산은 처처히 굽은 산맥 형태로 마을의 삼면을 막고 있어 호수는커녕 그럴듯한 샘 하나 찾을 수 없습니다. 믿을 것은 제때 내려주는 빗물뿐인데 어쩐 일인지 삼 년 전부터 비구름이 찾아들지를 않으니… 도통 영문을 모르겠습니다. 정녕 천신께서 진노하신 게 아닙니까?"

천신, 지고한 존재!

어리석은 사람은 거짓을 맹신하기 마련이다.

지극히 냉정한 성격의 이환은 차갑게 대꾸했다.

"이 땅에 인간이 몇 명인데 그 지고한 천신님이 장가촌 따위에 신경을 쓰겠소. 이것은 천신의 분노와는 전혀 상관없는 자연적인 재해일 뿐이오."

무섭도록 냉랭한 이환의 어투에 일시지간 마을 사람들은 아무런 소리도 입 밖으로 꺼낼 수가 없었다.

그저 속으로 자신들이 무슨 잘못을 저질러서 사조성의 현신이 화가 났을까 전전긍긍할 뿐이었다.

이환은 침묵하는 사람들을 가볍게 훑어본 다음 차갑게 등을 돌렸다.

"소소를 돌려주러 온 것이니 이제 돌아가겠소. 나는 어떤 제물도 좋아하지 않으니 앞으로 청와대, 아니, 사조성의 주변에는 접근하지 않는 게 좋을 거요."

"아, 알겠습니다."

장 노인이 의기소침하여 고개를 끄덕였다.

"안 돼요!"

소소가 갑자기 이환의 곁으로 다가왔다.

"이환님이 다시 별이 돼서 천상으로 돌아가실 때까지 제가 모실 거예요! 꼭 그렇게 하게 허락해 주세요!"

이환은 고개를 저었다.

"네가 내 곁에서 할 일은 없다. 나에게 선녀가 있음을 너도 알 텐데?"

소소가 주저하며 웅얼거렸다.

"그, 그래도 꼭 찾으실 때가 있을……."

이환은 가만히 소소를 바라봤다.

소소의 얼굴이 창백해졌다.

"죄, 죄송해요! 제가 사조성님께 큰 실수를 저질렀어요! 부, 부디 용서해 주세요!"

"아이가 어려서 그런 것이니 제발 죽이지는 말아주십시오!"

장 노인이 옆에서 간청했다.

이환은 천천히 몸을 돌렸다.

그렇게 그는 홀로 바이크를 타고 청와대로 돌아갔다.

떠나는 그의 뒷모습을 유독 큰 눈에 습기를 머금은 소소가 지켜봤다.

"여기는 3년 동안 비가 한 방울도 내리지 않았다고 하더군. 흉년이 지독한 모양이던데 비가 올 가망은 없나?"

─공기에 포함된 습도가 무척이나 낮습니다. 확률적으로 우기(雨期)가 시작될 확률은 10% 이하입니다.

"그럼 가뭄을 해결할 방법은? 저 우둔한 작자들처럼 기우제나 지낼 수는 없으니까."

─인공 강우의 방법이 있습니다.

"그런 것도 할 수 있나?"

이환이 새삼스럽다는 듯 무궁화를 쳐다봤다.

한복을 입은 무궁화의 홀로그램이 고개를 끄덕였다.

─정찰 위성에 약간의 개조가 필요하겠지만 계산적으로는 가능합니다.

이환의 눈에 이채가 어렸다.

"그거 멋지군. 장가촌 일대에 비를 내릴 수 있다고?"

─현재 시스템으로 강수량의 조절은 불가능하지만 목표 면적을 계산해 볼 때 가능합니다.

"좋아, 시행하도록."

*　　　*　　　*

쿠르릉!

쾅! 쾅!

저녁나절부터 유독 하늘이 새카맣다 싶더니 이윽고 다음 날 새벽이 되자 먹장구름이 까맣게 모여들기 시작했다.

그리고 마침내 번뜩이는 번개 줄기 사이로 그토록 바라던 굵은 빗줄기가 청량한 소리를 내고 장가촌의 머리 위로 쏟아져 내리기 시작했다.

"비다! 비!"

"와아아아! 비가 내린다!"

"천신께서 드디어 마음을 푸셨구나!"

"감사합니다! 감사합니다!"

마을 사람들이 모두 달려나와 땅 위에서 덩실덩실 춤을 췄다.

그토록 메말라 있던 황야가 축축해지고 진흙처럼 뭉근해졌다.

"으하하하! 사조성님 만세!"

"사조성님 만세! 이환님 만세!"

사람들은 그 위를 뒹굴고 내달리며 실로 오랜만의 물줄기에 지난 모든 원망과 갈증을 씻어 보냈다.

　―인공 구름 발생에 성공했습니다. 현재 두 개의 정찰 위성에 무선 동력을 발송하느라 5개 발전소가 통상에 비해 26% 많게 가동 중입니다.

　두 개의 정찰 위성에 음극과 양극을 설정한다.

　그리고 청와대에서 무선 동력을 발송하여 음극과 양극 에너지를 극대화시킨다. 그렇게 구름이 만들어지고, 대기 중의 습기가 곧 비가 된다.

　그 과정을 이루는 자세한 과학 따위는 무궁화가 알아서 이루어냈다.

　이환은 문득 소소를 떠올렸다.

　만족하며 사람들 사이를 뛰어놀고 있을 것이다.

　그것이면 됐다.

　그는 희미한 웃음을 지었다.

　보람을 느낀다.

7장 지배[Reign]

　―이환님, 지표면 심층 탐색 결과 서남쪽 인근의 지하에 인공적으로 만들어진 동굴이 확인되었습니다.

　"단면을 입체 구성해서 비춰봐."

　이환은 커피를 마시며 화면으로 시선을 돌렸다.

　실선 같은 도면이 화면에 가득 퍼지더니, 이내 입체 형상으로 변하기 시작했다.

　지하 깊은 곳의 원형 동굴.

　공간은 텅 비어 있었는데, 오직 중앙에 네모난 돌이 옴폭 튀어나와 있었다.

　영상이 몇 번을 걸러지더니 선명해져 갔다.

“사람이잖아?”

네모난 돌 위에 사람이 앉아 있었다.

―생체 활동이 없습니다. 죽은 것으로 파악됩니다.

마지막 모금의 커피를 머금으며 이환이 낮게 중얼거렸다.

“무덤인가? 입구가 상당히 먼 곳에 있군. 길도 상당히 구불구불하고 험하군. 그런데… 앉은 채로 죽다니, 조금 괴상한데.”

가벼운 호기심이 일어났지만 그는 이내 과거 중국의 풍습이라고 치부하며 생각을 정리했다.

“그건 그렇고, 청와대가 고대 중국으로 시간이동한 이유는 찾았나?”

―자료가 부족합니다.

“매일 그 소리군.”

이환은 인상을 찡그렸다.

벌써 청와대와 그가 시공간을 뛰어넘은 지 석 달이 지나고 있었다.

무더웠던 여름이 가고 입추(立秋), 가을이 성큼 찾아온 것이다.

그동안 무궁화는 모든 건설, 수리 로봇을 동원해서 청와대를 고치고 주변을 정리하는 데 애썼다.

덕분에 인터넷 통신망을 제외한 모든 기능을 다시 사용할 수 있게 되었다.

지금만 해도 고장났던 지표면 탐색 기능을 시험 가동한 것
이었다.

"평화롭군. 우스운 일이야. 청와대 한가운데서 이렇게 여
유로울 수 있다니. 이래서야 전혀 돌아가고 싶지 않군."

이환은 혼잣말을 중얼거리며 피식 웃고 말았다.

마지막 말은 농담 섞인 진심이었다.

돌아가 봤자 전쟁터다.

인류는 비참할 것이고, 인생은 건조하다.

기계와 싸워야 하고 목숨을 걸어야 한다.

이겨봐야 상처뿐인 영광.

차라리 지금처럼 여유를 즐기며 안주하는 것도 나쁘지 않
을 것이다. 적어도 이환 자신에게는.

—이환님, 1호 정찰 위성으로부터 3급 위험 영상이 감지되었습
니다.

"1호면 장가촌? 전송하도록!"

수리를 끝낸 청와대는 지니고 있는 모든 정찰 위성을 공중
으로 날려 보냈다. 대부분은 중국 전역으로 날아갔고, 몇 개
가 남아 청와대 인근과 장가촌 등을 관찰하고 있었다.

위성 영상이 화면에 비춰졌다.

—약 30명의 병장기를 든 기마인(騎馬人)들이 장가촌을 향해 접근
하고 있습니다.

이환의 눈매가 찡그러졌다.

고대 중국의 복장에 대해 까막눈이나 다름없는 이환이 보기에도 화면에 비춰진 그들은 결코 선해 보이지 않았다.

얼굴에 복면을 쓰고 얼룩덜룩한 짐승 털옷을 입은 채, 고삐를 잡지 않은 빈손에 커다란 칼[刀]을 들고 있다.

누가 봐도 도적이다.

이환은 자리에서 일어났다.

"바이크 준비시켜라, 무궁화."

부아아아아아앙!

바이크에 몸을 실은 이환은 마치 돌풍과 같이 산속을 가로질렀다.

양복 상의가 바람을 맞고 거칠게 펄럭인다.

＊　　　　＊　　　　＊

흑풍단(黑風團)은 광서에서 알아주는 마적이다.

피도 눈물도 없다.

약탈은 돈, 여자, 소년, 소녀, 심지어 유부녀까지 대상으로 삼았다. 오직 성인 남자를 제외하고 모든 것이 흑풍단의 먹잇감이다.

흑풍단은 잔인했고, 잔인함에 걸맞게 강했다.

그래서 쫓기게 되었다.

너무 강해진 나머지 성도에서 가까운 마을까지 약탈해 버린 것이다.

눈앞에서 일어난 참화에 아무리 변방에 위치한 관부라도 묵시할 수는 없었다. 그렇게 수배가 걸리고 병졸들이 따라붙었다.

제아무리 날고 기는 흑풍단이라고 해도 감히 황궁의 병사들에게 대감도를 들이밀 수는 없었다. 그날로 황제 모반의 대죄를 받고 공포의 금의위(錦衣衛)에게 사건이 넘어갈 테니까.

동창은 천외천의 세상에 사는 무림인들도 두려워하는 곳이니 인원이 많다고는 해도 일개 마적단일 뿐인 흑풍사가 건드릴 벌집이 아니었다.

그렇게 병졸을 피하고 피하는 도피행이 이어졌고, 결국 이렇게 광서성 최남단 흠서 인근까지 내려온 것이다.

이곳 산맥이 높고 험하다고 하니 작정하고 산채(山寨) 생활을 할 계획이었다.

그러다가 선발조로 보낸 놈들이 소규모 인원의 마을, 장가촌을 발견했다.

피도 눈물도 없는 마적 떼로서 무고한 민초를 보면 흉심이 먼저 도는 것이 당연지사.

마지막 건수라고 각오하며 이렇게 말을 몰고 달려나가는데 뜻밖의 일이 발생했다.

흑과 백이 교차된 괴상한 복장을 한 미친놈이 쇳덩어리를 타고 날아오더니 자신들의 앞길을 턱하고 막는 것이다.

기가 차기도 하고 신기하기도 하여 그 미친놈이 하는 꼴을 가만히 지켜봤더니, 등 뒤에 기다란 쇠막대기를 꺼내 왼손에 잡아 들었다.

웬 개수작이냐고 흑풍단 전체에서 킬킬거리는 비웃음이 터져 나온 것은 말할 필요도 없는 일.

하지만 그 우스꽝스러운 쇠 작대기가 번쩍하고 섬광을 터뜨릴 때는 누구도 웃음을 머금을 수 없게 되었다.

이환이 삼십 마적 떼를 앞에 두고 중얼거렸다.

"기계보다 나쁜 놈들이 누구인지 아나? 바로 너희 같은 놈들이다. 사람이 사람을 죽이는 것들. 사람이 사람됨을 배신하는 것들."

우웅!

오른손에 들린 임팩트 소드가 오랜만에 백열의 검신을 뽑아냈다.

이환이 서늘한 눈매로 전방을 쳐다봤다.

"나는 인류생존보호군의 군인 이환이며, 이 지역은 청와대의 정찰 위성이 떠 있는 내 영역이다. 내 영역권 안에 있는 무고한 시민을 약탈하려는 너희들을 '기계'로 간주하는 바, 즉결 심판하겠다."

그날 장가촌은 바람 소리에 묻힌 천둥소리를 들었고, 비명 소리를 들었다.

모든 마을 사람들은 이 모든 것이 하늘에서 강림한 사조성의 일이라고 믿으며, 방 깊은 곳에서 천신을 향한 기도를 올렸다.

천신이시여, 평화를 주시옵소서! 풍작을 주시옵소서!

레이저 건.

임팩트 소드.

두 가지의 미래 병기는 충분히 뛰어난 힘을 자랑했다.

또한 전투로 단련된 경험과 타고난 전투 실력은 수적 열세를 만회시켜 주고도 남았다.

이환은 들판 한가운데 서서 뜨거운 숨결을 흘려냈다.

그의 앞에는 흐르는 피와 쌓인 인마(人馬)의 시체 사이에 겁쟁이처럼 바들바들 떨고 있는 열대여섯 명의 마적들이 주저앉아 있었다.

"괴, 괴물……."

"악마! 귀, 귀신이다! 피에 미친 귀신이야!"

생존한 마적들은 실성한 듯 이환을 손가락질했다.

초점이 풀린 자들도 눈에 들어왔다.

채 20분이었다.

그사이에 광서 일대에 악명을 높인 흑풍단이 괴멸했다.

마적들은 믿을 수가 없었다.

사내의 쇠막대기에서 섬광이 번쩍이면 사람과 말이 동시에 터져 나갔고, 새하얀 빛 덩어리에 스치기만 해도 말과 몸이 동시에 쪼개졌다. 게다가 피도 흐르지 못하고 그대로 화상을 입은 것처럼 상처가 열기에 짓눌리기도 했다.

악몽을 꾸는 기분이다.

지옥의 야차(夜叉)가 신벌(神罰)을 내리기 위해 현신했다고밖에 생각할 수 없었다.

"……."

이환은 차가운 눈으로 생존한 소수의 마적들을 쳐다봤다.

그의 눈길이 닿기만 해도 사색이 돼서 겁에 질렸다.

이환은 임팩트 소드를 정지시켰다.

팔 전체를 뜨겁게 하던 열기가 사라지고, 그는 불어오는 바람을 맞으며 무심히 등을 돌렸다.

이미 마적들은 전의를 상실했다.

이환은 손을 들어 왼쪽 어깨를 털었다.

"양복이 더러워졌군."

*　　　*　　　*

소소는 해가 밝자마자 부지런히 산길을 올랐다.

험하고 가팔랐지만 굵은 땀을 훔쳐 가며 열심히 발을 놀렸다. 그렇게 벌써 반나절을 흘려보내고, 소소는 청와대의 앞에 도착했다.

"어쩌지? 어쩌지? 이환님이 싫어하시면 어떻게 하지?"

소소는 정작 도착하긴 했지만 이환의 차가운 얼굴이 떠올라 문 앞에서 이러지도 저러지도 못하고 주변을 서성거렸다.

그렇게 얼마나 지났을까.

갑자기 문이 열리고 이환이 모습을 드러냈다.

소소는 깜짝 놀라 양손으로 입을 가렸다.

큰 눈을 쉴 새 없이 움직이며 이환의 눈치를 보기에 바쁘다.

이환은 낮은 한숨을 내쉬며 등을 돌렸다.

"들어와라."

소소가 환하게 웃으며 고개를 끄덕였다.

"네!"

두 사람은 방공호로 내려갔다.

소소는 여전히 엘리베이터를 신기해했고 두려워했다.

"이… 무릉도원으로 가는 방은 참 신기한 것 같아요."

사방이 쇠로 된 방에 들어와서 가만히 있으면 세상이 변한다. 소소는 엘리베이터를 천신이 있는 선계(仙界)로 가는 신선술이라고 생각했다.

이환이 피식 웃었다.

“여기는 지하다.”

소소가 사색이 된 얼굴로 말했다.

“그, 그럼 지옥인가요?”

“여기가 지옥이라면 지옥도 나쁘지 않겠군.”

이환은 툴툴 웃으며 응접실로 향했다.

가사 로봇이 두 사람을 향해 가벼운 인사를 건넸다.

“안녕하세요, 이환님, 소소님. 무엇이 필요하세요?”

“아, 안녕하세요, 철선인(鐵仙人)님.”

쇳덩어리가 사람처럼 움직이는데 어찌 이것이 천상선계의 선인이 아니겠는가!

소소는 처음 가사 로봇을 보고는 크게 감복한 얼굴로 큰절을 올렸었다.

“나는 커피, 소소에게는 초코우유.”

“잠시만 기다려 주세요.”

두 사람이 식탁에 앉고, 금방 가사 로봇이 모락모락 김이 나는 음료를 대령했다.

“저번의 홍유(紅乳)도 맛있었는데 이 흑유(黑乳)도 아주 맛있어요. 달짝지근하면서도 고소한 맛이 나는 게, 선인님들은 모두 이런 걸 마시나요?”

소소가 초코우유를 한 모금 머금고 감탄한 얼굴로 중얼거렸다.

흑유는 당연히 초코우유, 홍유는 딸기우유였다.

그 진지한 모습에 이환은 자신도 모르게 웃고 말았다.

"그건 그렇고, 웬일이지?"

소소가 우유 잔을 내려놓고 꾸벅 고개를 숙였다.

"고맙다는 말씀을 드리러 왔어요. 그때… 이환님께서 돌아가시고 나서 비가 내렸어요! 역시 이환님께서 천신님께 우리 마을의 이야기를 전해주신 거죠? 정말 감사해요!"

눈 끝에 가벼운 물기를 머금고 환하게 웃는 소소의 얼굴을 보며 이환은 자신도 모르게 입가로 웃음을 머금었다.

순박한 소소의 얼굴을 보고 있으면 그는 평화를 느꼈다.

척박한 전쟁터 속의 군인은 결코 가질 수 없는 기분.

마치 좋은 커피를 마시며 미지근한 온수 속에 몸을 담그고 있는 기분이다.

문득 이환이 눈가를 찌푸렸다.

"말랐구나."

"아, 그게… 아무래도 가뭄이 길었으니까요."

마치 자신의 굶주림이 이환에게 큰 폐가 되기라도 한다는 듯 소소는 미안한 표정을 지으며 무척이나 당황해했다.

이환은 한 모금의 커피를 머금었다.

'그렇군. 그저 주기적으로 비만 내린다고 해결되는 일이 아니었다. 모든 것에는 계절의 시기가 있는 법. 벌써 가을인 이상 장가촌은 내년까지 제대로 된 농사를 지을 수 없다.'

그는 안이한 자신을 반성했다.

비는 아주 급한 불을 끈 것에 불과했다.

중요한 것은 이제 시작이었다.

곧 가을이 가면 겨울이 올 것이다.

굶주림의 시간.

추수를 하지 못한 장가촌에게는 무척이나 힘겹고 추운 계절인 것이다.

"마을에 비축 식량은 얼마나 남았지?"

"잘 모르겠어요. 하지만 할아버지가 괜찮을 거라고 했어요."

어린 피붙이에게 냉혹한 진실을 말할 수 있는 가장은 드물다.

이환은 차분히 계산했다.

흉년이 이어온 기간, 버텨온 시간.

장가촌의 규모, 그들의 금전적 상태.

계산은 무척이나 간단했다.

고작 60여 가구가 사는 촌마을에 식량을 사들일 돈이 있으면 얼마나 있고 여유가 있으면 얼마나 있겠는가.

"무궁화, 현재 방공호의 비축 식량이 얼마나 되지?"

—이환님 개인 거주를 기준으로 약 5년분의 재고가 있습니다.

이환은 보고를 받으며 다시 생각했다.

'장가촌이 농사로 수확을 얻기까지 약 1년 반이 걸린다. 그때까지 내가 식량을 지원해 줄 수는 있다. 하지만 그렇게 되

면 청와대의 식량 비축이 현저히 떨어진다. 유사시, 식량의 부재는 전투에 큰 영향을 끼친다.'

그는 치열한 삶을 살아온 군인이다.

모든 것을 전쟁이라는 것에 기반을 두고 계산한다.

단지 장가촌의 혹한기를 해결해 주기 위해 보존성이 높은 미래형 비상식량을 사용한다는 것은 냉정히 말해 손해 보는 일이었다.

"무궁화, 지표면 탐색 기능을 가동한다. 대상은 생명체, 야생 동물이다. 근처의 정찰 위성까지 동원해도 좋다."

—탐색 가동합니다. 정찰 위성, 검색 기능으로 전환합니다.

이환은 느긋하게 마지막 남은 한 모금의 커피를 들이켰다.

"당분간 바빠질 거다, 소소."

소소는 이환이 깊은 생각에 빠져 있자 숨소리조차 작게 줄여가며 멈춰 있다가 갑자기 자신을 쳐다보는 이환의 시선을 받고 지레 깜짝 놀라고 말았다.

"히끅!"

딸꾹질을 해버린 소소를 보며 이환은 희미한 웃음을 머금었다.

그저 배려하는 소소가 기특할 뿐이다.

노파와 젖먹이 아이를 제외하고는 장가촌 주민 전체가 청와대 앞에 모여들었다.

마을 사람들은 불안한 얼굴로 대화를 주고받았다.

대체 왜 사조성의 현신이 자신들을 불러 모았는지 이유를 몰랐기 때문이다.

삶과 죽음을 관장하는 사조성은 언제나 두렵고 높은 존재일 뿐이었다.

그때 청와대의 정문이 열리고 이환이 저벅저벅 걸어나왔다.

흑과 백이 어우러진 그 기묘한 복장을 보고 마을 사람들은 약속이라도 한 듯 조용히 수다를 멈췄다.

조용해진 장내로 이환이 소소에게 뭐라고 말을 건넸다.

소소가 명랑한 목소리로 크게 고함을 질렀다.

"이환님께서 말씀하시는데, 남자는 자신과 함께 사냥을 하고 여자는 먹을 수 있는 버섯과 식물을 채집하래요!"

"뭐어? 능산에서?"

"아무리 그래도 여기는 불길한 곳인데……."

마을 사람들이 크게 술렁거렸다.

이환은 비록 말은 할 수 없어도 알아들을 수는 있는 통역기 덕분에 의아한 표정을 지었다.

"이 산맥이 어떻다는 거지?"

그러고 보니 이상하다.

이렇게 커다란 산맥이 있는데 어째서 이들은 산에 올라와 부족한 식량을 메우지 않았을까.

장 노인이 송구한 표정으로 그에게 다가왔다.

이환은 품 안에서 통역기를 꺼내 그에게 건넸다.

먼저 착용해 본 적이 있는지라 장 노인은 서툴지만 통역기를 귀에 꽂았다.

"말해보시오."

"저어, 이 능산 산맥은 예로부터 불길한 곳이라 하여 사람들이 잘 출입하지 않는 곳입니다, 이환님."

"불길한 곳?"

"예. 옛 어른들의 이야기에 따르면 수천 년 전 고대에 하늘을 아우르던 잔혹한 마귀가 있어 그 이름을 스스로 천마(天魔)라 칭하고 선계의 천신님과 한바탕 처절한 싸움을 시작했다고 합니다. 그 치열한 싸움은 무려 삼백 년간이나 계속되었고, 결국 천신께서 승리하였지만 천마의 힘이 너무도 강하여 그를 죽이지는 못하고, 대지에 묻고 그 위에 험준한 산맥을 쌓아 올려 영원히 천마를 봉인하였다고 합니다."

"그 천마가 봉인되었다는 곳이 이곳인가?"

"예, 그렇습니다, 이환님. 한데, 미천한 인간들도 아는 이야기를 정작 선계의 사조성께서 모르시다니 조금 의외로군요."

이환은 무뚝뚝하게 대답했다.

"신은 바쁜 직업이야."

"아, 그렇군요!"

장 노인은 크게 배웠다는 듯 고개를 끄덕였다.

이환은 연신 불안한 표정을 짓는 마을 사람들을 둘러보다가 담담히 입을 열었다.

"나는 사조성이다. 천신이 직접 나를 인간 세상으로 보내었는데 고작 패배한 마귀 따위를 두려워한단 말인가?"

장 노인이 사색이 되어 고개를 저었다.

"아닙니다! 어찌 저희들이 지고한 사조성님을 앞에 두고 천마 따위를 두려워하겠습니까! 그저 우매한 인간들이 속설 따위에 마음이 흔들리는 것뿐입니다!"

그는 황급히 마을 사람들에게 소리쳤다.

"이 어리석은 사람들아! 여기 이분이 누구시더냐? 바로 천신님께서 가여운 우리들을 위해 보내주신 생사의 신 사조성님이시다! 여기 살아 있는 신장(神將)이 계시는데 천마 따위가 두려운 것이냐!"

"아, 아닙니다!"

"송구합니다, 사조성님!"

"부디 진노를 거두어주십시오!"

장 노인의 호통에 마을 사람들이 와락 무릎을 꿇고 이환을 향해 절을 하기 시작했다.

괜히 사조성의 눈에 거슬려 천벌을 받고 싶은 마음은 눈곱만큼도 없었다.

먼지 풀풀 날리는 전설 따위가 뭐가 두려우랴.

지금 내 눈앞에 사조성의 현신이 서 있는데.

이환은 무뚝뚝하게 호령했다.

"해는 짧다. 부지런히 움직이도록."

"휴우……!"

이환은 넥타이를 풀며 지친 한숨을 흘렸다.

오늘 하루는 정말 바빴다.

마을 남자들을 이끌고 사냥을 했다곤 하지만, 사실 거의 모든 일은 이환이 독차지했다.

바이크의 기동성과 레이저 건의 위력.

마을 남자들이 하루 종일 한 일이라고는 그의 뒤를 졸졸 따르며 머리에 구멍이 난 동물들을 주워 담는 게 전부였다.

오죽했으면 마지막에는 바이크의 동력이 바닥을 기었다.

"호랑이 둘에 곰 여덟, 사슴 서른 마리인가? 나쁘지 않군."

오늘 사냥한 동물의 개수를 헤아리고 이환은 흡족한 표정을 지었다.

토끼 같은 녀석들은 눈길도 주지 않았다.

레이저 건에 맞으면 형체도 남지 않고 박살날 게 분명하거니와, 그 작은 몸뚱이로 마을 전체가 배를 채우려면 대체 몇 마리를 잡아야 할지 계산조차 불가능했다.

물론 저 외에도 멋모르고 덤빈 늑대가 수십 마리 있었지만 늑대 고기는 식용으로 부적합하니 관심 밖이었다.

"가서 일손이나 돕지 않고?"

가사 로봇에게 양복 상의를 건네며 그는 힐끗 소소를 쳐다봤다.

소소는 하루 종일 산을 쏘다니며 버섯이나 열매를 캐느라 온몸이 흙투성이였다.

"흑유 한 잔만 주세요!"

신적인 존재에 대한 막연한 공포감은 여전히 남아 있었지만 조금의 친숙함은 들었나 보다.

밝게 웃는 소소를 보며 이환은 엄숙하게 말했다.

"마시고 바로 이 닦아라. 나중에 고생하기 싫으면."

"네에."

소소가 짐짓 싫은 표정을 지었다.

명나라 사람에게 치약은 무척이나 괴상한 맛이었다.

"후아!"

이를 닦으며 샤워까지 끝낸 소소가 뽀송뽀송해진 얼굴로 나른한 표정을 지었다.

이환이 탁자에 발을 올리고 레이저 건을 닦으며 말했다.

"늦었으니까 자고 내일 같이 내려가자."

"마을에 들르시게요?"

소소가 반색하며 말했다.

이환은 고개를 끄덕였다.

"가끔은 들르는 것도 좋겠지. 늦었다. 자도록."

"네, 이환님. 안녕히 주무세요!"

소소가 총총걸음으로 수면실로 들어갔다.

이환은 잘 닦은 레이저 건을 내려놓고 가볍게 기지개를 켰다.

"신 노릇이란 참 번거롭군."

*　　　*　　　*

어느덧 가을이 지나고 겨울이 가까워졌다.

쌀쌀했던 공기가 조금씩 어깨를 움츠릴 정도로 차가워졌다.

이환은 지휘통제실에 앉아 모닝커피를 마시며 위성 영상으로 장가촌을 관찰하고 있었다.

마을에는 활기가 넘쳤다.

능산은 산맥 전체가 천혜의 보고였다.

깊고 험한 만큼 자연이 오래 태동한 곳이라 2개월에 한 번씩 이루어지는 사냥과 채집으로 장가촌은 곳간이 마를 새가 없어졌다.

"이 평화가 채 800년도 못 가고 깨어진다니 아쉬운 일이로군."

아무런 즐거움이 없는 미래.

아무런 행복이 없는 미래.

아무런 의미도 없는 미래.

그저 맹목적인 적의와 희미한 희망만이 남은 시대.

2165년의 현실.

이환은 아버지와 형을 떠올렸다.

그에게도 화목했던 때는 있었다.

물론 주변의 가정에 비하자면 무척이나 삭막했던 사실은 인정하는 바이지만 그래도 행복했었다.

쓸쓸한 생각에 빠진 이환의 코끝을 커피향의 달콤함이 간질였다.

커피를 단숨에 들이켠 이환은 잔을 내려놓으며 중얼거렸다.

"인생은 커피 같군. 겉으로는 달콤하고 향긋하지만 마셔보면 그저 쓰기만 할 뿐이지."

이환은 무궁화의 홀로그램을 향해 시선을 돌렸다.

그의 시대에서는 박물관에서나 볼 수 있는 한복을 입고 단아하게 서 있는 무궁화.

"원래 모델이 있는 외모인가?"

―이 모습은 조선 중종대의 기생인 황진이를 바탕으로 디자인되었습니다.

"황진이?"

이환은 웃고 말았다.

한국을 지배하던 폭군은 기생이었던 것이다.

─황진이는 기생이기도 하지만 여류 시인으로도 명성이 높은 문학가였습니다. 또한…….

"아, 나도 대충은 알고 있어. 열다섯 살 때쯤 그녀의 전기 영화를 본 적 있지. 하하!"

이환은 까마득한 소년 시절을 떠올리며 웃고 말았다.

그 영화는 미성년자 관람 불가였다.

*　　　*　　　*

휘이이잉……!

아침부터 습기가 가득하더니 결국 오후 무렵에 돌풍과 함께 진눈깨비가 쏟아져 내렸다.

이환은 하루의 시작과 끝을 같이하는 지휘통제실의 푹신한 의자에 앉아 커피를 음미했다.

"오늘이 며칠이지?"

─1371년 12월 8일입니다. 청와대가 시공을 이동한 지 5개월하고 2일이 흘렀습니다.

"벌써 그렇게 지났나? 생각보다 고대인이 되어 사는 것도 나쁘지 않은 일이로군."

사실 2100년대의 첨단 건물이 있다면 원시시대라고 해도 안락한 삶을 누릴 순 있을 것이다.

물론 그 건물이 한국에서 가장 뛰어난 시스템을 탑재하고 있는 청와대라면 더 할 말은 없다.

"그럼 어디 내 착실한 신도들은 뭘 하고 있나 지켜볼까?"

이환이 농담처럼 중얼거렸다.

장가촌은 이제 하늘의 우두머리라는 천신보다 사조성의 현신, 즉 이환을 더 맹신하는 분위기다.

생사를 주관하는 공포의 신이면 어떤가.

비를 내려주고 굶주림을 해결해 준다.

게다가 바라는 것도 없고 제사까지 치르지 말라고 한다.

이보다 더 자상한 신은 세상에 없다.

"오늘 같은 날에는 집 밖으로 나가지 않는 게 몸에 좋지."

깨알 같은 진눈깨비가 흩날리는 장가촌은 바깥으로 나다니는 사람이 거의 없었다.

다가올 파종(播種)을 고대하며 그저 나른한 겨울을 즐기는 것이다.

─이환님, 신분이 등록되지 않은 외부인이 감지되었습니다.

"전송하도록."

화면이 변했다.

장가촌의 어귀가 비춰지고, 작은 보따리를 등에 멘 여자가 곁에 선 남자 아이의 손을 붙잡고 비틀비틀 눈발 사이를 걷고 있었다.

추레한 행색으로 봐서 꽤 오랫동안 먼 길을 여행한 것 같았다.

"화면 확대. 얼굴까지."

여자의 얼굴은 추위에 질려 새파랗게 얼어 있었다.

생기라고는 찾아볼 수 없는 깡마른 외모의 여자는 갈라지고 퉁퉁 부은 입술로 연신 하얀 입김을 흘려냈다.

잔뜩 쌓인 피로는 아들로 보이는 남자 아이에게도 큰 짐처럼 들러붙어 있었다.

금방이라도 쓰러질 것 같다.

"무궁화, 소소와 통신하겠다."

―소소님과 통신 연락 시도합니다. 연결되었습니다.

―아, 안녕하세요, 이환님!

스피커를 타고 소소의 목소리가 울려 퍼졌다.

소소는 통신기가 어색한 듯 약간 말을 더듬거렸다.

이환은 두 모자에게서 시선을 떼지 않고 말했다.

"마을 어귀에 지친 여행객이 있다. 아무래도 저러다가는 동사할 것 같으니 가서 데려오는 게 좋을 거야."

―아, 그래요? 알겠어요! 금방 가서 모셔올게요!

스피커로부터 쿵쾅거리는 소음이 흘러나왔다.

이환은 의자 깊숙이 몸을 기댔다.

장가촌에서 소소와 몇 명의 남자가 종종걸음으로 어귀를 향해 달려가는 영상, 금방이라도 쓰러질 듯 비틀거리는 두 모자의 영상, 모자를 발견한 소소가 뭐라고 소리치며 마을 남자들을 부르는 영상, 그들의 안내를 받고 안도한 얼굴로 장가촌으로 들어서는 모자의 영상이 체계적으로 이어졌다.

—이환님, 아주머니와 아이를 잘 데리고 왔어요! 그런데 아주머니가 피가 섞인 기침을 해요! 많이 아픈 것 같아요!

스피커를 통해 소소의 당황한 목소리가 흘러나왔다.

이환은 여자의 얼굴을 떠올렸다.

피곤에 찌든 얼굴, 옴폭 들어가 윤기 없는 피부.

"결핵인가?"

신체에 영양소가 제대로 공급되지 못해 생기는 기아병(飢餓病). 가장 가능성이 크다.

그는 턱을 매만졌다.

"무궁화, 바이크 준비해라."

진눈깨비를 가르며 바이크를 운전한 이환은 겨울에는 가급적 바이크를 타지 말아야겠다고 생각했다.

장가촌에 도착한 그는 곧장 장 노인의 집으로 향했다.

소소가 마당에서 기다리고 있다가 반색하며 이환을 자신의 방으로 잡아끌었다.

"이환님 오셨습니까."

장 노인이 방 안에 누워 있는 여자를 간호하다가 공손히 고개를 숙여왔다.

이환은 우선 여자의 안색을 살폈다.

영상으로 비춰진 것보다 훨씬 심각하다.

"오래 굶은 모양이군."

장 노인이 침울하게 말했다.

"저희야 이환님께서 돌봐주시니 근심 걱정이 없지만 세상은 아직도 기근에 시달리고 있다고 합니다."

이환은 건성으로 고개를 끄덕였다.

세상은 그의 관심 밖의 일이다.

세상이 무너지건 전쟁이 벌어지건 자신과 청와대만 무사하면 된다. 덤으로 장가촌도 무사하면 좋고.

그는 품 안에서 알약을 꺼냈다.

"그녀에게 먹이고 토해낸 핏물이 묻은 옷이나 이불은 그냥 불에 태우시오."

장 노인이 공손히 고개를 숙였다.

"알겠습니다."

"아이는?"

"시광이 아저씨네서 밥 먹이고 있어요."

이환은 고개를 끄덕였다.

"아이에게도 이 약을 먹여라."

그는 나머지 약을 소소에게 주었다.

"이게 신선들이 아플 때 먹는 불노불사의 신약인가요?"

"그냥 항생제일 뿐이다."

"항생제요?"

"몸에 곪은 곳이 있으면 그걸 치료해 주는 정도지. 정상인은 먹어봤자 아무 효과도 없다."

"그렇군요."

소소가 신기하다는 듯 항생제를 만지작거렸다.

장 노인이 이환을 향해 고개를 숙이며 말했다.

"날이 차온데 오늘은 하루 묵고 가심이 어떠신지요? 마침 아들네가 쓰던 빈 방도 있습니다."

"그래요, 이환님! 오늘은 따뜻한 방에서 푹 쉬다 가세요!"

이환은 잠시 바깥을 쳐다봤다.

진눈깨비는 더 강해져서 멎을 생각이 없어 보였다.

"그럼 하루 신세지도록 하지."

"네! 제가 이부자리 펴드릴게요!"

소소가 신이 나서 요란을 떨었다.

이환은 묵묵히 흩날리는 진눈깨비를 바라봤다.

아무리 첨단을 달려온 미래인이라도 추운 건 추웠다.

이런 날 바이크를 타면 얼굴이 얼기 딱 좋다.

그렇게 한겨울의 하룻밤이 흘러갔다.

"안녕히 주무셨어요?"

이른 아침부터 마당을 쓸던 소소가 방문을 열고 나오는 이환을 보며 아는 체를 했다.

이환은 가볍게 고개를 끄덕이고 하늘을 살폈다.

어제는 모른다는 듯 구름 한 점 없이 화창한 날씨다.

"소소야, 아이 어미는 어떠냐? 어이쿠! 이거 이환 나리 아니십니까!"

걸어 들어오던 턱수염을 짙게 기른 중년인이 이환을 알아보고 깜짝 놀라 바닥에 엎드렸다.

이환은 담담히 고개를 끄덕이고 소소의 방으로 향했다.

소소가 빗자루를 내려놓고 쪼르르 달려왔다.

"약을 먹이니까 밤새 편안하게 잠들었어요. 역시 이환님은 대단하세요!"

이환은 방문을 열어 아직도 잠들어 있는 중년 여자를 살펴봤다. 안색이 편안하고 숨이 고른 것이 건강해 보였다.

이환은 고개를 끄덕이며 방문을 닫았다.

마당으로 내려서는 그를 보며 소소가 시무룩하게 물었다.

"가시게요?"

"날이 풀렸으니까 돌아가야지."

이환은 마당 한쪽에 주차한 바이크에 올라탔다.

소소가 서운한 표정을 지었다.

"아침은 드시고 가시지……."

"나리, 오랜만에 들러주셨는데 이렇게 가시다니요? 진수성찬은 못해 드려도 따뜻한 고깃국은 드셔야지요!"

중년인까지 손을 저으며 만류했다.

이환은 고개를 저으며 바이크에 시동을 걸었다.

'아무래도 중국어 공부를 해야겠군. 통역기 덕에 알아들을

수는 있어도 말을 못하니……'

이환은 소소를 쳐다봤다.

"수고해라."

소소가 주저하더니 이윽고 조심스럽게 말문을 열었다.

"저어, 가끔씩 일이 없어도 들러주실 수 있어요?"

이환은 짤막하게 말했다.

"가끔이라면."

소소의 얼굴이 환해졌다.

"꼭, 꼭이요! 약속하셨어요! 헤헤……!"

"지키지 못할 약속을 해버렸군."

이환은 습관처럼 커피를 홀짝였다.

소소와의 약속.

가끔씩 장가촌에 들른다는 것.

할 수 없는 일이다.

장가촌에 있어 그는 신이다.

가뭄을 거두고 음식을 내려주는 전지전능한 존재!

만약 이환이 제집처럼 장가촌에 드나들고, 그들의 일상 속에 스며든다면 장가촌의 사람들은 그를 '익숙한 존재'로 생각할 것이다.

나와 밥을 먹고 나와 같이 있다.

어떻게 생겼는지도 알고 뭘 좋아하는지도 안다.

그렇게 되면 신의 경외심은 사라진다.

그저 이환이 된다.

그들과 같은 인간, 이환!

환상이 벗겨지는 것이다.

더 이상 미지의 존재가 될 수 없다.

유대감이라는 이름으로 어떤 부탁도 쉽게 요구할 것이다.

마치 동물원의 원숭이가 사육사에게 먹이를 요구하듯.

이환은 그들에게 있어 공짜로 먹이를 주는 사육사가 되어 버린다.

이환은 차갑게 중얼거렸다.

"지나친 신뢰는 결국 배덕을 부를 뿐이지."

기계에게 인간이 그랬다.

인간은 신이 되어 피조물 앞에서 절대의 권위를 누렸다.

하지만 남은 것은 철저한 배신과 뒤바뀐 지위.

그리고 한때나마 신이었던 인간의 몰락이다.

이환은 어리석은 과거를 미개한 과거 속에서 복습하지 않을 것이다.

짙은 커피 향기가 지휘통제실을 가득 메운다.

지휘통제실의 벽과 천장을 가득 덮은 화면은 분주히 움직이는 장가촌을 비추고 있다.

이환은 담담히 마지막 한 모금의 커피를 음미했다.

'원숭이에게 철학을 가르치는 것만큼 어리석은 것도 없지.

명나라 시대의 과거인들에게 신의 존재는 거의 절대적인 것. 내가 무슨 소리를 해도 그들은 과학을 믿지 못한다. 이렇게 된 것, 얻은 것은 누리고 누릴 것은 전부 사용하는 수밖에.'

이환은 자상한 사람이 아니고, 미개인들을 계몽시킬 정도로 열성적인 사람도 아니다.

또한 지금 그가 과학이라는 단어를 떠들고 세상에 공개하는 것은 시간의 흐름을 바꾸는 일이고 역사를 뒤흔드는 일이다.

눈먼 맹신이 구역질나는 것은 사실이지만, 그렇다고 자신이 저주해 마지않는 기계 문명의 발전을 억지로 앞당길 이유는 없었다.

이환은 식은 커피만큼이나 차가운 미소를 머금었다.

"신이라고 믿는다면 신이 되어주지. 하지만 철저히 신의 권위를 누리겠다. 무조건적인 착한 신을 기대했다면 슬픈 일일 거야. 주제를 모르는 것은 강철 따위로도 충분하니까."

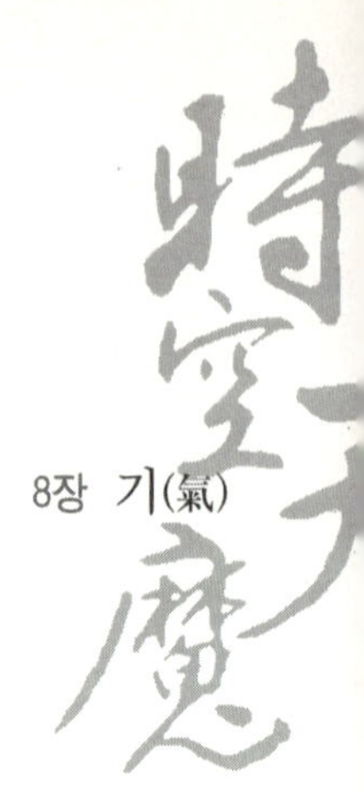

8장 기(氣)

본격적인 겨울이 시작되었다.

쌩쌩 불어오는 폭설에 장가촌은 물론 청와대까지 눈 속에 묻혀 버렸다.

아침 일찍부터 잠에서 깬 이환은 이제는 일과에 속한 커피 마시기와 장가촌 관찰을 동시에 시작했다.

밤사이 폭설에 입은 피해는 없는 듯 고요한 모습이었다.

능산의 겨울은 평화로움 그 자체였다.

하지만 이환에게 있어서는 다소 지루한 평화다. 바이크를 타고 산맥을 질주하는 유일한 취미를 못하게 되었으니까.

이환은 탁자로 시선을 돌렸다.

거기 펼쳐진 책은 꾸부렁하고 복잡한 말로 가득했다.

기초 중국어 학습 책이다.

평생 중국어라고는 'ni, hao' 밖에 모르던 그에게 뒤늦게 찾아온 외국어 공부는 조금 낯설고 어려운 일이었다.

이환은 검지를 들어 잠들기 전까지 읽었던 문맥을 짚었다.

책장 넘기는 소리만이 조용한 지휘통제실을 소란스럽게 했다.

─이환님, 소소님으로부터 통신 요청이 접수되었습니다.

"연결해."

정적을 깨우는 무궁화의 보고를 들으며 이환은 책을 덮었다.

─저기, 계신가요?

스피커로 조심스러운 소소의 목소리가 들려왔다.

이환은 피식 웃음을 머금었다.

"계시니 말하도록 해."

─아! 이환님, 식사는 하셨어요? 날씨가 추운데 감기는 안 걸리셨는지 모르겠네요.

"그걸 물으려고 연락한 건 아니겠지?"

─아참! 희 아주머니께서 이환님을 꼭 뵙고 싶으시데요. 이것 땜에 연락드렸어요.

"그게 누구지?"

─이환님께서 구해주신 그 아주머니 말이에요. 요즘 아주 건강해지

셔서 재밌는 이야기도 많이 해주세요!

"날 찾는 이유는 알아봤나?"

—꼭 감사의 인사를 드리고 싶대요. 헤헤, 이환님은 천상의 신이니까요.

"거절해."

—네? 왜요?

"그까짓 감사 인사를 들을 정도로 난 한가롭지 않아. 들을 생각도 물론 없고."

—하지만…….

"네가 잘 알아듣게 전해줘. 이만 끊겠다. 무궁화, 연결 종료해."

—이, 이환님… 삑! 통신 연결 종료되었습니다.

"커피 한 잔 내와."

—알겠습니다.

이환은 덮었던 책을 다시 펼쳤다.

가사 로봇이 따끈한 커피를 가져오고, 그 달콤 쏩쓸한 맛과 함께 방 안에는 다시 조용한 정적이 드리웠다.

그리고 한참의 시간이 흘러 그가 500페이지가 넘는 책의 마지막 장을 넘겼을 무렵, 무궁화의 보고가 조용했던 지휘통제실을 소란스럽게 했다.

—이환님, 청와대를 향해 접근하는 사람이 있습니다. 모두 두 명이며 소소님이 일행에 포함되었음이 확인되었습니다.

이환의 눈매가 일그러졌다.

"화면 연결해."

영상이 켜졌다.

희뿌연 눈보라 사이로 허리까지 쌓인 눈 사이를 걷는 소소와 다른 한 명의 모습이 보였다.

그녀들은 위태위태하게 걸으며 눈밭을 가로지르고 있었다.

그때 겨울옷을 몇 겹이나 껴입었는지 덩치가 커진 소소가 문득 눈 더미를 잘못 밟고 몸을 비틀거렸다.

곁에 있던 여인이 다급히 소소의 어깨를 붙잡았다.

여자를 돌아보며 소소가 웃어 보인다.

얼굴은 새파랗고 입술은 거의 회색빛이다.

"가지 않으면 온다는 건가? 이 추운 날 어린애를 앞세울 정도로 내가 그렇게 보고 싶다 이건가?"

이환의 눈이 냉기를 머금었다.

"그럼… 만나주도록 하지."

지이이잉!

정문이 열리며 세찬 폭설이 밀려들었다.

이환은 문밖에 서 있는 두 여인을 응시했다.

"헤… 헤, 이환님, 아, 안녕하세요?"

웃으려 하지만, 말하려 하지만 얼어붙은 얼굴은 쉽사리 발음을 허용하지 않았다.

이환은 소소를 무시하고 곁에 선 여인에게 시선을 돌렸다.

그 눈빛을 받은 여인이 황급히 한쪽 무릎을 꿇었다.

"늦은 시각, 결례를 용서해 주십시오."

귀에 꽂은 통역기로 여인의 음성이 들렸다.

이환은 표정을 짓지 않고 말했다.

"통역해라, 무궁화. 만나지 않겠다는 나를 찾아온 이유가 무엇이냐?"

사방에서 들려오는 무궁화의 무감정한 통역에 여인은 화들짝 놀라며 웅크린 어깨를 더욱 좁혔다.

이환의 음성이 조금 커졌다.

"대답해라! 나를 찾아온 이유가 뭐지?"

"이환님, 죄송해요."

소소가 놀라며 황급히 앞으로 걸어나왔다.

화가 난 이환의 모습에 어찌할 바를 몰라 하는 표정이었다.

"소소, 너는 말할 자격이 없다! 왜 내 말을 지키지 않았지? 분명히 만나지 않겠다고 했을 텐데?"

"죄, 죄송해요. 하지만 희 아주머니께서 너무 간곡히 부탁하셔서……."

"사조성님, 이 천녀의 잘못입니다. 소소를 너무 탓하지 말아주십시오. 그저… 그저 천녀를 살려주시고 하나뿐인 아이를 구생해 주신 존귀한 분을 직접 찾아뵙고 경배의 인사를 올리고 싶었을 뿐입니다!"

어깨로 눈발이 쌓인 여인이 몸을 일으키지 않고 말했다.

이환은 차가운 눈으로 여인을 응시했다.

"고작 그따위 입바른 소리를 하기 위해 내 뜻을 거부한 것이며, 이 추운 날 어린아이를 앞세워 폭설을 헤친 것이냐?"

"아니에요, 이환님! 희 아주머니는 혼자 가시겠다고 했는데 제가 아주머니를 혼자 보낼 수 없어서 고집을 피운 거예요!"

"이 미천한 것의 생각이 짧았습니다! 부디 진노를 거두어 주십시오!"

이환은 단호하게 등을 돌렸다.

"돌아가라. 그따위 소리를 들을 정도로 나는 한가하지 않다."

"이, 이환님!"

"죄송합니다, 죄송합니다!"

"무궁화, 문 닫아!"

지이잉!

문이 닫히고 바깥에서 불어 닥치던 눈바람이 멈췄다.

짧은 시간이었지만 이미 복도 전체로 얼룩덜룩하게 눈이 녹아 있었다.

문득 소소가 떠오른다.

하지만 애써 무시했다.

이것은 약속이다.

약속은 서로의 말을 신뢰하는 것.

지키지 않으면 지켜줄 수 없다.

비록 그것이 선의에서 시작되었다고 하지만 엄격할 부분은 단호해야 한다.

세상은 웃을 수 있는 곳이 아니니까.

＊　　　＊　　　＊

차돌 같던 얼음이 녹고, 요란하게 지붕을 때리던 폭설이 서서히 잦아들었다.

비로소 지루했던 겨울이 웅크림을 벗고 기지개를 시작한 것이다.

"봄이로군."

습관적으로 커피를 홀짝이며 이환이 담담하게 중얼거렸다.

세상이 총천연색 자연으로 변화하기 분주한데, 철탑 무궁화와 이환은 여전했다.

책을 보고 커피를 마시는, 달라질 것 없는 일과.

하지만 결코 권태롭지 않았다.

이제껏 지독한 전쟁터에서 살아온 이환에게 있어 지금의 평온은 꿈에서도 생각하지 못한 달콤한 휴식이었기 때문이다.

"장가촌 쪽도 이제 바빠지겠군."

영상에 비춰지는 장가촌은 벌써부터 부지런을 떨고 있었다. 겨울잠에서 깨어난 곰처럼, 녹은 들판의 개미처럼 벌써부터 봄의 푸름을 느끼고 있는 것이다.

이환의 시선이 천천히 한곳을 향했다.

굴뚝 연기가 모락모락 올라오는 낡은 건물.

마당에 소복이 쌓인 눈을 쓸어내는 장 노인의 모습이 보인다.

이환은 물끄러미 그곳을 응시했다.

그리고 가볍게 한숨을 내쉰다.

폭설을 뚫고 찾아온 소소와 여인을 매몰차게 돌려보낸 지 어느덧 두 달이 지났다.

그동안 소소와 연락을 한 번도 하지 않았다.

용건이 없는 이상은 당연한 일이고, 그가 스스로 정한 법칙이라지만 입맛이 쓴 건 사실이었다.

─이환님, 소소님으로부터 통신 요청이 접수되었습니다.

그때, 이환의 마음을 읽기라도 한 듯 무궁화가 보고를 전했다.

이환은 다급히 외쳤다.

"어서 연결해!"

─아, 안녕하세요.

더듬거리는 소소의 목소리.

이환은 반가움을 애써 무시하며 담담하게 말했다.

"무슨 일이지?"

―저, 마을에서 봄맞이 춘분제(春分祭)를 하는데 꼭 참석해 달라고 할아버지께서 부탁드리랬어요.

"언제?"

―삼 일 뒤예요.

"참석하도록 하지."

―와아, 정말요?! 그, 그럼… 이만 끊을게요.

숫구친 목소리가 급격히 곤두박질을 쳤다.

여동생에게 장난을 친 우스운 기분.

결국 이환은 유쾌함을 참지 못했다.

"소소!"

―네에?

"오랜만이다."

―네에!

봄을 알리는 축제가 시작되었다.

겨우내 질리도록 먹던 말린 고기는 한쪽으로 치우고 돼지를 잡고 싹을 뽑아 싱그러운 봄의 음식을 성대하게 차렸다.

"으하하! 봄이로구나, 봄이야!"

"봄이로세! 어이야, 좋다!"

"땅도 녹도 이제 씨 뿌릴 일만 남았구나!"

"으하하핫! 좋다, 좋아!"

장가촌 사람들은 덩실덩실 춤을 췄다.

비어버린 곳간 탓에 술 한 통 빚을 수 없었지만, 취한 것보다 더욱 들뜬 모습이었다.

"우와아아! 사조성님께서 왕림하셨다!"

"이환 나으리 만세!"

"하늘이 장가촌을 살리는구나!"

어린아이부터 노파까지 모인 공터로 예의 말끔한 양복 차림의 이환이 나타났다.

"이환님!"

장 노인의 곁에서 남자 아이와 깔깔대던 소소가 당근을 본 암말처럼 깡총대며 이환에게 달려왔다.

"헤헤, 시장하시죠? 이거 드세요! 이환님 드리려고 제가 보관해 놨어요!"

소소가 커다란 돼지 앞다리를 내밀었다.

"이환님, 이리로 오시지요!"

장 노인이 허리를 굽히며 이환을 상석으로 이끌었다.

그곳은 특별하게 의자가 놓여 있었는데 여우 털이 덮인 호화로운 의자였다.

장 노인은 이환이 의자에 앉기도 전에 우렁우렁하게 외쳤다.

"이환님께서 귀한 몸을 이끌고 이 미천한 놈들을 위해 왕

림해 주셨으니 우리 장가촌 촌민들이 큰절을 하여 공덕을 기
릴 것이다!"

"옳습니다!"

"사조성님께 치성을 올리나이다."

장가촌 사람들은 너나 할 것 없이 동시에 무릎을 꿇고 고개
를 조아렸다.

천상의 존귀한 분이다.

가뭄을 물리치고 봄을 가져다주신 분이다.

경배하지 않을 수 없었다.

마을 사람 전원이 이환을 향해 세 번 절하고 아홉 번 고개
를 조아렸다.

마치 광신도가 교주를 배알하는 광경이었다.

이환은 한숨을 쉬며 장 노인을 향해 말했다.

어색하지만 중국어다.

겨울철 내내 틀어박혀 무궁화를 상대로 공부한 결과였
다.

"춘분제를 시작하시오."

"어? 언제 인세의 말을 터득하셨습니까? 과연 사조성이십
니다! 자! 이제부터 춘분제를 시작하겠네!"

"와아아아!"

마을 사람들이 일어나 박수를 치고 함성을 내질렀다.

춘분제는 비교적 간단한 의식으로 이루어져 있었다.

장 노인이 부적을 태워 동서남북 사방으로 재를 뿌리고, 천지신명을 향해 한차례 기도를 올리는 것이 제식의 전부였다.

하지만 올해는 조금 다르다.

한 가지 과정이 추가되어 있었다.

"저어… 송구하오나 이 우매한 것들을 향해 한 말씀 부탁 드리겠습니다."

바로 사조성 이환의 축사였다.

"음……."

이환은 가볍게 침음하며 주변을 둘러봤다.

초롱초롱한 눈으로 자신을 바라보는 수백 쌍의 눈동자.

한쪽 손에 몽둥이 같은 돼지 앞다리를 든 신은 이럴 때 무슨 말을 해야 할지 생각해 본다.

결국 이환은 느릿하게 입을 열었다.

"서로… 싸우지 말고 친하게 지내시오."

춘분제의 축제는 저녁까지 이어졌다.

적막한 시골, 특별한 장난감도 없었지만 봄의 희망은 그 무엇보다 사람들을 즐겁게 했다.

이환은 둥그렇게 모여 이야기를 주고받는 마을 사람들에게서 조금 떨어져 고목나무에 등을 기댔다.

손에는 아직 돼지 앞다리가 들려 있었다.

마을 사람들에게 일일이 인사를 전해 듣느라 내려놓을 여유조차 없었던 것이다.

이환은 한입 크게 고기를 뜯었다.

차갑게 식었지만 진한 육즙이 입 안을 맴돌았다.

"이환님, 물 드세요! 그냥 먹다가 체할지도 몰라요!"

어디서 나타났는지 느닷없이 소소가 물 대접을 내밀었다.

이환은 소소를 보며 피식 웃었다.

소소의 입가에는 돼지기름이 땀처럼 번들거리고 있었다.

"제 얼굴에 뭐 묻었어요? 아앗!"

이환의 시선에 얼굴을 쓰다듬던 소소가 손바닥에 질펀하게 묻어나는 돼지기름을 보고 당황하며 소매로 얼굴을 훔쳤다.

"가서 친구들과 놀도록 해."

"아뇨. 괜찮아요. 친구들이랑은 매일 놀 수 있지만 이환님은 바쁘셔서 자주 뵙기 어렵잖아요. 헤헤."

살짝 혀끝을 내밀고 눈을 굽히는 소소.

그 귀여운 모습에 이환은 가벼운 미소를 머금었다.

"이환님, 천상 이야기 해주세요. 정말 무릉도원의 복숭아를 손행자(孫行者)께서 다 훔쳐 먹었나요? 여래님은 정말 자상하게 생기셨겠죠? 관제(關帝)께서는 정말 수염이 그렇게 기신가요?"

종알거리는 소소의 머리를 가볍게 쓰다듬은 이환은 문득

장난스럽게 말했다.

"천상의 일이 궁금하다고? 그럼 하나 말해주마."

"네? 뭐에요? 말해주세요!"

"사오정은 말이지……."

"사화상(沙和尙)이 왜요?"

"워낙 이 닦는 일을 싫어해서 이젠 입에서 나방이 나온다고 하더군."

"나, 나방이요?"

소소의 안색이 창백해졌다.

"그래. 나방. 워낙 입이 더러워서 독나방들이 거기에 집을 차렸지. 천상에서는 사오정이 하품을 하면 멀리 도망가기 바쁘지. 독나방들이 잔뜩 튀어나와서 독 가루를 퍼뜨리거든."

"히끅!"

소소가 갑자기 딸꾹질을 하며 양손으로 입을 가렸다.

"하루 세 번 양치질을 안 하면 자고 있을 때 독나방이 입 안에 알을 심을 거야. 그럼 하품을 할 때마다 나방이 튀어나오겠지."

"이, 이환님, 저 잠깐 어디 좀 다, 다녀올게요."

"어딜?"

"그, 그럴 일이 좀 있어요."

소소가 양손으로 입을 부여잡고 쏜살같이 달려나갔다.

"하하!"

이환은 소소의 뒷모습을 보며 결국 웃음을 터뜨리고 말았다.

치약 맛에 인상을 찌푸리면서도 열심히 이를 닦을 소소를 생각하니 눈물까지 찔끔 흘렀다.

그때였다.

"저어… 사조성 나리."

낯선 목소리와 함께 불현듯 인기척이 그의 곁에 드리워졌다.

"……!"

이환의 눈이 커졌다.

새파란 안광이 눈가를 스치고, 손은 허리춤으로 빠르게 움직였다.

"누구지?"

임팩트 소드의 검자루를 움켜쥔 그의 목소리가 딱딱하게 굳었다.

'지척에 있는 인기척을 느끼지 못했다!'

군인에게 있어 감각은 생명을 지키는 최고의 무기다.

숱한 전투로 월등히 발달된 감각을 지닌 이환이 느끼지 못할 인기척은 없다고 해도 과언이 아니었다.

하지만 지금 그는 낯선 목소리를 듣고 나서야 또 다른 누군가가 있다는 사실을 깨달았다.

전장이라면 죽었다.

"기억하실지 모르겠지만 사조성께서 구해주신 미천한 것입니다."

조용한 음성과 함께 측면의 나무 그늘에서 여인이 걸어나왔다.

이환은 경계심을 풀지 않고 여인을 응시했다.

병색이 남아 있어 수척하긴 했지만 여인은 아름다운 외모를 지니고 있었다.

잠시 두 사람의 눈이 중간에서 얽혔다.

여인은 조심스러운 얼굴로 고개를 숙였다.

"다시 실례를 저지른 것 같습니다."

"무슨 일이지?"

"지난번의 결례를 사과코자……."

"감사한 것이 미안하다고? 우스운 말이군."

이환은 차갑게 웃었다.

"정말 나에게 감사하고 싶다면 나를 귀찮게 하지 않는 게 좋을 거야."

여인을 대하는 이환의 태도는 냉랭하기만 했다.

폭설을 맞으며 벌벌 떨던 소소의 모습이 눈앞에서 지워지지 않았기 때문이다.

"이환님! 어, 희 아주머니도 계시네요?"

금방 세수한 듯 얼굴이 촉촉이 젖은 소소가 이환과 여인을 보며 방긋 웃어 보였다.

새하얀 치아가 반짝반짝 빛났다.

"흥! 나방 따위, 저는 겁나지 않아요!"

허리에 손을 붙이고 당당하게 외치는 소소.

이환은 웃을 수밖에 없었다.

"무궁화, 감시 대상을 설정한다. 명칭은 감시 대상 A, 목표의 모든 행적을 기록하도록!"

—감시 대상 A, 확인되었습니다. 24시간 감지 체제 설정합니다.

소소와 마을 사람들의 만류를 뿌리치고 청와대로 돌아온 이환은 곧장 지휘통제실로 들어가 무궁화에게 임무를 명령했다.

감시 대상 A.

그 대상은 희 아주머니로 불리는 여인이었다.

이환은 영상에 비춰지는 여인을 뚫어져라 응시했다.

"너… 정체가 뭐지?"

이환은 읽을 수 있었다.

여인의 눈에 담긴 예리한 칼날을.

그 칼은 피를 잔뜩 머금고 있었다.

사선을 넘고 죽음을 맛본 군인의 본능이 그것을 알려주었다.

여인은 평범하지 않다.

애 딸린 평범한 여인이라면 기척 숨기는 법을 알지 못할 것이고, 은연중에 사용할 정도로 숙달되지 못했을 것이다.

또한 거리.

여인과 이환은 여덟 걸음을 앞에 두고 이야기를 나누었다.

일 합(一合)에 기습을 할 수 있고, 반걸음에 회피할 수 있는 최적의 공간이다.

다년간의 전투가 아니라면 결코 얻을 수 없는 생사의 공간이다.

다시 말해, 여인은 이환만큼 전투에 능통하다는 뜻이었다.

"쓸모없는 피를 가져온다면……."

기록 01, 1371년 2월 18일.

특별 행동 없음.

기록 02, 1371년 2월 19일.

특별 행동 없음.

기록 03, 1371년 2월 20일.

이상 행동 확인.

—녹화 영상을 재생하겠습니다. 이상 행동이 일어난 시간은 새벽 03시 15분부터입니다.

늦은 밤.

여인은 방문을 열었다.

열린 문틈으로 남자 아이의 자는 모습이 작게 화면에 잡혔다.

여인은 자상한 웃음으로 아이의 이불을 만져 주고 조용히 방문을 닫았다.

밖으로 나온 여인은 잠시 주변을 둘러본 다음 천천히 집을 벗어났다.

그녀는 마을에서 한참 떨어진 들판 한가운데서 걸음을 멈췄다.

그리고 천천히 양손을 배 앞에 모아 특별한 모양을 만들고 꼿꼿이 선 채 눈을 지그시 감았다.

초봄이라고는 하나 아직 날씨는 쌀쌀함을 잃지 않아 그녀의 코와 입에서 연신 뜨거운 연기가 피어났다.

여인은 무려 한 시간을 가만히 선 채 움직이지 않았다.

서서히 감았던 눈을 뜬 여인이 배꼽 밑에 모은 양손을 부드럽게 움직이기 시작했다.

새가 활개를 치듯 부드럽고 폭이 넓은 움직임이었다.

원을 돌리고, 각을 찍고, 선을 그으며 움직이던 여인은 돌연 느릿하며 부드럽던 동작을 거센 물살처럼 빠르게 변화시키기 시작했다.

펼쳤던 손바닥도 어느덧 말아 쥐어 주먹이 된 채로 허공을 가로지른다.

서서히 빨라지기 시작한 여인의 동작은 이내 눈에 보이지도 않을 정도로까지 격해졌다.

여인의 동작에 들판에 먼지가 치솟았다.

여인은 낭랑한 함성을 외치며 허공을 수놓던 양 주먹을 가슴 앞에 모았다.

가슴 앞에서 서로 맞닿은 주먹은 잠깐의 휴식도 없이 다시 앞으로 내밀어졌다.

여인의 소맷자락이 찢어질 듯 거칠게 펄럭였다.

그 동작을 끝으로 여인은 이마에 가득한 땀을 닦아냈다.

그리고 다시 한 시간여에 걸쳐 제자리에 서서 눈을 감은 후 마을로 돌아갔다.

여인이 들판에서 보낸 시간은 약 세 시간. 그것을 지켜본 이환은 단 1초도 영상에서 눈을 떼지 않았다.

"…무궁화, 저곳을 확대시켜."

—확대합니다.

"이럴 수가……."

손아귀에 축축해진 땀이 급격히 차갑게 식어버렸다.

여인이 주먹을 뻗은 곳에서 조금 떨어진 곳에 나무 한 그루가 있다.

두터운 나무 기둥.

그곳에는 두 개의 선명한 주먹 자국이 파여 있었다.

"공간을 격하고 주먹 자국을 남겼… 다고?"

이환은 경악을 감추지 못했다.

"대, 대체 여기는… 어디지?"

그날로부터 3일이 지났다.

이환은 수염조차 정돈하지 않은 부스스한 얼굴로 턱을 괸 채 앉아 있었다.

충혈된 눈은 한 치의 흔들림도 없이 눈앞의 화면을 응시한다.

희 아주머니.

그녀의 모든 행동이 펼쳐진 모든 화면에 비춰지고 있었다.

"오직 그녀다. 오직 저 여자만 특수한 힘을 사용하고 있다."

이환은 손가락으로 입술을 매만졌다.

메마른 입술의 거칠거칠한 느낌이 손가락을 문질렀다.

지난 3일, 그는 장가촌의 모든 사람을 대상으로 특수 관찰을 명령했다.

꼬마부터 노파까지 남녀노소를 가리지 않고 무궁화의 정찰 위성이 그들의 면면을 관찰했다.

하지만 모두 평범했다.

오직 '희 아주머니'만이 밤마다 들판으로 나갔고, 믿어지지 않는 동작을 선보였다.

"어째서 그녀만 신비한 힘을 지니고 있는 것일까? 그 '초능력' 은 대체 뭐지?"

그녀의 그 힘은 초능력이라고밖에 표현할 수 없었다.

"신인류, 과거에 존재했던 새로운 인류인가?"

하지만 그는 고개를 저었다.

그는 미래인이다.

만약 초능력을 쓰는 새로운 인류가 있었다면 미래에 분명히 밝혀졌을 것이다.

그녀의 초능력은 무궁화의 방대한 기록 속에서도 발견되지 않는 전대미문의 힘이었다.

"장가촌에서 오직 그녀만이다. 그녀가 그들과 다른 부분은?"

있다.

그녀는, 바깥에서 왔다.

"그러면… 밖엔 그녀와 같은 사람이 몇 명이나 있지?"

입술이 바짝 말랐다.

장가촌에는 여인뿐이다.

하지만 바깥에서도 정말 그녀뿐일까?

만약 그들이 장가촌을, 청와대를 공격한다면?

"…골치 아프군."

이환은 관자놀이를 주물렀다.

머리가 쇠망치처럼 무거웠다. 3일간 단 1분도 쉬지 않고 꼬박 지휘통제실에 틀어박힌 결과였다.

이환은 허탈하게 중얼거렸다.

"어디에도 편히 쉴 곳은 없는 건가?"

삐이이이.

"어? 피리 소리다!"

소소가 고개를 갸웃했다.

"그러게. 어디서 나는 소리지?"

모여 놀던 아이들이 일제히 동작을 멈추고 소리가 나는 쪽으로 고개를 돌렸다.

"마을 밖이지?"

"그런 거 같아."

"누굴까?"

"사조성님이 아닐까?"

"에이, 이환님은 저기 능산에 계시다구."

"그래도 얍 하고 나타나시잖아."

"그건 그래."

아이들이 피리 소리를 가지고 수다를 꽃피웠다.

그때 아이들 사이에서 남자 아이가 입술을 파랗게 물들이고 몸을 부들부들 떨기 시작했다.

소소가 남자 아이에게 다가갔다.

“어? 운비야, 왜 그래?”

“저, 피리 소리…….”

“응? 피리 소리가 왜?”

“나, 저 소리 알아. 저 소리, 무서운 소리야.”

남자 아이, 운비는 사시나무처럼 몸을 부들부들 떨며 중얼거렸다. 얼굴 가득 두려움이 짙게 퍼져 있었다.

소소가 운비의 어깨를 토닥이며 어른스레 달랬다.

“걱정 마. 이환님께서 우릴 지켜주실 거야. 너도 알지? 희 아주머니와 널 눈밭 속에서 구해준 것도 이환님이라구.”

“이, 이환님? 정말 그분께서 저 피리 소리를 물리쳐 주실까?”

“그러엄! 나만 믿어! 헤헤!”

“운비야!”

“엄마!”

“희 아주머니, 운비가 피리 소리를 듣고 많이 놀랐어요.”

“그, 그래. 고맙구나, 소소야.”

여인은 운비를 품에 안고 소소를 향해 가벼운 웃음을 지어 보였다. 하지만 표정이 딱딱하고 눈동자가 파르르 흔들리고 있었다.

여인은 운비의 등을 몇 번 쓰다듬은 뒤 소소에게로 아이를 떠밀었다. 운비는 그녀에게서 떨어지지 않으려 했지만 결국 밀려나고 말았다.

"운비야, 소소와 잠깐 놀고 있으렴. 소소야, 운비와 있어주겠니?"

"네, 안 그래도 계속 공기놀이를 하던 중이었어요."

"그래, 고맙구나."

"엄마! 가지 마!"

잠시 떨어졌던 운비가 다시 그녀의 치맛자락을 움켜잡았다.

여인은 짙은 한숨을 내쉬며 운비를 진정시켰다.

"걱정 마. 엄마 금방 갔다 올 거야. 운비, 착하지?"

"정말 금방 올 거지? 금방이지?"

"그럼. 그러니까 재미있게 놀고 있어. 알았지?"

"으응……."

다시 날카로운 피리 소리가 마을을 가로질렀다.

경쾌하다기보다 칼바람이 허공을 베는 듯 잔뜩 날이 선 소리였다.

여인은 소리가 나는 방향을 응시하며 입술을 꽉 깨물었다.

걸음을 옮겨 그곳으로 향하는 여인을 바라보는 운비의 표정이 불안감으로 가득했다.

마을에서 약간 떨어진 숲 속.

나무와 수풀 사이, 조그마한 공터.

피리 소리는 그곳에서 시작되었다.

“또… 찾아왔나요?”

여인의 음성이 힘겨운 소리를 냈다.

피리를 든 청의중년인, 쥐처럼 적갈색의 눈을 가진 남자는 푸근한 웃음을 지어 보였다.

“약빙, 이게 얼마만이냐? 벌써 한 해가 훌쩍 지나고 말았구나!”

“…허례 따위는 원하지 않아요. 대체 왜, 어째서 이 광동(廣東) 최남단까지 쫓아온 거죠?”

절절한 원망이 담긴 여인의 외침에 쥐눈의 남자는 대번 인상을 바꾸었다.

푸근한 웃음이 가뭄처럼 말라붙고, 혈색 좋던 붉은 얼굴이 냉막한 한풍을 뒤집어썼다.

쥐눈의 남자가 비열한 웃음을 머금었다.

“약빙, 오지까지 숨어든 잔꾀는 칭찬해 주마. 하지만 너는 내가 설사 지옥 끝까지라도 찾아가리란 사실을 잊지 말았어야 했다. 나는 결코 한 번 노린 목표를 포기하지 않기 때문이지.”

“정말 너무하시는군요.”

쥐눈의 남자가 야수처럼 인상을 찌푸렸다.

“너무하다고? 너무한 건 너다! 내가 그토록 열렬히 구애했는데 고작 무지렁이 약초꾼 따위와 눈이 맞다니! 게다가 애까지 싸질러 낳아? 그게 나를 기만한 게 아니고 뭐란 말이냐!”

"부군을 모욕하지 마세요. 그분은 좋은 사람이셨어요."

"크하하핫! 천하의 혈질려가 남자를 옹호할 줄이야! 이거 정말 우스운 일이로구나!"

"……."

쥐눈의 남자는 침묵하는 여인을 향해 독사와 같은 미소를 지었다.

"약빙, 마지막 기회를 주겠다. 그 약초꾼의 자식을 내놓아라! 그 애새끼만 없으면 너를 다시 내 여자로 인정해 주겠다!"

여인은 단호히 고개를 저었다.

"충신은 불사이군(不事二君), 여인은 불경이부(不更二夫)라 하였습니다."

"크흐흐흐……! 열녀가 다 되었구나! 좋다! 네 마음을 얻을 수 없다면 꺾어서라도 가질 수밖에!"

"정말 너무하시는군요."

쥐눈의 남자가 적갈색 눈동자에 짙은 탐욕을 퍼뜨렸다.

바라보는 것만으로 피부에 수천 마리의 개미가 기어가는 느낌처럼 전신에 소름이 돋았다.

"원망은 네 고고한 성격에다가 해라! 나는 원한다면 꺾고 짓밟아서라도 내 손에 넣고 만다!"

그때였다.

휘리릭!

"형님, 끝났습니다."

"일각(一刻:15분) 안에 그 녀석을 대령시키겠습니다."

"하하하! 드디어 소원을 성취하시는군요!"

민첩한 동작과 함께 쥐눈의 남자 곁으로 순식간에 다섯 명의 사내가 모습을 드러냈다.

"너희들은 암향팔귀(暗香八鬼)? 나머지 셋은 어디에? 서, 설마?!"

쥐눈 남자의 곁에 선 다섯 명의 사내를 알아본 여인이 탄식과 분노를 함께 터뜨렸다.

쥐눈의 남자는 비열한 조소를 지우지 않았다.

"크흐흐, 일단 너를 맛보기 전에 약초꾼의 자식새끼부터 먼저 죽여주마. 바로 네 눈앞에서!"

"무, 무슨 짓을!"

"운비라고 했나? 그 약초꾼 희가 놈의 핏줄을 잡아오라고 시켰지."

"운비에게 손가락 하나라도 댔다가는 결코 용서하지 않을 겁니다!"

파라라락!

그녀의 옷자락이 돌연 광풍을 만난 듯 하늘을 향해 크게 펄럭였다. 동시에 가녀린 여인의 몸에서 무시할 수 없는 위압감이 흐르기 시작했다.

"이제야 무림을 울리던 혈질려의 모습이 되었구나! 약빙, 무림의 인물은 무림에서 살아야 한다. 삶도 죽음도, 기쁨도

슬픔도 모두 무림에서 느껴야 한다. 너는 결코 평범한 삶을 꿈꿀 수 없다. 그게 네 실수다.”

여인은 굳은 표정을 바꾸지 않고 말했다.

“운비는 어디 있죠?”

“곧 도착할 거다. 조금만 기다리도록 해라. 내 밑에서 꿈틀대고 있으면서. 크흐흐훗!”

쥐눈의 남자가 끈적끈적한 웃음을 지으며 여인에게 천천히 다가들었다.

“다가오지 마세요!”

주먹을 쥔 채 표독한 눈으로 자신을 쏘아보는 여인의 모습에 쥐눈의 남자는 가소롭다는 듯 코웃음을 쳤다.

“공격하겠다는 건가? 아무리 네가 혈질려라는 명호로 무림을 활보했다지만 지금은 그때와 같지 않다. 약초꾼의 목숨을 하루라도 더 붙여놓기 위해 태반의 진원지기(眞元之氣)를 사용했을 텐데? 쯔쯔! 오십 년의 내공을 무지렁이 촌놈을 위해 소모하다니……. 태황절독(苔荒絶毒)은 해소할 방법이 없음을 모르지도 않으면서 말이다.”

“어… 떻게 알죠?”

여인의 안색이 창백해졌다.

자신도 모르게 쥐어진 주먹이 파르르 떨렸다.

“어떻게, 어떻게 그이가 중독된 독이 태황절독이란 사실을 알고 있죠?”

때로는 몇 마디의 말보다 한 번의 미소가 모든 것을 알려
준다.

쥐눈의 남자는 대답하지 않고 빙긋 웃어 보이기만 했다.

지독한 비웃음과 지독한 살기가 뒤섞인 웃음이었다.

여인은 붉어진 눈시울로 비명처럼 외쳤다.

"악적! 어, 어떻게……!"

"나를 화나게 하면 누구도 쉽게 웃을 수 없다. 너도 내 신
조를 벗어날 수 없을 거다."

"절대 용서하지 않겠다!"

허공 높이 치솟은 그녀의 신형이 먹이를 노리는 매처럼 빠
르게 쥐눈의 남자에게 내리꽂혔다.

쥐눈의 남자는 수중에 들고 있던 피리를 가볍게 흔들어 보
였다.

"이 벽옥소(碧玉簫)가 다시 울리면 네 아이는 시체도 온전
히 찾지 못하고 들개 밥이 된다. 그걸 원하는 건 아니겠지?"

"이익!"

여인은 허공에서 몸을 한 바퀴 회전시키며 쥐눈의 남자가
아닌 그 앞의 공터로 내려앉았다.

"크흐흐… 여자는 모성애가 그 무엇보다 중요하다지? 네
정조와 모성애 중 어느 것이 더 강한지 이제 확인해 볼 수 있
겠군!"

"……"

여인의 쥔 주먹으로 붉은 선혈이 흘러 지면에 맺혔다.

쥐눈의 남자가 득의만만하게 외쳤다.

“순순히 벗어라! 지금이라도 나를 고이 받아들인다면 첩실 자리를 보장하마!”

“…퉤!”

여인은 바닥을 향해 침을 뱉었다.

분노를 참지 못해 혀를 깨문 듯 핏물이 가득했다.

쥐눈의 남자가 혀를 차며 고개를 흔들었다.

“아직도 포기하지 않을 셈인가? 정말 눈앞에서 자식의 사지가 찢겨도 그렇게 눈을 또렷하게 뜰 수 있을까?”

여인은 잠시 말이 없었다.

그것도 잠시.

그녀는 천천히 자신의 옷고름을 풀기 시작했다.

스르륵, 스르륵.

옷자락이 스치는 미세한 소리만이 장내를 울렸다.

쥐눈의 남자가 욕정이 번들거리는 얼굴로 군침을 삼켰다.

“오늘이야말로 내 눈이 호강을 하는구나!”

“지금 많이 봐두도록 해. 곧 아무것도 못 볼 테니까.”

“누구냐!”

“어떤 놈이냐!”

부우웅!

높게 자란 수풀 사이로 커다란 배기음이 터져 나왔다.

"아!"

여인은 자신도 모르게 입을 가렸다.

바이크를 탄 이환.

깔끔한 양복을 입은 그가 장내로 난입했다.

쥐눈의 남자는 쇳덩어리를 탄 기괴한 복장의 이환을 보고 당황하여 뒷걸음질을 쳤다.

"너는 누구냐? 그 괴상한 행색이라니……. 필경 제정신이 아닌 놈이구나!"

이환은 피식 웃었다.

"너보다는 제정신일 것 같군."

"개소리하지 마라! 수독! 어서 저 미친놈을 처리해라!"

"존명! 죽어……!"

피융!

쥐눈 남자의 명령을 받고 기세 좋게 달려들던 사내가 돌연 머리통이 산산조각나며 땅을 뒹굴었다.

후드드득!

작은 퍼즐처럼 쪼개진 사내의 머리 조각이 우박처럼 쏟아 져 내렸다.

"이, 이게 무슨……!"

경악과 공포가 뒤섞인 눈으로 이환을 바라보는 여인, 쥐눈 의 남자, 또 네 명의 사내.

그들은 보았다.

이환의 손에 들린 길쭉한 쇳덩이가 빛을 번쩍하고 일으킨 것을.

사람이 죽었다.

그 섬광 한 번에.

레이저 건을 한쪽 어깨 위에 걸친 이환이 힐끗 여인을 쳐다봤다.

"옷은 그만 입는 게 좋겠군."

"아!"

여인은 화들짝 놀라며 풀어졌던 옷고름을 다시 묶었다.

쥐눈의 남자가 우레 같은 고함을 내질렀다.

"대체 너는 누구냐? 그따위 사, 사술(邪術)을 쓰다니!"

이환은 눈매를 찡그렸다.

"기이한 수단? 미안하지만 이건 과학이다."

그는 쥐눈의 남자를 바라보며 레이저 건의 총구를 하늘로 치켜세웠다.

대낮인데도 반짝이는 별이 보인다.

무궁화의 감시 위성.

"기본적인 정황은 대충 파악했다. 너 같은 놈은 정말 쓰레기다."

"개소리하지 마라!"

이환은 여인을 보고 자신 쪽으로 턱짓했다.

"이쪽으로."

여인은 공포를 숨기지 못했지만 순순히 이환의 곁으로 다가왔다.

그 광경을 본 쥐눈의 남자가 눈이 벌게지며 고함을 질렀다.

"오호라! 약빙! 저 도깨비 같은 놈이 네 새로운 기둥서방이냐? 네가 아주 미쳤구나! 방문사도(傍門邪道)의 무리 따위와 연분을 통해? 그러고도 네가 열녀의 도리를 따졌단 말이냐?!"

"이, 이분은……."

"아무래도 좋다! 네 자식 놈과 함께 새 서방도 단숨에 죽여주마! 운비라는 놈은 대체 언제 오는 거냐!"

곁에 선 남자를 향한 질문이었지만 대답은 이환이 했다.

"그럴 일은 없을 거다. 네놈의 부하들이라면 마을 근처에도 가지 못했으니까."

"뭐라고? 네가 수작을 부렸구나!"

이환은 차가운 웃음을 머금었다.

"이 땅은 내가 허락하지 않으면 아무도 서 있을 수 없어."

"광오한 놈! 오냐, 내 손에 맞아 죽어라!"

화라라락!

쥐눈 남자의 장포가 거칠게 부풀어 올랐다.

거대한 압력이 광풍처럼 불어와 장내를 휩쓸었다.

이환은 갑자기 일어난 바람의 변화에 크게 놀라고 말았다.

고작 함성을 질렀을 뿐인데 이토록 엄청난 변화가 일어난 것이다.

"모두 죽여주마! 감히 내 분노를 깨우다니……!"

살기를 머금으며 중얼거리는 쥐눈의 남자.

이환은 무척 오랜만에 지독한 위기감을 느꼈다.

사지에 힘이 풀려 레이저 건이 바위보다 무겁게 느껴졌다.

'이, 이것이 초능력의 힘인가?'

대비는 했지만 막상 당하니 몸을 가눌 수가 없었다.

또한 지금 이 힘은 조금 전 상대했던 세 명의 남자에 비하면 감히 비교도 할 수 없는 위력이었다.

반딧불과 횃불의 차이.

압도적인 강함이다.

"크하하! 고작 내 기세 따위에도 벌벌 떨다니? 역시 조금 전은 사술이었구나! 이놈! 일격에 피떡을 만들어주마!"

쥐눈의 남자가 맹수처럼 달려들었다.

뚜둑!

이환은 이를 악물었다.

어금니 한쪽이 크게 흔들렸다.

그는 빠르게 허리춤으로 손을 내렸다.

딸깍.

가벼운 플라스틱 소리가 들리고, 그는 힘껏 손안의 물건을 앞으로 내던졌다.

"암기 따위는 통하지 않는……!"

그 순간,

콰아아아아앙!

거대한 화염의 소용돌이가 공간을 지배했다.

"쓰레기들은 내가 처리했다."

새카만 재만이 공간에 그득했다.

시체조차 남지 않을 정도로 완벽한 폭발이었다.

"다, 당신은 정말 죽음을 관장하는 사조성이신가요?"

여인은 이환의 앞에 무릎을 꿇고 있었다.

두 사람 모두 의복 곳곳이 불에 타고 검댕이가 묻어 탄광에
라도 들어갔다 온 사람처럼 보였다.

"당신의 눈에 나는 무엇으로 보이지?"

"전지전능한 죽음의 신, 사… 사조성이십니다."

"그럼 그렇게 믿어."

여인은 부정할 수 없었다.

거대한 강철의 탑에 살며 쇠로 이루어진 말을 탄다.

섬광으로 사람을 죽이며 손짓 한 번에 보이는 모든 것을 불
태웠다.

지난 오 년을 괴롭히던 악연이 그렇게 불탔다.

"그건 그렇고… 묻고 싶은 게 있는데, 거절하지는 않겠지?"

9장 천마신공(天魔神功)

"무공(武功)?"

"그렇습니다. 천지간에 무궁한 기운을 빌려 쓰는 현묘한 공부입니다."

두 사람은 탁자에 마주 보고 앉았다.

이환은 말끔한 검은 정장 차림이고, 여인은 깔끔한 갈색 스커트 차림이었다.

"무공이라……."

이환은 커피를 머금으며 낮게 중얼거렸다.

여인은 어색한 얼굴로 자신 앞의 커피 잔을 쳐다봤다.

걸친 옷도 옷이지만 쑵쓰레한 탕약 냄새가 나는 저 검은색

물은 어쩐지 역한 느낌이 들었다.

여인은 문득 생각에 잠긴 이환을 쳐다봤다.

먹물 같은 검은 액체를 이환은 맛있다는 듯 음미한다.

'혹시 영약이 아닐까?'

그녀는 조심스럽게 커피 잔을 들었다.

후루룩.

"읍!"

조심스럽게 반 모금을 마신 여인은 입 안 전체로 퍼지는 씁쓸한 맛에 화들짝 놀라 잔을 내려놓았다.

난생처음 느끼는 고약한 맛이었다.

"다시 한 번 정리해 보지. 무공을 쓰는 사람을 무림인(武林人)이라고 하고, 그들이 있는 곳을 무림(武林)이라고 한다고? 그렇다면 무림은 어느 지역의 명칭이지? 그곳은 명국(明國)과 어떤 관계이고?"

"무림은 어느 특정한 지역이 아닙니다. 사람이 사는 곳을 세상이라고 하듯, 무인들이 있는 곳을 무림이라고 할 뿐이지요. 무인이 있다면 그곳이 무림입니다."

"무궁화, 이 정보에 대해 아는 게 있나?"

─무협(武俠), 동양에서 지속된 오리엔탈 판타지. 영화, 소설, 만화, 연극, 게임 등등… 폭넓고 유서 깊은 통속 장르(Genre)입니다.

"그게 뭔지는 나도 알고 있어. 하지만 그건 가짜야. 허구와 환상으로 만든 이야기 따위가 어떻게 지금 내 눈앞에 현실로 펼쳐질 수 있는 거냐고!"

─자료가 부족합니다.

"또 그 소리군!"

이환은 찌푸린 눈매를 풀며 여인을 쳐다봤다.

여인은 알 수 없는 언어로 허공과 대화하는 이환의 표정이 썩 좋지 않자 바짝 긴장한 표정이었다.

"무림인은 몇 명이나 존재하지?"

"감히 헤아릴 수 없이 많습니다."

"그렇게 많나?"

하긴, 자료에 남은 명대(明代) 중국인의 수만 해도 2억이 넘는다.

"그럼 그 무림인들 모두가 그 바람을 뿜어내는 것, 권풍(拳風)이라고 했나? 그걸 사용할 수 있나?"

"권풍을 발현하기 위해서는 경(勁)의 무학을 터득해야 합니다. 무공의 단계로 따지면 고위라고는 할 수 없지만, 따지자면 경을 터득해야만 상승으로 오를 수 있으니… 무림에 터를 둔 반수 이상은 터득했으리라 생각됩니다."

이환은 떫게 웃었다.

'무림인들을 데리고 서부영화를 찍어도 재밌겠군.'

가벼운 농담을 떠올린 이환은 커피를 머금었다.

"바람을 날리는 것 말고 다른 기술은 없나?"

여인은 고개를 끄덕였다.

"저는 권사입니다. 권사에는 경력만으로도 충분하지만 도검을 비롯한 십팔반병기를 사용하는 무인이라면 거기에 무기의 날카로움을 더해 기를 실체화할 수 있습니다."

"있다는 건가?"

여인은 대답하지 않고 커피 잔 옆의 수저를 들어보였다.

자그마한 티스푼을 든 여인은 가만히 숨을 조절했다.

"……."

이환은 침묵하며 티스푼을 바라봤다.

넙적한 티스푼 위로 자그마한 아지랑이가 피어났다.

마치 꺼지기 직전의 성냥불과 같았다.

여인은 약 10초 정도 기운을 유지한 다음 한숨을 내쉬며 티스푼을 내려놓았다.

어느덧 볼이 발갛게 달아오른 여인이 고개를 숙이며 말했다.

"쇠붙이의 날카로움을 이용한 검기(劍氣)입니다. 제 공력이 일천하여 오래 유지할 수 없으니 부끄럽습니다."

이환은 작게 박수를 쳤다.

"멋지군. 신기해! 그럼 이다음이 강(罡) 어쩌고인가?"

그는 운비를 납치하려던 다섯 명과의 싸움을 떠올렸다.

그들은 임팩트 소드를 보고 경악하며 두려워했다.

덕분에 별다른 피해 없이 놈들을 해치울 수 있었다.

여인은 이환의 말에 고개를 끄덕였다.

“맞습니다. 경을 얻어 힘을 강하게 하고, 바람을 실어 경을 뿜으며, 경을 뭉쳐 예기(銳氣)를 맺습니다. 그리고… 무의 극점에 이르러 천의무봉(天衣無縫)의 경지에 이르게 된다면 현기성강(玄氣成罡)의 깨달음을 이룰 수 있습니다. 강기(罡氣)라고 불리는 기운인데, 천녀는 감히 시도조차 할 수 없는 기운입니다.”

이환은 짙은 호기심을 드러냈다.

“강기라고? 그 힘이 내공의 마지막 극치인가?”

“그렇습니다. 세상 무엇도 막을 수 없고 꺾을 수 없는 힘. 세상천지에 있어 강기를 쓰는 무인은 채 열 명도 넘지 않는다고 들었습니다.”

“강하겠군.”

“예. 강기를 쓰는 열 명의 강자를 천중십존(天中十尊)이라는 이름으로 부를 정도입니다.”

“그들이 무림을 지배하려 싸우지는 않나?”

“그렇습니다만 십 인 모두 강함의 우열을 가릴 수 없는지라 감히 시도는 못하고 있습니다.”

“어부지리를 막겠다는 거군.”

이환은 수긍한다는 듯 고개를 끄덕였다.

그리고 허리춤으로 손을 뻗어 임팩트 소드를 꺼냈다.

“그 강기라는 게 이것과 비슷한 모양인가?”

지이이잉!

후끈한 열기가 치솟음과 동시에 우윳빛 검신이 모습을 드러냈다.

"가… 강기?!"

지독한 고열, 눈을 태울 듯한 광채!

형태를 이룬 섬광!

강기의 모든 조건이다.

여인은 경악하며 임팩트 소드의 검신으로부터 상체를 뒤로 젖혔다.

이환은 임팩트 소드의 검신을 움직였다.

"비슷한가?"

여인은 뚫어져라 검신을 응시했다.

그리고 서서히 고개를 저었다.

"비슷… 하지만 다르군요. 검신으로부터 진기의 흐름이 느껴지지 않습니다. 이건… 이 힘은 강기가 아니로군요? 어떻게 이런 일이……!"

여인은 입을 가리며 놀라워했다.

이환은 임팩트 소드의 가동을 종료했다.

순식간에 검신이 사라졌다.

"과연 사조성이십니다."

여인이 다급히 바닥으로 내려와 무릎을 꿇었다.

강도 아닌데 강의 힘을 지니고, 검도 없는데 검의 형태를 이룬다.

신의 권능이라고밖에 생각할 수 없었다.

이환은 마지막 남은 커피를 들이켰다.

"그러면 그 내공은 어떻게 얻을 수 있지?"

"경력도 강기도 모두 한 모금의 진기로 시작합니다. 이 진기는 아랫배 단전(丹田)이라고 부르는 혈(穴)에 쌓이는데 이 것을 축기(縮氣)라고 부릅니다."

"축기만 많이 하면 강해지겠군?"

"축기는 중요한 부분이지만 꼭 그렇지도 않습니다. 축기와 발기(勃氣)는 전혀 다른 관문의 문제입니다."

"그건 왜지?"

"축기된 진기를 자유자재로 사용하자면 진기가 움직이는 팔 개 대혈이 매끄럽게 열려야 합니다. 하지만 사람은 십오 세가 넘으면 혈맥이 좁아지기 시작하는데 태어나 즐기는 화식(火食) 때문에 탁기가 쌓여서 그렇습니다."

"탁기가 벽처럼 쌓여서 진기의 움직임을 방해하는 건가?"

"예. 그래서 보통의 무가는 십오 세 이전에 축기를 시작하고 생식을 해서 혈맥이 굳는 것을 미연에 방지하지요."

"흠, 아주 어릴 때부터 관리를 한다고 해도 완전히 열리지 않는 모양이지?"

"사람이 인세에 태어나 호흡을 하는 이상 어쩔 수 없는 것이겠지요. 하지만 축기와 깨달음이 인간이 얻을 수 있는 극의에 이른다면 전신 모든 혈맥을 열 수 있습니다. 그리고 그 기

경팔맥을 서로 잇는 두 개의 관문, 임독양맥(任督兩麥)까지 개
문(開門)할 수 있습니다. 무가에서는 이 생사현관(生死玄關)의
타통을 신화경(神化境)이라 칭하며…….”

여인이 문득 이환의 눈치를 보며 말을 줄였다.

이환은 어서 말하라는 눈치를 줬다.

여인이 주저하며 말했다.

“하늘의 신인이신 사조성께 이르기 송구하나, 사람이 신과
버금가는 존재로 다시 태어난다고 말합니다.”

이환은 피식 웃었다.

“이제는 신까지도 메이드 인 차이나(Made in China)인가?”

“혹시…….”

문득 이환이 여인을 바라보며 말끝을 흐렸다.

여인은 다소곳이 고개를 숙였다.

“희 부인이라고 불러주시면 감사하겠습니다.”

“희 부인, 나에게 무공을 가르쳐 줄 수 있겠나?”

“어찌 감히 사조성께……!”

“배워두면 나쁘지는 않겠지. 그리고 내 주변에 무공을 익
힌 사람이 희 부인밖에 더 있나?”

희 부인은 다시 고개를 저었다.

“천녀의 무공은 가소롭기 짝이 없습니다. 또한 여성의 몸
에 적합하게 연성되는 무공인지라 장부이신 사조성께는 맞지

않을 것입니다.”

“그래? 아쉽군.”

이환은 눈매를 찌푸렸다.

대수롭지 않은 듯 말했지만 내심으로는 무공을 배우고 싶은 마음이 간절했다.

이 땅은 평범한 세상이 아니다.

무공이라는 것을 쓰는 흉악범들이 가득한 곳이다.

이 땅에서 살아남기 위해서는 고작 총 몇 자루와 수류탄 몇 개로는 충분하지 않았다.

최악의 상태에서는 최후의 무기만이 필요하다.

그것은 언제나 이환 그 자신이어야 한다.

미래에서는 그게 가능했다.

잘 단련된 육체는 민첩했고 단단했으며, 건강했다.

하지만 지금은 아니다.

건강함, 그 이상의 힘이 필요했다.

그때 희 부인이 조심스럽게 말문을 열었다.

“한데… 어째서 천녀뿐이라는 것입니까? 무공에 관심이 가신다고 하면 천녀의 것보다 훨씬 뛰어난 무학이 이곳에 있지 않습니까?”

“뛰어난 무학?”

이환은 모르겠다는 듯 어깨를 으쓱했다.

희 부인은 작게 고개를 끄덕였다.

"욕계(欲界) 제육천(第六天)에 사는 마왕, 천마(天魔)의 신마학(神魔學) 말입니다."

말하는 여인의 목소리가 진한 공포를 머금고 있다.

이환의 눈매에 이채가 어렸다.

"천마? 여기에 묻혀 있다는 마귀 말인가? 희 부인도 어느새 장가촌 사람이 다 됐군."

피식 웃는 이환을 향해 희 부인은 고개를 저었다.

"아닙니다. 분명히… 있습니다. 적어도 천녀와 무림은 믿고 있습니다. 하늘에서 날뛰며 상제(上帝)의 자리를 넘보던 끔찍한 마왕의 전설을요."

"그렇게 대단한 놈이 묶여 있다면 벌써 누군가 도굴해 갔겠지."

"의지는 있었지만 누구도 그러하지 못했습니다."

"왜지? 그렇게 유명하면 누군가는 찾아냈을 게 분명할 텐데."

"실제로 이제껏 무림은 몇십 년을 주기로 나타나는 천마장보도(天魔藏寶圖)를 먼저 차지하기 위해 많은 싸움과 피를 흘렸습니다. 하지만 전부 가짜였고, 어느 것은 무림 말살을 노리는 일파의 계략인 경우도 있었지요."

희 부인은 이환을 응시했다.

"하지만 이곳에 있습니다. 천녀는 확신합니다. 장가촌의 이야기를 제하고서라도 천녀는 이곳 능산을 보는 순간 깨달을 수 있었습니다."

그녀는 목청을 다듬고 노래를 중얼거렸다.

십만 개의 무덤이 십만 개의 산을 쌓았다.
그림자도 빠져나갈 수 없고 짐승도 발을 디딜 수 없다.
그곳에 쌓인 고통과 비명이 나를 보좌하니 이곳이 바로 마의
본산(本山)이다.

"십만 개의 무덤은 천마가 살해한 신들의 수입니다. 천신
께서 신들의 시체를 흙으로 만들어 천마 위에 덮어버리셨지
요."

희 부인은 희미한 웃음을 머금었다.

"무림의 식자들은 십만 개의 무덤과 산을 넘어야 할 역경
으로 생각했지요. 그리고 본산을 '집대성' 이라는 뜻으로 해
석했습니다. 십만 개에 가까운 고난을 넘어야만 절대신공(絕
大神功)을 얻을 수 있다는 뜻이죠."

희 부인은 즐겁다는 듯 입을 가리며 웃었다.

"하지만 그들은 어리석었어요. 십만 개의 산은 산봉우리
고, 본산은 말 그대로 십만 개의 봉우리가 있는 산이니까요.
사조성님, 이곳 능산이야말로 십만대산(十萬大山)에 적격이지
않나요?"

"음."

이환은 고개를 끄덕였다.

실제로 능산은 그 산맥의 규모가 대략 십만 개에 이르는 봉우리로 이루어져 있었다.

희 부인은 단정하듯 말했다.

"천마의 힘은… 능산 어느 곳에 분명히 잠들어 있을 것입니다."

그녀의 눈가에 어린 열기를 느끼며 이환이 물었다.

"탐이 나나?"

희 부인은 다급히 고개를 저었다.

"아닙니다. 천녀는 이미 무림에 대해 모든 것을 정리했습니다. 마지막 남은 악연까지 해결된 이상 운비를 위해 최선을 다할 것입니다. 이것은 사조성님을 앞에 두고 하는 어머니의 맹세입니다."

그녀는 이어 두려운 기색으로 말했다.

"또한 천마의 마학은 하찮은 인간이 결코 이룩할 수 없습니다. 또한 저는 싫습니다. 천녀는 결코 그곳으로 돌아가지 않을 것입니다. 이제 제게는 무적보다 운비의 건강이 중요하며, 군림보다 운비의 기쁨이 더 중요합니다."

다짐하는 희 부인.

그녀의 얼굴은 오직 아이뿐인 어머니의 것이었다.

이환은 힐끗 시계를 쳐다봤다.

"늦었군. 아이가 기다리겠어."

희 부인은 새처럼 날아 산을 내려갔다.

경공(輕功)이라는 것이다.

대지를 가로지르는 희 부인의 신형을 바라보며 이환은 허공을 향해 짧게 명령했다.

"무궁화, 발굴을 시작한다!"

*　　　　*　　　　*

새하얀 눈처럼 깔린 먼지 위에 묵직한 발자국이 새겨졌다.

헤아릴 수 없이 오랜 시간을 잠들어 있던 먼지들이 낯선 방문객의 등장에 호들갑을 떨며 천장으로 날아올랐다.

뿌연 먼지를 뚫고 나타난 방문객은 바로 이환이었다.

먼지가 잔뜩 묻었을 뿐 그는 아주 멀쩡했다.

지하 심처에 위치한 묘동(墓洞)을 바로 위 지상에서부터 뚫고 진입했기에 그렇다.

만약 무덤을 파고 각종 함정과 난관을 설치한 사람이 지금의 이환을 봤다면 혀를 깨물고 쓰러졌을 것이다.

원래 보물이란 입구에서부터 각종 위기를 뚫고서야 가질 수 있는 게 정석이니까.

그런 의미에서 무덤을 만든 사람은 자신이 있었다.

그는 모든 수를 생각했다.

　단지 그가 생각하지 못한 것은 미래인과 그가 부리는 굴착 로봇일 뿐이었다.
　1300년대의 사람이 2000년대 첨단 로봇이 자신의 역작을 도굴할 줄 상상이나 했을까!
　천당과 지옥, 그 어느 경계에서 이환을 내려다보고 있을 공인(工人)은 이를 갈며 그를 저주하고 있을 것이다.
　자욱한 먼지 때문에 귀가 간지럽다고 생각한 이환은 잠시 움직이지 않고 먼지가 가라앉기를 기다렸다.
　몇 분 지나지 않아 실내가 조금 선명해졌다.
　그리고 관찰했다.
　네모났고 투박한 단상 위에 앉아 있는 한 사람의 모습을!
　그는 죽어 있었고, 노인이었다.
　깡마른 노인의 모습.
　썩지도 않았고 바싹 마르지도 않았다. 완벽한 보존이 이루어져 있었다.
　그저 잠들어 있을 뿐, 정말 살아 있는 사람처럼 느껴졌다.
　생전의 노인은 분명 호탕했을 것이다. 뒤를 생각하지 않고, 그럴 이유조차 없었을 것이다.
　위로 솟은 눈썹과 가슴까지 늘어진 거친 수염, 굳게 다물어진 입술과 어제 생긴 듯한 상처들이 그렇게 말해주고 있었다.
　이환은 커다란 위압감을 느꼈다. 죽은 자에게서 느껴지는 감정이라고는 믿을 수 없는 웅장한 위압감이었다.

지금이라도 가슴을 들썩이며 눈을 떠 자신을 향해 고함을 지를 것만 같았다.

그는 노인의 모습이 천마라는 이름과 무척이나 잘 맞아떨어진다고 생각했다.

전설로 남은 무적의 폭군이라면 당연히 저토록 당당하고 오만한 얼굴이었을 것이다.

이환은 조금 가까이 노인에게 다가갔다.

마치 홀린 듯 경각심도 가질 수 없었고, 그럴 이유도 생각해 내지 못했다. 그렇게 지척까지 이른 그는 숨소리도 작게 줄였다.

노인을 바라보는 이환의 눈빛이 몽롱해졌다.

초점이 흩어지고 눈 밑이 파르르 경련했다. 입술은 바짝 마르는데 침은 흥건하게 흘러나와서 입 안을 가득 채웠다.

"…아, 환아! 어서 일어나렴!"

자신을 깨우는 익숙한 음성이 들린다.

이환은 살포시 눈을 떴다.

머리끝까지 덮어쓴 이불이 보인다.

햇빛이 스며드는 이불은 그가 좋아하는 토끼 무늬 이불이다.

그는 이불을 휘감고 몸을 뒤척였다.

"으응, 조금만 더 잘게요."

"안 돼! 또 지각할 셈이야? 오늘은 시험 치는 날이잖니!"

목소리가 이환을 흔든다.

"네에⋯⋯."

하지만 그는 달라붙은 잠을 떼어내지 못하고 신음처럼 낮은 소리를 냈다.

"환아, 엄마 말 안 들을래? 자꾸 이러면 엄마 화낼 거야?"

"5분만요, 엄⋯ 마."

이불 속에 파묻힌 그의 동작이, 머리가, 호흡이 차갑게 굳었다.

"환아, 그만 눈 뜨라니까!"

이불 밖의 목소리는 계속 재촉한다.

하지만 이환은 벌써 눈을 뜨고 있었다.

그 속을 경악으로 가득 채운 채.

"어, 어머니⋯⋯?"

이환의 음성이 떨린다.

"어머? 갑자기 어머니 타령이래? 애교 써봤자 안 통해!"

이환의 눈동자가 파르르 떨렸다.

어머니다.

어머니다!

이환은 주먹을 움켜쥐었다.

"어떻게⋯ 된 거지? 어떻게⋯⋯? 꿈인가? 그렇다면 어느게 꿈이지?"

손바닥을 파고든 손톱의 고통이 선명하다.

모든 것을 잃고 살아남기 위해 싸웠던 인류보호군의 이환이 현실인가?

늦잠을 떨치지 못해 어머니에게 응석을 부리는 지금이 현실인가?

"어서 일어나래도!"

이불을 사이에 두고 어깨를 흔드는 어머니의 손길이 느껴진다.

만약 신이란 존재가 있다면 내게 말해다오.

나는 지독한 악몽을 꾸었을 뿐이라고!

지금 그 악몽을 벗어내고 현실로 돌아온 것이라고!

"어서 일어나!"

단호한 어머니의 음성과 함께 족쇄처럼 몸을 뒤덮고 있던 이불이 걷혔다.

"어… 머니!"

단절된 이불 밖의 세상.

그곳에 어머니는 웃고 있었다.

퀭하게 뚫린 두 눈으로 검정색 기름을 줄줄 흘리며…….

"으… 으으!"

충격은 비명조차 잊게 만들었다.

이환은 이불을 머리끝까지 덮어썼다.

보고 싶지 않다.

느끼고 싶지 않다.

맡고 싶지 않다!

이불 속의 그는 양손으로 코와 입을 틀어막았다.

지독한 기름 냄새가 머리를 지끈거리게 만들었다. 눈이 따끔거리고 입술이 바싹바싹 말랐다. 구역질이 밀려들었다.

"얘, 너 어디 아프니? 환아, 환아, 엄마 좀 봐!"

"환아, 무슨 일이냐?"

아버지의 목소리다.

"애가 갑자기 안색이 창백해지더니 다시 이불을 덮어써 버렸어요."

"녀석, 꾀병은 아니겠지?"

"당신도 참! 너무 모질게 말하지 말아요!"

"흠!"

저벅, 저벅…….

발걸음 소리가 들린다.

서서히 다가온다.

이환은 눈을 질끈 감았다.

냉철하고 단호했던 군인 이환은 이불 속에 없다.

이 푹신하고 따뜻한 이불 속에 있는 사람은 열 살배기 철부지 소년일 뿐이다.

'제발! 제발! 꿈이라면 깨라!'

끼럭… 끼리럭!

발자국 소리는 이제 없다.

고막을 찢는 쇳소리만 들려온다.

기계!

기계의 강철음이다!

"아들, 이불 걷는다."

"아, 안……!"

펄럭!

이불이 사라졌다.

지켜주던, 막아주던, 숨겨주던 이불이 이제는 없다.

이환은 눈을 질끈 감았다.

부모님의 얼굴을 볼 자신이 없었다.

이것은 꿈이다. 하지만 비록 꿈이라 할지라도 사랑하고 존경하며 평생 인류의 평화를 위해 일생을 바친 그분들의 변질된 모습을 볼 수는 없었다.

바라보는 것만으로도 그분들의 위대한 존엄성이 더럽혀진다.

그리고 평생 잊혀지지 않을 것이다.

툭!

억센 손아귀가 자신의 어깨를 붙잡았다.

"어이, 대장! 어쩔 거야?"

"구일국?"

어깨를 흔들어 자신을 깨운 목소리는 남자였고, 아버지가 아니었다. 바로 그와 자주 팀을 이루었던 구일국의 목소리다.

"대장, 갑자기 정신줄 놨어? 급하다구. 이건 영등포 임무보다 더해!"

신강민의 목소리다.

두 사람 모두 다급한 목소리였다.

볼을 스치는 바람이 날카롭다.

코끝을 스치는 매캐한 화약 냄새가 현재의 위치를 알려준다.

"아아악……!"

그때 여인의 애처로운 비명이 들렸다.

"……!"

이환은 본능적으로 눈을 떴다.

눈앞의 상황이 여실히 드러났다.

"제발… 도와주세요. 아이가 나오… 려고 해요!"

붕괴한 폐건물의 실내.

만삭의 산모가 부풀어 오른 배를 부여잡고 한껏 괴로워하고 있다.

출산 직전의 상태!

"대장, 어떻게 하지? 거점까진 20분 거리라구."

"아이가, 아이가……!"

산모가 숨을 헐떡이며 소리쳤다.

"대장! 양수가 터졌어!"

“아아악……!”

“제기랄! 어떻게든 해봐!”

구일국의 손에 떠밀리듯 이환이 산모의 앞에 한쪽 무릎을 꿇었다.

양수에 잔뜩 젖은 낡은 스커트가 걷히고, 출산의 장면이 여실히 드러났다.

산문(産門) 사이로 아이의 머리가 힐끗힐끗 보였다.

하지만 그 모습이 아주 희미했다. 산모의 부족한 체력이 문제였다.

“난산이야, 대장!”

“아줌마, 힘줘!”

“아아악!”

고통에 찬 산모가 이환의 손을 붙잡았다.

손이 새파랗게 변하도록 꽉 움켜잡은 산모는 최후의 저항을 펼치듯 질끈 이를 악물었다.

“나, 나온다!”

양수가 쏟아지고 아이의 머리가 서서히 모습을 보이기 시작했다.

주름이 자글자글하고 살이 퉁퉁 불어 있었다.

일단 머리가 나온 다음에는 비교적 쉬웠다. 아이도 필사적인 힘으로 작은 몸을 꿈틀거리며 세상으로의 첫걸음을 서둘렀다.

"응애! 응애……!"

"울었다!"

"나왔군! 휴우!"

"응애! 응애……!"

울던 아이가 이환을 쳐다봤다.

붉은 점 두 개가 이환의 눈을 아프게 했다.

꽈악!

산모는 아직까지도 이환의 손을 붙잡고 있었다.

이환은 산모를 쳐다봤다.

씨익!

"잡았어, 아들."

낯선 여자가 어머니의 목소리를 냈다.

무궁화는 물끄러미 앞을 응시했다.

이환이 거기 있다.

굵은 쇠사슬에 전신이 포박된 채 증오의 눈으로 자신을 바라본다.

무궁화는 부드럽게 웃었다.

"이환, 왜 나를 그런 눈으로 보나요?"

하지만 눈에도, 입에도, 목소리에도 감정이 없다.

이환은 비틀린 웃음을 지었다.

"결국은 너로군."

"후후, 당신에겐 그만큼 내가 소중한 존재라는 뜻이겠죠."

"그래, 정말 소중하지. 실제로 반쯤 죽였으니까 이걸 애증이라고 하나?"

"하지만 완벽히 죽이지는 못했죠. 사실 당신은 그럴 마음이 없어요. 내 존재가 아까우니까요. 당신도 그렇게 생각하죠? 난 당신의 유일하고 완벽한 동반자가 되었어요."

"그냥 쓸 만한 장난감이지."

"후후, 솔직하지 못하군요. 이환, 나와 화해하지 않을래요? 원한다면 나를 지배할 수 있게 해주겠어요."

"난 지금도 충분히 지배하고 있지."

"왜 쉽고 편한 길을 버려두고 어려운 길을 가는 거죠? 뭐가 문제인가요? 이 미개한 역사를 다시 쓰지 않겠어요? 원한다면 과학 발전을 영원히 정지시키거나 수백 년간 이어질 비밀 단체를 만들어서 우리들의 어긋났던 결정을 방지할 수도 있어요. 미래의 역사를 완벽하게 새로 쓸 수도 있어요. 인간과 기계가 서로 싸울 일이 없어지는 거죠. 당신이 겪은 악몽과 같은 일은 정말 꿈에 불과하게 되는 거죠."

연인에게 속삭이듯 조용한 목소리로 말하는 무궁화의 입술에서 꿀 향기가 났다. 적어도 이환은 그렇게 생각했다.

무궁화는 매혹적인 눈빛으로 그를 바라본다.

"악몽이 끔찍하지 않던가요? 당신이 막을 수 있어요. 인간의 역사를 다시 쓸 수 있어요. 당신을 위한, 가족을 위한, 인류를 위한 평화를 이룩할 수 있는 거죠. 당신은 제왕이 되고 싶지 않나요? 후대 수천 년에 이르도록 수많은 사람들의 칭송에 떠받들어지고 싶지 않나요? 나와 함께한다면… 가능해요."

무궁화는 손을 들었다.

"내 손을 잡아요. 우리가 하나가 된다면 당신은 영원한 절대자가 될 수 있어요."

어느덧 이환을 구속하던 쇠사슬은 사라지고 없었다.

이환은 뭔가에 홀린 듯 발걸음을 움직였다.

둘의 거리가 천천히 좁혀졌다.

무궁화는 매혹적인 미소로 그를 맞이했다.

이환의 발걸음이 서서히 빨라졌다.

무궁화의 미소가 사라질 그때,

푸욱!

이환의 얼굴로 웃음이 드리워졌다.

백색 섬광과 함께 뜨거운 열기가 두 사람 사이로 비집고 들어왔다.

뚜욱! 뚜욱!

꽤 많은 액체가 바닥으로 떨어졌다.

무궁화는 고개를 숙여 자신을 응시했다.

가슴 한복판, 괴물의 아가리처럼 쫙 벌려진 공간에 백색 검신의 임팩트 소드가 틀어박혀 있다.

상처 사이로 흐르는 액체는 쇳물과 고무다.

무궁화는 자신의 머리카락을 만졌다.

구리 전선이 삐죽삐죽 느껴진다.

무궁화는 입술을 달싹였다.

벌어진 입 안에 혀와 치아는 없고 작은 스피커가 들어 있다.

"힘을 이용… 할 줄 모르는 멍청… 치지지직!!"

*   *   *

몽롱했던 눈빛이 다시 맑아졌다.

환상에서 깨어난 이환은 얼굴을 딱딱하게 굳혔다.

자신이 취하고 있는 동작 때문이었다.

그는 자신도 모르게 노인의 시신 앞에 무릎을 꿇고 있었다. 정확히 말해 꿇으려 하고 있었고, 거의 다 된 상태였다.

오른쪽 무릎은 완벽하게 지면에 닿아 있고, 반대편 왼쪽 무릎은 지면에서 반 뼘 정도를 남긴 채 멈춰 있는 것이다.

만약 두 다리가 완벽하게 무릎을 꿇게 되었다면……?

이환은 등줄기가 조금 축축해졌다.

그는 숙인 몸을 일으키며 노인의 시신을 응시했다.

툭!

굽은 무릎을 세우고 숙인 허리를 펴자 발치로 한 권의 책이

던져졌다.

이환은 본능적으로 뒤로 회피하며 손으로는 임팩트 소드를, 눈으로는 책이 나타난 곳을 살폈다.

하지만 아무것도 찾을 수 없었다.

책은 마치 허공에서 떨어진 것만 같았다.

이환은 조심스럽게 책을 집어 들었다.

족히 수십 년은 된 듯한 고서(古書)는 종이 재질이 아니라 가죽으로 엮어져 있었다.

표지의 제목에 시선이 갔다.

수필이고 오래되어서 필선이 흐릿했다.

하지만 이환은 읽을 수 있었다.

눈이 못 읽는 것을 마음이 읽어냈다.

천마신공(天魔神功)!

전설로 내려오는 폭군 천마의 모든 것이 담겨 있다는 바로 그 비급인 것이다.

이 순간만큼은 아무리 이환이 냉철함을 지니고 있다 해도 소용없었다. 심장이 터질 듯 두근거렸고, 손아귀에 힘이 가득 들어갔다.

천마신공의 비급을 움켜잡은 이환은 노인의 시신을 쳐다 봤다.

여전히 위압감 넘치고 위풍당당한 얼굴이다. 단단히 다물어진 입매는 어쩐지 자신을 향해 웃고 있는 것만 같은 기분이 들었다.
번쩍!
노인의 이마로 작은 구멍이 생겼다.
이환도 웃었다.

10장 산동팔괴(山東八怪)

새싹이 풋풋하게 자라난 초원을 걷는 두 남자가 있었다.

"이야! 지금 우리가 꿈을 꾸고 있는 건 아니겠지?"

절름발이가 말했다. 그는 키도 어른치고는 조금 작았는데, 특이하게 자신보다 두 배나 긴 철장(鐵杖)을 들고 있었다.

"고작 언덕 하나 넘었을 뿐인데 별천지로군요. 이렇게 싹이 짙게 트다니……."

그 옆에 보통 체격의 남자가 허리를 굽혀 발치의 싹을 뽑아 들었다.

"잎이 아주 싱싱합니다. 꾸준히 물을 마셨다고밖에는."

"천하가 수년째 가뭄인데 믿을 수가 없군. 이 동네엔 용왕이라도 살고 있다는 소린가?”

“아무튼 기후가 다릅니다. 갈총점(葛塚帖) 부근부터 어쩐지 공기에 수분이 느껴지더군요. 이 지역에는 비가 내리는 게 틀림없습니다.”

“하하! 이 정도면 우리도 꽤 운이 좋은 도망자 축인가? 대형과 삼형은 대막(大漠)으로 갔으니 당분간 물 생각은 못할 텐데.”

“관부의 개입도 드물고 기후도 좋으니 사건이 잠잠해질 때까지 남쪽을 거점으로 삼는 게 좋을 것 같습니다.”

남자의 말에 절름발이는 눈을 빛냈다.

“좋아! 오랜만에 극락을 보겠구나. 육덕진 과부나 한번 꼬셔보자고!”

목소리가 열기에 취해 약간 들떠 있었다.

‘이형(二兄)은 여색을 너무 좋아해서 탈이다.’

남자는 조금 답답한 마음이 생겼지만 이내 마음을 가라앉혔다. 그와 절름발이는 의형제 사이로 개개인의 특징이 무척이나 개성적인 사람들이었다.

남자는 사람에게 몇 가지 장기가 있으면 또 몇 가지 흠이 있는 법이라고 생각하기 때문에 의형의 결점을 아쉬워하지만 바로잡아야 한다고는 생각하지 않았다.

“가자구, 오제(五弟)!”

“예, 형님.”

두 사람은 이내 부지런히 걸음을 옮기기 시작했다.

이틀 전에 거친 갈홍점에서 들은 마을을 향해서였다.

두 사람은 쫓기고 있었다. 관부에 쫓기는 신세이니 가급적 세상에 드러나지 않고 길손도 거치지 않는 그런 곳이 필요했다.

그런 면에서 갈홍점은 비교적 노선(路線)에 노출되어 있었다. 정기적으로 관청의 방문도 받는다고 했다.

더 외딴 곳, 현청에서도 도외시하는 곳.

그런 곳이 필요했고, 마침 그런 마을을 찾을 수 있었다.

"촌장 어른, 몇 달 머물고 싶습니다."

탁자에 놓인 금편(金片)을 보며 장 노인은 그만 넋을 잃고 말았다.

일평생 황금이 어떻게 생겼는지 보지도 못한 그다.

저 금편의 아주 작은 일부분으로도 장가촌은 족히 십 년은 식량 걱정을 덜 수 있을 것이다.

"저희 두 형제가 기거할 수 있겠습니까?"

물으면서도 그는 확신에 차 있었다.

성도의 객잔에서도 은 부스러기 하나면 칠 일을 극진한 대우를 받는데 벽촌 오지에서 몇 달 묵는다고 금편을 줬으니 속된 말로 대박인 것이다.

"허허, 늙어서 눈이 호강을 다 했구려."

장 노인은 너털웃음을 터뜨리며 머쓱하게 수염을 쓰다듬었다. 하지만 그의 짐작에도 불구하고 장 노인은 고개를 저었다.

한 치의 흔들림도 없는 단호한 얼굴이었다.

"미안하지만 두 사람을 마을에 들이는 일은 이 늙은이 혼자 처리할 수 없는 일이네."

그는 선뜻 이해가 가지 않았다.

"마을의 큰 어른이신 촌장이신데, 하면 누구에게 묻는단 말입니까?"

장 노인은 웃음을 지우고 신중한 표정을 지어 보였다.

"자네들이 이 땅을 밟고 기거를 생각한다면 응당 이 장가촌을 돌봐주시는 신인(神人)께 여쭈어야 하지 않겠는가?"

"신이라니, 무슨 소리입니까?"

"우리 장가촌 일대는 사조성님께서 돌봐주고 계신다네. 이 얼마나 영광스럽고 감사한 일이겠나? 가뭄 속에 비를 내려주신 것도 그분의 자애로움 덕분이지."

그는 도통 이해가 되질 않았다.

사조성이라면 그도 들어본 적 있다.

도불(道佛) 어느 학파에도 존재하지 않는 신이지만, 아주 오래전부터 인간의 삶과 죽음을 관장한다는 전설이 떠돌았다.

덕분에 환영받지는 못하는 신이다.

그런 사조성이 벽촌 마을이나 지키고 있다고?

그는 평소에 사려가 깊고 침착한 사람이었지만 멀쩡히 앉아 있는 저 촌장이 혹시 노망이라도 나지 않았나 의심이 갈 정도였다.

그것은 조용히 앉아 이야기를 듣던 절름발이도 그랬다. 그는 동생만큼 침착하고 생각이 깊지 않았다.

쾅!

탁자가 들썩이고 금편이 하늘로 치솟았다.

"영감! 무슨 소리를 하는 거요! 점이라도 치겠다는 거요?"

"형님!"

그는 호통 치는 의형을 달래며 한편으로는 추락하는 금편을 엄지와 검지를 이용해 붙잡았다. 흔들림 없고 매끄러운 동작이었다.

쉭, 하고 손바람이 일어 장 노인의 턱수염을 흔들었다.

비로소 장 노인은 두 남자가 보통 사람이 아니라는 것을 깨달았다.

"오제, 너도 머리가 있으면 알 거 아니냐? 이 늙은이가 노망이 난 게 분명하다!"

"형님!"

"끄응! 적소, 네가 그렇게 말한다면야."

절름발이는 유독 자신의 다섯째 동생에게 약했다.

그것은 그가 자신의 성격을 무척 잘 알고 단점이 되는 부분을 외면하지 않아서 그랬다.

자신은 폭급하고 단순하기에 그렇지 않은 오제 풍적소(風蕭笑)의 큰 도움을 받는 것이다. 이들 형제의 대형이 두 사람을 일행으로 묶은 것도 이 점을 무척이나 잘 알고 있어서였다.

"촌장 어른, 하면 결과는 언제 들을 수 있습니까? 보시다시피 저희는 오랜 여행으로 무척 피곤한 상태입니다. 또한 이 근처에는 이제 딴 마을도 없으니… 부탁드리겠습니다."

"걱정 마시게. 신인께서는 언제나 굽어보시고 계시니 내 곧장 여쭙도록 하지."

"감사합니다."

"밖에 소소 있느냐?"

"네, 들어갈게요."

문이 열리고 바스락거리는 치마 소리가 들렸다.

순간 절름발이의 눈에 번쩍 빛이 돌았다. 하지만 이내 들어온 대상을 보고는 시무룩하게 시선을 돌렸다.

'쩝! 삼 년만 더 자랐어도!'

"가서 이환님께 말씀을 올리도록 해라."

소소는 막 주방 일을 하던 중이었는지 앞치마에 물기 젖은 손을 닦더니 고개를 끄덕였다. 총총걸음으로 사라진 소소를 보며 풍적소가 물었다.

"무녀(巫女)치고는 어리군요."

"무녀? 허허, 그렇게 볼 수도 있겠구먼. 저 아이는 내 손녀딸일세. 사조성께 공물로 바쳐진 아이지."

말하는 장 노인의 눈가에 그 당시의 씁쓸한 상황이 스쳐갔다.

하지만 그날의 결정이 후회되지는 않았다. 그것이 마을을 위한 촌장의 몫이었고, 신에 대한 예우였다.

"사조성… 한데, 조금 전 이환님이라 하셨습니까?"

"허허, 인세에 강림하기 위해서 인간의 탈이 필요하셨겠지. 그분께서는 사조성이되 이환이라는 이름으로 자신을 칭하셨다네."

풍적소가 눈을 번뜩이며 물었다.

사조성인데, 사람의 이름이 있다.

처음 듣는 소리다.

'아무래도 뭔가 미심쩍군. 조사를 해봐야겠어.'

그때 소소가 돌아왔다.

"뭐라고 하시더냐?"

"머물러도 좋다고 하셨어요. 하지만 손님들께서 가져오신 지팡이와 부채는 할아버지께서 맡으시는 게 좋을 거라고 하세요."

"뭐라고?"

절름발이가 놀란 듯 소소를 쏘아봤다.

소소는 절름발이의 인상에 놀란 듯 어깨를 움츠렸다.

“마을에 머물고 싶으시면 이환님의 말씀에 따르셔야 해요.”

“형님, 그러도록 합시다.”

“하지만…….”

퉁명스럽게 입술을 내밀던 절름발이는 풍적소가 소맷자락에서 하나의 접선(摺扇, 접는 부채)을 꺼내자 입을 닫을 수밖에 없었다.

저 봉화접선(蜂花摺扇)이야말로 풍적소가 목숨처럼 아끼는 신외지물이었기 때문이다.

그것을 순순히 꺼내놓는다는 것은 이미 그만한 생각과 각오를 가지고 있다는 뜻이다.

“내 지팡이는 바깥에 있으니 알아서 가져가시오! 크흥! 절름발이 팔자도 서러운데 이제는 지팡이까지 뺏어가는군.”

“허허, 지팡이는 내가 단단한 놈으로 새로 장만해 드리겠소.”

“마음대로 하시구려!”

장 노인의 호의에도 절름발이는 팩하고 고개를 돌렸다.

“소소야, 이분들을 희보네 옆집으로 안내해 드리거라.”

“네, 할아버지. 두 분은 저를 따라오세요.”

“촌장 어른, 감사합니다. 소저, 결례를 끼치겠소.”

“크흠!”

세 사람이 떠나고, 장 노인은 탁자 위의 금편과 접선을 바라봤다.

"금편은 돌려줘야겠구나. 욕심이 과하면 화를 부르는 법이지."

재물이 탐나지 않는 것은 아니었지만, 이미 장가촌에는 이환이라는 더없이 고귀하고 위대한 수호신이 있었다.

과욕은 탈을 부른다. 장 노인은 나이를 거꾸로 먹지 않았다.

장 노인은 접선을 집어 들었다.

"좋은 부채구나. 이환님께서는 어찌하여 부채 따위를… 헛!"

부채를 집어 든 장 노인은 그 육중한 무게에 놀라 하마터면 접선을 떨어뜨릴 뻔했다.

아주 무거운 쇳덩어리를 집은 느낌이었다.

"보통 물건이 아니구나!"

장 노인은 다급히 바깥으로 나갔다.

절름발이의 지팡이가 비스듬히 놓여 있었다.

"역시!"

지팡이를 들어보자 팔이 부들부들 떨렸다.

늙은 자신만이 아니라 장정이라도 쉽게 휘두르지 못할 무게였다. 이걸 가지고 다닌다면 필시 보통 인물이 아니라는 뜻이다.

장 노인은 감탄하며 박수를 쳤다.

"과연 이환님이시다! 기기묘묘한 천안통(天眼通)으로 단박에 알아내셨구나!"

소소의 안내로 거처로 향하던 절름발이는 문득 눈에 띄는 미인을 발견했다.
벽촌에서 발견하기 힘든 고운 피부와 잘록한 몸매였다.
그는 미인을 대할 때도 성급하다.
"이보시오, 낭자!"
단숨에 접근한 절름발이는 전후 사정도 없이 덥석 여인의 손을 붙잡았다.
"이게 무슨 짓이오?"
하지만 여인은 잡히기도 전에 빠르게 손을 뿌리쳤다. 지금의 손동작에는 교묘한 권법의 이치가 숨어 있었지만 절름발이는 미인의 얼굴에 홀려 알아채지 못했다.
여인은 바로 희 부인이었다.
"형님, 이 무슨 결례입니까?"
풍적소가 다급히 절름발이의 어깨를 붙잡았다.
"하하, 그저 눈에 띄는 미인을 발견한 나머지……. 낭자의 성명은 무엇이오? 나는 이제부터 여기서 살기로 했는데 우리 친하게 지내봅시다."
"나는 지아비가 있는 몸이오!"
단호한 희 부인의 음성에 절름발이의 얼굴이 대번 굳었다.

"낭군이 있었소? 쳇! 어쩐지 이상하다고 했다. 누가 주워갔는지 부럽구먼."

투덜거리는 절름발이는 이내 관심이 없다는 듯 등을 돌렸다.

풍적소는 쓴웃음을 짓고 희 부인에게 포권을 취했다.

"의형의 성격이 다소 직선적이지만 악의를 품은 것은 아니니 부인께서는 너무 마음에 담아두지 말기를 부탁드리겠습니다."

"사과는 귀공이 할 게 아니지요. 귀공은 성정이 옳은 것 같은데 어찌해서 저런 무뢰배를 형으로 모시는지 진심으로 안타깝군요."

"뭐, 뭣?"

머리를 벅벅 긁으며 서 있던 절름발이가 희 부인의 호된 질타를 듣고는 눈을 치켜떴다.

"근묵자흑이라 했는데, 둘 중 어느 쪽이 묵(墨)일지 뻔해서 하는 소리지요!"

"그래! 내가 묵이다! 시커먼 놈이라구!"

절름발이는 크게 투덜거렸다.

그 목소리에 주변 사람들이 속속 모여들기 시작했다.

풍적소는 난처해졌다.

마을에 거주 승낙을 받은 첫날부터 소란을 일으키면 아무래도 득보다는 실이 많았다. 게다가 사조성이라는 작자에게

밉보인다면 꽤나 곤란해질 것이다.

그는 다급히 중재에 나섰다.

"소란을 피워서 죄송합니다. 저희 두 사람이 오랜 여행 때문에 다소 민감해져 있습니다. 형님, 앞으로 데면데면할 사이도 아닌데 부인께 정식으로 사의를 표하시지요."

절름발이도 마을 사람들과 서먹해지는 일은 막고 싶었다.

그는 주변을 돌아보며 공수했다.

"죄송하외다. 죄송하외다. 죄송하오, 부인."

풍적소는 여인을 쳐다봤다. 이 정도까지 했으면 할 만큼 한 셈이니 다소 속이 불편하더라도 양보해 주는 게 사람 간의 예의였다.

"두 분께서 겸손하게 나오시니 본인도 더 이상 왈가왈부하지 않겠어요."

희 부인도 둘을 향해 단정하게 손을 모았다.

벽촌의 부인에게서는 찾을 수 없는 절제가 묻어났다.

풍적소의 눈에 기광이 흘렀다.

'강호의 예법?'

그는 빠르게 희 부인의 손을 응시했다.

보기에는 거칠고 투박한 촌사람의 손이지만 굳은살이 박혀 있는 부분이 촌부의 것과는 분명히 달랐다.

'권면(拳面)에 굳은살이 생긴다면 필시 권수법(拳手法)을 익히고 있다는 뜻이다. 그것도 매우 능수능란하게.'

무인은 무인을 알아본다.

특히 동종의 기예를 익혔다면 몰라볼 이유가 없다. 자신이 걸어온 길이고 겪은 일이기 때문이다.

풍적소는 아무에게도 말하지 않은 하나의 권법을 익히고 있었다. 그 권법은 풍적소가 생각하는 비장의 한 수였다.

그는 권법을 익힌 만큼 권법을 통해 만들어지는 주먹의 모양과 굳은살의 위치를 잘 파악하고 있었다.

그래서 같은 권법가의 입장으로 손을 보고 희 부인의 무공을 찾아낸 것이다.

반대로 희 부인이 풍적소의 권련흔(拳練痕)을 발견하지 못한 것은 그가 특수한 방법으로 주먹의 굳은살을 지워 버렸기 때문이며, 실전에서 사용한 적이 단 한 번도 없기 때문이었다.

"엄마, 뭐 해?"

문득 모여든 사람들 사이로 운비가 튀어나왔다.

"아니란다. 가자. 엄마가 맛있는 거 만들어줄게."

"와아!"

멀어지는 희 부인의 뒷모습을 바라보며 절름발이는 아쉽다는 듯 입맛을 쩝쩝거렸고, 풍적소는 눈덩이처럼 커지는 의심을 막을 수 없었다.

이환이라는 이름의 신, 사조성.

양 주먹에 선명한 권련흔을 지니고 있는 시골 아낙네.

따로 떨어뜨려도 놀랍고 신비한데 두 개가 모두 한곳에 있
다.
'장가촌, 보통 마을이 아니구나!'

11장 천마섬환(天魔閃環)

―감시 대상 B와 C, 모두 집으로 들어갔습니다.

"신경 쓰이는 녀석들이야. 말썽은 안 부렸으면 좋겠는데 말이지. A는 어떻지?"

―감시 대상 A는 거처에서 식사를 준비 중입니다.

"그들이 만났을 때 특별한 이상 행동은 없었나?"

―특별한 신체 운동은 발생하지 않았습니다.

무궁화가 말하는 신체 운동은 몸 바깥의 행동, 뛰기나 걷기가 아닌 몸 그 자체의 움직임을 말한다.

동공의 크기, 입술의 모양, 침을 삼키는 횟수, 심장 박동.

이런 것들로 수치를 내어 그 사람의 심리를 파악하는 것이다.

“그렇다면 우연히 들렀다는 건가? 세상도 참 좁군. 이런 작은 마을에 무림인이 셋이나 모이다니.”

그 말을 끝으로 잠시 침묵이 흘렀다.

달콤한 커피향이 감돌며 가끔씩 종이가 움직이는 소리만 스친다.

이윽고 다시 목소리가 들린 것은 30분 정도가 지나서였다.

“제일식(第一式) 천마섬환(天魔閃環). 천재라면 익히는 데 오 년이 걸리고 범재(凡才)라면 십 년이 걸린다. 삼십 년의 내공이 없다면 시도하지 말라. 또한 육십 년의 내공이 없으면 연이어 펼칠 수 없다.”

그는 책을 읽고 있었다.

“제이식(第二式) 천마번천(天魔飜天). 천재라면 익히는 데 십오 년이 걸리며 범재라면 삼십 년이 걸린다. 육십 년의 내공이 없다면 시도하지 말라. 또한 백이십 년의 내공이 없으면 연이어 펼칠 수 없다.”

중얼거리는 이환의 목소리는 무척이나 허무했다.

“제삼식(第三式) 천마강림(天魔降臨). 천재와 범재 모두 노력에 따라 다르다. 한 줌의 내공으로도 천지를 무너뜨릴 수 있다.”

의자가 빙글 회전하며 거기 앉아 있는 이환이 모습을 드러냈다.

"첫 번째를 배우는 데 천재가 15년이나 걸린다고? 게다가 30년의 내공이 없으면 엄두도 내지 말라니!"

그는 손가락을 들어 셈을 했다.

"내가 정말 천재라고 치고, 내공도 가득하다고 하면… 최소 20년이군. 게다가 마지막 초식은 평균치도 없잖아? 1년이 걸릴지 100년이 걸릴지 아무도 모른다는 뜻인가?"

그는 짙은 한숨을 내쉬었다.

"무슨 검법 하나 익히는 게 이렇게 힘들어?"

두 번째 초식을 익히는 데 걸리는 20년으로도 이환은 흰머리의 아저씨가 되어버린다. 스무 해 뒤니까 마흔 살이 되는 것이다.

얼굴이 조금 삭아버린다면 영감님 소리도 들어볼 수 있다.

다 늙어서 강해질 바엔 차라리 익히지 않는 편이 속은 편할 터였다.

이환은 천마신공 도검편(刀劍編) 마지막 문장을 떠올렸다.

"…단, 천마신공(天魔神功)을 오성(五成)까지 연성하면 일초식은 하루, 이초식은 삼 일에 완성할 수 있다."

그는 피식 웃었다.

"너무 파격적인 할인이군."

천마신공이란 천마의 무공을 총망라한 비급의 이름이기도 하지만, 비급에 적힌 모든 무공의 근간이 되는 내공심법의 명칭이기도 했다.

그래서 비급에 적힌 모든 초식에 '단, 천마신공을 얼마만큼 연성하면 얼마의 시간으로 완성할 수 있다' 라는 말이 붙어 있었다.

천마신공 없이는 천마 무학의 정수를 얻지 못하는 것이다.

"무공만 익히다 늙어 죽을 수는 없으니 결국은 내공이로군."

이환은 비급을 넘겼다.

비급은 도검, 보신(步身), 체법(體法), 심공(心功)의 네 가지 편차(編次)로 구분 지어져 있었다.

심법 천마신공은 비급의 가장 마지막 장인 심공부에 적혀 있었다.

이환은 조용히 천마신공의 구결을 읽어 내렸다.

벌써 일주일이나 읽고 생각했지만 여전히 모르는 부분이 많았다.

천마의 무공은 극패(極覇)를 바탕으로 한다.

천마신공은 극패를 위해 극강(極剛)의 내공을 중심에 두고 있다.

극강이란 극양(極陽)이다.

극양은 곧 초화(焦火), 겁뢰(怯雷)!

불과 번개야말로 천마신공을 무적(無敵)으로 만들어준다!

혼(魂)을 녹이고 백(魄)을 태워라!

혼에 깃든 불씨가 땅을 태우고, 백에 머문 뇌전이 하늘을 녹여 버릴 때까지.

천마신공의 전인(傳人)이라면 가급적 불과 번개에 익숙해져야 할 것이다.

뇌화의 우정이란 무척이나 가혹하기에.

꽤나 인상적인 서문을 지나면 천마 무학 특유의 진기도인(眞氣導因) 대한 실용법문(實用法文)이 빼곡하게 적혀 있다.

이환이 막힌 부분은 바로 이 실용법문이었다.

그것도 무척이나 황당한 이유였다.

"걷는 법도 가르쳐 주지 않고 날기를 바라는군."

그랬다.

천마신공의 실용법문은 진기를 움직이는 법부터 시작했다.

그 진기를 쌓는 법에 대해서는 일언반구도 없는 것이다.

사실 이건 당연한 일이었다.

무척이나 상식적인 이유가 있었다.

앞서 말했다시피, 천마비묘(天魔秘墓)는 수백 가지의 함정과 수천 가지의 암기로 입구가 치밀하게 막혀 있다.

이곳을 통과하기 위해서는 능히 절정의 무위를 가진 절대 고수가 필요하다.

그냥 고수는 안 된다. 절대의 벽을 코앞에 둔 무인이라도 안 된다.

오로지 절대고수였다.

애초에 그렇게 설계된 곳이다.

강한 자만이 더 강한 나의 무공을 취할 수 있다!

이것이 천마의 생각이었다.

절대고수에게 물려줄 무공이다.

가르칠 대상이 정해져 있는 것이다.

그래서 흡축발(吸縮勃)의 삼기(三技)는 아예 적어놓지를 않았다. 이것은 무척 기초적이고 무가에서는 열 살배기 꼬마 녀석들도 줄줄 외고 있는 부분이기 때문이다.

뛰는 법을 아는 학생에게 걷는 법을 가르친다.

이건 무척이나 비효율적인 일이었고, 그런 부분에 필력을 낭비할 만큼 천마는 격식을 차리는 사람이 아니었다.

뛸 줄 알면 곧장 날면 된다!

뭐 하러 걷는 법을 가르친다는 말인가!

누구도 지탄하지 않을 매우 상식적인 생각이다.

그 상식이 상식의 틀을 깨고 난입한 미래인, 이환의 앞에 커다란 벽이 될 줄은 그 누구도 몰랐을 것이다.

"심법을 넘겨두고 일단 초식부터 익히려고 했더니 천마신공의 내공이 없이는 개미가 태산 오르기로군."

이환은 비급을 덮었다.

"그래도 한다."

*　　　*　　　*

부웅!

엉성한 모양의 목검(木劍)이었다.

부웅! 부웅!

바람을 가르는 몸놀림이 여간 날카로운 게 아니었다.

지금의 파풍음(破風音)이라면 사람이 맨몸으로 맞고 뼈가 멀쩡하기는 불가능할 것 같았다.

그 빠르고 또한 무거운 목검을 휘두르는 대상은 바로 이환이다.

상의를 벗어 드러난 잘 단련된 근육이 한계까지 꿈틀대며 검격(劍擊)을 쏟아내고 있었다.

“후욱… 후욱……!”

그가 한 번 움직일 때마다 입과 코에서 연기 같은 입김이 뿌옇게 피어났다.

지금은 새벽이라 입김이 짙을 정도로 쌀쌀한데도 불구하고, 이환의 상체에는 물을 끼얹은 듯 땀이 비처럼 흘러내렸다.

그의 하의는 온통 땀에 젖어 그의 야생마처럼 단련된 허벅지에 착 달라붙어 있었다.

부웅!

마지막 검격을 끝으로 이환은 목검을 내려놓았다.

파르르 손가락이 떨렸다.

목검은 언제 그렇게 날뛰었냐는 듯 힘없이 바닥으로 떨어졌다.

자세히 보면 목검의 손잡이 부분은 온통 새빨갛게 변색되어 있었다.

뚜욱… 뚜욱…….

핏물이 목검의 검신과 주변 흙으로 떨어졌다.

이환은 인상을 찌푸리며 자신의 양손을 쳐다봤다.

피밖에 보이지 않는다.

그의 양손은 물집이 터지고 살이 찢겨 넝마가 따로 없었다.

지독한 고련(苦練)의 결과였다.

그중에서 손바닥 정중앙의 상처가 가장 심했다. 핏물은 그곳에서 울컥대며 솟구치고 있었다.

이환은 한쪽에 놓아둔 지혈제를 집어 들었다.

지혈제는 하얀 분말이었는데, 손에 뿌리자 거품이 부글부글 끓더니 새카맣게 변해 버렸다.

혈액이 응고되며 제법 심한 고통이 느껴졌다.

이환은 나직한 신음을 흘리며 바닥에 털썩 주저앉았다. 더 이상 목검을 휘두를 체력도, 정신력도 없었다.

아니, 있다고 해도 이 걸레짝 같은 손을 계속 혹사하다가는 상처만 악화시킬 뿐이었다. 지금도 심하게 악화된 상태라 무궁화가 자제를 권유했을 정도이다.

"춥군."

차갑고 공허한 새벽바람에 땀이 급속도로 식으며 한기가 몸을 뒤덮었다. 말라붙은 입술이 파르르 떨릴 정도였다.

하지만 어느덧 적응이 됐는지 견딜 만했다.

"조금만 더 하면 알 수 있을지도⋯⋯."

이환은 자신을 응원하듯 중얼거렸다.

이것은 습관이었다. 이렇게라도 자신을 격려하지 않는다면 내일은 이 자리에 앉아 있지 못할 거라는 것을 무척이나 잘 알기 때문이었다.

벌써 보름째다.

목검 휘두르기를 시작한 지가.

정확히 말해서는 천마신공 도검편 천마삼식(天魔三式)의 첫 번째 초식 천마섬환을 수련하는 것이었다.

천마섬환은 알고 보면 무척 간단한 초식이다.

아무렇게나 쥐고 있는 검을 빠르게 내뻗는 것에 불과했으니까.

다만 검의 궤적은 곧은 직선이어야 하고 빨라야 하며 정확해야 한다는 것이다.

그래야 천마섬환이 지닌 특유의 검흔(劍痕)이 나타난다.

비로소 무적의 쾌검(快劍)을 쓸 수 있게 되는 것이다.

동녘 하늘로 태양이 떠올랐다.

보통은 일출이 시작되기 전에 청와대로 돌아갔기 때문에 일출을 보는 건 처음이었다.

"아름답군."

산맥 너머로 떠오르는 태양의 모습은 언제나 장엄했으며 신비로웠다.

그는 동쪽으로 몸을 틀었다.

차가워진 몸을 태양을 쬐는 것으로 녹여보고 싶은 마음에 서였다. 실제로 아무런 차이는 없을 테지만, 탈진한 마음만큼 이라도 열기로 다시 채우고만 싶었다.

그는 그렇게 한동안 일출을 지켜봤다.

등으로는 밤이 사라지고 앞으로는 아침이 시작되는 풍광은 무척이나 감미로웠다.

이환은 문득 손을 들었다.

이유는 몰랐지만 태양을 만져 보고 싶었다.

그는 천천히 태양을 향해 손을 내밀었다.

직선을 그리며 텅 빈 손이 뻗어졌다.

천마섬환의 궤적이다.

헤아릴 수 없이 많은 반복을 통해 육체는 그가 손을 들면 무조건 천마섬환을 출수한다고 인식을 해버린 것이다.

그 순간, 이환은 천마신공의 내공 구결을 떠올렸다.

그는 천마섬환을 출수할 때 꼭 천마신공의 내공 구결을 암

송하는 습관이 있었다. 비록 몸에 내공은 없지만 훗날을 위해
구결이나마 외워보자는 단순한 생각에서였다.

그 단순함과 육체의 인식이 이환에게 큰 변화를 선물했다.

곧게 뻗어진 궤적!

머릿속의 내공 구결!

뚫으려는 힘이 들어가지 않고, 빠르게 움직이려는 성급함
이 배제된 움직임!

번쩍……!

어떤 전율이 이환을 감전시켰다.

하늘과 땅에서 흘러들어 온 전율은 찰나지간 한곳으로 쏘
아졌다.

“……아!”

이환은 뒤늦게야 탄성을 흘려냈다.

그는 커진 동공으로 하늘을 향해 뻗어 있는 자신의 빈손을
쳐다봤다.

손은 떨고 있었다.

손가락 하나하나, 피부 한 점, 세포 한 톨까지 떨고 있었다.
마치 번개에 감전된 것만 같았다.

이환은 조심스럽게 태양을 향해 내민 손을 얼굴 앞으로 회
수했다.

“이 느낌……!”

방금 전에 겪은 짜릿한 전율!

하늘과 땅에서 흘러들어 온 전율은 그의 들려진 손끝으로 배출되었다.

순식간에 일어난 일이지만 이환은 도저히 그 전율을 잊을 수가 없었다. 전율이 몸속에서 움직인 궤적이 너무도 생생했다.

"이, 이것이 천마섬환인가?"

격류를 머금은 음성은 감탄과 당혹, 기쁨과 미지의 것에 대한 두려움으로 뒤섞여 있었다.

이환은 조심스럽게 손을 쥐었다 폈다.

아직도 저릿저릿한 감각이 남아 있다.

"이럴 수가?"

손바닥을 관찰하던 이환은 놀라고 말았다.

손바닥의 커다랗던 상처가 마치 녹은 것처럼 단단하게 붙어버린 것이다.

조금 전까지만 해도 곪고 문드러져서 무척이나 통증이 심했는데 이제 전혀 아프지 않았다. 마치 오래전에 입은 화상 자국을 보는 것만 같았다.

이환은 문득 그 화상 자국이 번개의 무늬를 닮았다고 생각했다.

"적어도… 적어도 내 팔은 천마섬환을 느꼈다."

그는 주먹을 움켜쥐었다.

세상을 얻은 듯 두려울 것이 없었다.

쉭! 쉬익……!

바람을 가르는 목검의 소리가 색다르다.

달이 지고 해가 떠오를 새벽 시간, 이환은 여전히 목검을 휘두르고 있었다.

얼굴은 더욱 열정적이고, 근육은 더욱 폭발적이다.

일전에 겪은 하나의 심득(心得)은 그에게 큰 발전을 선물했다.

안개처럼 막혀 있던 검의(劍意) 한 가닥을 짚어냄은 물론이고, 가슴속에 열의가 고무되었다.

열정!

사람을 부지런하게 하는 것들 중에 열정보다 뜨거운 것은 없다.

이환은 하루하루가 즐거웠다.

손바닥이 찢어지는 통증은 간지럽기만 했고, 극한으로 꿈틀대는 근육 줄기의 절규는 가소롭기만 했다.

할 수 있다.

그리고 하고 있다!

이환은 오직 천마섬환에 대한 생각뿐이었다.

그의 의지는 이미 육체를 초월했다. 그 과정에서 정신력 또한 굳건해졌다.

노력보다 더한 변화는 없는 것이다.

쉭! 쉬익!

목검이 다시 허공을 찔렀다.

자로 잰 듯, 각도기로 측량한 듯, 한 치의 오차도 없는 직선이었다.

달빛마저 가라앉은 공터를 맴돌며 검을 휘두르는 그의 모습은 무척이나 패기 넘쳤으며 단호했다.

이환의 검 휘두르는 모습은 마치 춤을 추듯 격정적이었다.

그야말로 전장을 휩쓰는 장군의 검무(劍舞)였다.

서서히 동녘이 붉게 물들기 시작했다.

최초의 햇살이 이환에게 드리워졌다.

비로소 땀에 젖은 이환의 모습이 선명하게 드러났다.

검은 빨랐고, 몸은 단단했다.

그리고 목검은 그의 왼손에 들려 있었다.

당연히 그는 오른손잡이다.

그런데 좌수검(左手劍)을 쓰고 있었다.

수련을 위해서였다.

그의 오른손은 천마섬환을 느꼈다. 그래서 더욱 수련에 박차를 가했다. 가만히 있어도 저릿저릿한 전율의 흐름이 선명하게 그려질 정도로.

적어도 오른팔의 천마섬환은 쾌(快)라는 것에 대한 형태를 기억한 것이다.

그리고 생각했다. 양손 모두 어느 때건 천마섬환을 능숙하게 펼칠 수 있어야 한다고.

그래서 왼팔로 목검을 옮긴 것이다.

한 손으로만 잘해서는 아무 소용이 없다.

위기는 순간을 기다려 주지 않고, 적은 상황을 기다려 주지 않기 때문이다.

쉭! 쉬익……!

좌수에 목검을 든 이환의 몸놀림은 정상적일 때와 비교해도 전혀 손색이 없었다.

그는 평범한 오른손잡이였지만 전쟁터에서 목숨을 걸기 시작한 무렵부터 왼손의 단련을 시작했다.

그래서 후천적인 양손잡이가 되었다.

덕분에 수십 번의 위기를 모면했다.

전쟁터가 그런데 무림이라는 공간은 더 말할 필요가 없을 것이다.

이환은 자신의 왼손까지 천마섬환을 능숙하게 기억한다면 오른발을 단련할 예정이었다.

목검을 쥘 수 없지만 상관없었다.

쥐었다고 생각하고 앞으로 내뻗으면 된다고 생각했다.

어차피 천마섬환은 복잡한 움직임이 있는 초식이 아니다. 그저 시작과 끝을 가장 빠른 직선으로 연결하는 방법에 불과했다.

천마비급에 적혀 있기에도 도검편에 등록되어 있을 뿐이지 그 묘용은 자유롭다고 나와 있었다.

비급에도 천마삼초식을 제외한 어떠한 공격 방법도 적혀 있지 않았다.

주먹, 도검, 발, 심지어 박치기까지.

직선의 공격이 가능한 부위라면 무엇이건 천마섬환이 되는 것이다.

수중무검(手中無劍) 무중유검(無中有劍)!

검도의 극의가 지금 이환의 몸속에 씨앗을 틔우고 있었다.

*　　　　*　　　　*

이른 아침부터 이환은 최근 수련을 매진하는 공터로 나와 있었다.

그의 몰골은 무척이나 추레했다.

"요즘은 하루 한 시간을 채 못 자는군."

의자처럼 애용하는 모서리 진 바위에 걸터앉은 이환은 불어오는 산바람을 맞으며 턱을 쓰다듬었다.

짙게 자란 수염이 가시를 세우며 손끝을 찔러댔다.

손가락을 몇 번 움직여 이 까칠한 느낌을 즐긴 그는 천천히 목검을 집어 들었다.

쉭쉭쉭! 쉬리리릿!

목검은 춤을 추듯 움직였다.

입맛에 맞는 춤 상대를 고르듯 양손을 번갈아 오고 갔고, 어떤 때는 어깨 위로 떨어지거나 발등에 놓일 때도 있었다.

목검을 휘두르는 이환의 신체는 가만히 쉬고 있는 부위가 한군데도 없었다.

"타핫!"

그는 낭랑한 함성을 내질렀다.

요즘 들어 수련을 계속 이어갈수록 피곤함보다 활력이 더욱 샘솟았다. 이유는 몰랐다. 마치 달리기를 오래하면 뇌에서 고통을 억제하기 위해 흘려내는 엔도르핀에 중독된 사람처럼 몸을 쓰고 움직일수록 더욱 힘이 났다.

수면 시간이 한 시간 내외로 준 것도 바로 그런 이유에서였다. 한 시간을 잤는데 마치 열 시간을 푹 잔 듯 한 점의 피로감도 느껴지지 않았다.

"하아압!"

쉬익!

허공을 가로지르는 천마섬환의 궤적은 날이 갈수록 선명해졌다. 체내에 감도는 활기가 원인인 것 같았다.

쉬익! 쉬익!

그는 연달아 목검을 휘둘렀다.

'더 빠르게……'

이환은 이를 악물었다.

지금도 빠르다. 하지만 더 빨라지고 싶다.

집념을 머금은 이환의 두 눈 깊은 곳으로 뜨거운 열기가 나타났다.

'더 빠르게⋯⋯!'

스팟!

목검이 궤적을 가로질렀다.

직선!

더 이상의 효율은 없다.

검극(劍極)이 빛을 번뜩였다.

그 순간,

촤아악!

마치 비단을 찢는 날카로운 소리가 터져 나왔다.

그리고 그 소리에 몸이 의식하기도 전에 이환의 눈이 심유하게 가라앉았다.

동작도 멈췄다.

마치 얼어붙은 심해를 바라보듯 이환의 눈빛은 짙게 깔린 얼음 너머처럼 그 깊이와 속이 전혀 보이지 않았다.

허공 일점을 찌른 그의 목검조차 한 치의 흔들림도 없이 정지했다.

"⋯⋯."

그는 침묵했다.

바람은 불지 않았고, 숨소리는 고요했다.

새는 지저귀지 않았고, 노루는 풀을 뜯지 않았다.

세상이 정지한 기분이 들었다.

마치 드넓은 산맥이 이환을 위해 침묵하는 듯했다.

이환은 조용히 자신을 관조했다.

지금 내민 왼손에서 천마섬환을 느낄 수 있었다.

처음에 비교하면 적어도 두 배 이상으로 진해진 전율이었다. 지독한 수련의 결과였다. 적어도 어느 순간, 어느 동작으로든 천마섬환을 출수할 수 있게 된 것이다.

이환은 조용히 정신을 집중했다.

왼손에서 일어난 전율이 서서히 가슴으로 내려와 오른손으로 흘러갔다. 그리고 이내 돌아 나와 가슴에서 모였고, 아래로 흘러내렸다.

이어 전율은 배 아래쪽에서 잠시 머물렀다.

이환은 뭔가 충만한 기분이 들었다. 전율은 마치 컵 속의 물처럼 흩어지지 않고 가득 고였다.

전율은 이내 오른 다리로 흘러내려 갔다. 그리고 되돌아 나와 왼 다리로 흘러들었다.

이환은 숨을 고르고 더욱 내부로 집중했다.

왼 다리에 머문 전율이 서서히 북상하며 복부로 이동했다.

이유는 몰랐지만 충만감이 들던 바로 그 위치였다.

아랫배에 모여 있던 전율이 꿈틀대더니 다시 움직이기 시작했다. 이번에는 한 갈래가 아니라 네 줄기였다.

좌우 양팔, 양다리.

전율은 이환의 몸속에서 대(大) 자를 그리며 퍼져 나가기 시작했다.

힘이 솟아났다.

팔과 다리에만 국한되어 있던 이 짜릿한 전율이 전신을 짜르르 울리기 시작했다.

이환은 체내를 맴도는 전율의 느낌에 정신을 집중했다.

그는 이미 망아지경(忘我之境)으로 외부와는 단절된 상태였다. 성난 산돼지가 뿔로 들이받는다고 해도 눈 하나 깜빡이지 않을 상태였다.

전율이 고여 있던 아랫배 부근에서 이루어진 변화였다.

들판처럼 넓기만 하던 공간에 벽이 생기고 집이 지어졌다. 전율은 방을 가진 아이처럼 순순히 집 안으로 들어갔다.

그리고 원하는 공간에 똬리를 틀고 몸을 뉘었다.

커다란 충만감이 그의 아랫배에 드리워졌다.

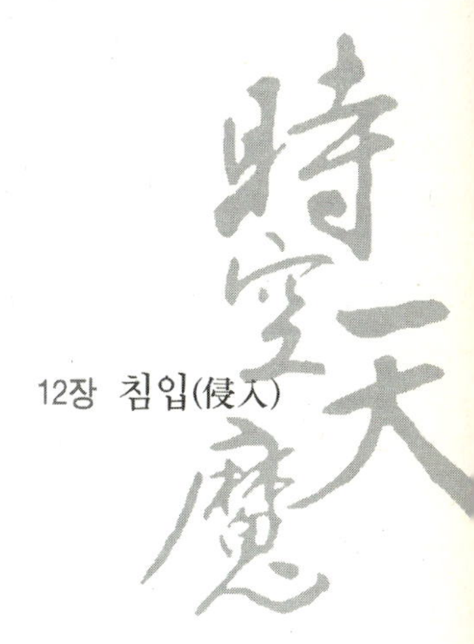

12장 침입(侵入)

히이이잉!

거센 말울음 소리가 장가촌에 드리워졌다.

낯선 짐승의 울음소리에 마을 사람들이 하나둘 마을 입구로 모여들었다.

말을 타고 나타난 대상은 어깨가 떡 벌어진 장한이었다.

사람들은 그가 입고 있는 의복을 보고 순간 당혹하며 얼굴을 딱딱하게 굳혔다.

장한은 오만한 얼굴로 주변을 둘러본 뒤, 인상을 와락 쓰며 고함을 내질렀다.

"지현 어른의 명을 받잡아 염초관부의 대인께서 곧 당도하신다! 어서 모두 나와 엎드리지 못할까!"

우렁우렁한 목청과 함께 장한은 허리춤의 도를 뽑아 하늘로 붕붕 휘둘렀다.

"관인? 현청에서 관인이 온다고?"

"허어! 나랏일 하는 양반들이 벽촌에는 무슨 일이야?"

"엄마, 저 아저씨들은 누구예요?"

"으응, 나쁜 사람을 잡아가는 분이란다."

"우리를 자, 잡아가려고 왔을까요?"

어른들은 때아니게 나타난 불청객에 불안한 표정을 지었다. 세상사 관부와 얽혀봤자 좋을 것 하나 없었기 때문이다.

세상 돌아가는 일을 모르는 아이들도 불안하기는 마찬가지였다. 아무리 눈치가 없어도 은연중에 깔리는 무거운 공기를 느끼지 못할 수는 없었다.

"모두 똑바로 서라! 촌무지렁이들은 예절도 모르느냐!"

장한은 수염이 텁수룩하게 나고 눈썹이 위로 치솟은 인상이었는데, 얼굴만큼이나 폭급한 성격이었다.

장 노인이 장한의 근처로 다가갔다.

"저어, 관병(官兵) 나리, 대인 어른께서는 대체 무슨 연유로 행차하시옵니까?"

장한의 직책은 관병이었다.

높은 직책을 가진 관인(官人)의 방문을 알리는 파발꾼과 같은 일이 지금 그의 임무인 것이다.

"으응? 늙은이는 누구요?"

"장가촌의 촌장입니다."

"그래? 흐음! 자세한 이야기는 대인께서 당도하시거든 듣도록!"

"하나 사정이라도 알아야 귀한 분을 영접하는 데 조금이나마 도움이 되지 않겠습니까?"

"어허, 이 늙은이가 말이 많군! 이제 곧 대인께서 도착하시는데 그걸 못 참는다는 말인가!"

장한은 버럭 성질을 부렸다.

장 노인은 어쩔 수 없이 고개를 조아렸다.

장한은 병졸들을 통솔하듯 서 있는 위치와 품행 하나까지 트집을 잡고 버럭버럭 고함을 질렀다.

그렇게 얼추 사람들이 줄을 잡고 도열했을 무렵이다.

고갯마루 너머로 희끗한 형체가 보이더니 얼굴로 달려드는 바람을 타고 희미한 피리 소리가 들리기 시작했다.

장한이 반색했다.

"오셨군!"

그는 한쪽 위치로 가서 장창을 들고 허리를 빳빳이 세웠다.

"쓰읍!"

장한은 마을 사람들이 서로 귀엣말이라도 하려고 치면 어떻게 알았는지 고리눈을 떴다.

사람들은 불안한 눈으로 다가오는 행렬을 쳐다봤다.

고갯마루에는 백마를 탄 문사풍의 중년인과 그를 따르는 병사들이 보였다.

그들이 다가올수록 피리 소리도 커졌다. 그 연주는 무척이나 뛰어났는데, 음이 끊어질 듯 이어지는 아슬아슬한 기교가 무척이나 귀를 즐겁게 했다.

연주곡은 정확히 마을 어귀에 이르러서 멈췄다. 묵묵히 서 있던 마을 사람들은 아쉬움을 느꼈다. 이처럼 좋은 피리 연주는 처음이었기 때문이다.

특히 아이들은 더 그랬다.

험악한 장한의 모습에 주눅이 들었지만 피리 소리를 듣고는 다시 어린아이 특유의 천진난만함이 고개를 치켜들었다.

하지만 한 아이만은 그렇지 못했다.

'이 피리 소리… 예전에 들은 적 있어!'

창백한 인상으로 땀을 뚝뚝 흘린다.

아이와 손을 맞잡은 어머니의 손이 잘게 떨렸다.

"마을의 촌장은 누구더냐?"

관인의 표정에는 피곤함에 따른 짜증이 한껏 묻어 있었다. 반나절을 꼬박 들썩거리는 말안장에서 보냈으니 문관(文官) 체력이 여간 축난 게 아니었다.

"소인입니다."

장 노인이 허리를 굽혔다.

그의 등줄기는 벌써부터 긴장하여 땀을 맺고 있었다.

처음이었다. 장가촌에 관인이 방문한 것은.

세상 누구도 알지 못하는 벽촌이라고만 생각했는데 그래도 알고는 있는 듯했다.

관인은 오만한 표정으로 다짜고짜 고함을 내질렀다.

"네 이놈! 네가 너의 대죄를 알렷다?"

"나으리! 소인이 무, 무슨 죄를 지었습니까?"

"뭐라? 어허! 이 촌것이 참으로 가증스럽게 발뺌을 하는구나!"

관인의 호통에 장 노인의 표정이 창백해졌다.

둥그렇게 모여서 엎드려 있던 마을 사람들도 새파래진 얼굴로 서로 눈치만 보며 벙어리가 되어 끙끙 앓았다.

관인은 주변을 쓱 돌아보며 말했다.

"지현께서는 매달 오 일마다 각 마을에서 세를 거두고 계시다! 이것은 한 관리가 곳간을 채우고자 하는 사리사욕이 아니라 대명제국의 황실로 공납될 세금이다! 황제의 신민이라면 기뻐 반기며 내어야 할 공물이다! 한데 너희 장가촌 촌무지렁이들은 벌써 몇 년째 세금을 내지 않았으며, 이에 대한 그 어떠한 변명도 하지 않았다! 이것은 네놈들이 딛고 있는 중토를 하찮게 여긴다는 것이며, 중토의 주인이신 대명천자님을 무시하는 처사로 판단되는 바!"

서릿발처럼 차가운 목소리로 긴 목소리를 뱉어낸 관인은

냉정한 눈으로 좌중을 훑었다.

"지현께서는 지난날의 체납된 세금을 포함해 다음달 보름까지 쌀 열 포대와 말 열다섯 필의 세납을 명하셨다! 명심하도록! 내달 보름까지다!"

"싸, 쌀……!"

"말을 내놓으라니요!"

충격이 휘몰아쳤다.

장 노인이 더듬거리며 말했다.

"나, 나으리, 어찌 그, 그런 가혹한 형벌을 내리십니까? 보시다시피 마을에는 개 한 마리도 없습니다. 우리 먹을 것도 없어 전전긍긍하는데 어디서 미곡(米穀)을 열 섬이나 바친다는 말씀입니까? 게다가 준마까지 열다섯 필이나 내놓으라시면… 이건 있을 수 없는 일입니다! 게다가 지난 흉년은 나으리께서도 잘 알고 계시지 않습니까? 캘 풀뿌리도 없는 시기였습니다. 그런데 어찌 세를 낼 공물이 있었겠습니까?!"

"당장 없으면 돈을 주고 사서 바치면 될 것이 아니냐!"

"그, 그런 억지가……!"

"뭐라? 감히 지현 어른의 명을 거부하겠다는 것이냐? 오호라, 그러고 보니 관부의 세법까지 무시한 놈들이니 지엄한 황법 따위는 안중에도 없다는 것이구나!"

차차창!

병사들이 날카로운 박도(朴刀)를 뽑아 들었다.

번들번들한 도신을 보자 여자들은 에구머니, 하고 소리를 지르며 치마폭에 얼굴을 묻었다.

"늙은이가 말이 과했습니다!"

장 노인은 관인의 발밑에 고개를 조아렸다.

관인은 장 노인의 머리를 발로 차버렸다.

"내 혁피화에 네놈의 더러운 냄새가 묻지 않았느냐!"

"송구합니다! 송구합니다! 크흐윽……!"

관인은 냉막한 표정으로 병사들에게 소리쳤다.

"불복하는 놈들이 보이거든 가차없이 베어버려라!"

"알겠습니다!"

"어이쿠! 살려주십시오!"

"살려주시오!"

사람들은 절규하며 탄식을 금치 못했다.

관인이 소리쳤다.

"네놈들 어려운 것은 내 알 바 아니다. 네놈들이 서 있는 땅이 어느 분의 것이더냐? 바로 황상의 것이 아니더냐! 네놈들이 감히 황상의 은혜를 무위도식으로 갚는 것이냐? 이렇게 살아가는 게 뉘의 은혜 때문인데, 이 고얀 놈들!"

그때였다.

"쳇, 이게 어떻게 황제의 은혜야? 우리가 겨울을 넘긴 게 다 누구 덕분인데."

마치 속삭이는 소리였다. 하지만 싸늘하게 가라앉은 장내로 속삭임은 너무도 크고 선명하게 들렸다.

"장가촌을 살려준 건 황제가 아니라 이환님이라고, 멍청한 관인 놈아."

이환!

그 이름을 떠올리자 사람들의 얼굴에 큰 희망이 생겼다.

"그래! 이환님이 계셨다!"

"이환님이라면……!"

"맞아! 어찌 관부 나부랭이가 우리를 비호해 주는 신인보다 대단할까!"

관인이 눈을 크게 떴다.

"감히 내 앞에서 그런 망발을 내뱉어?"

"다 굶어 죽다 살아났는데 황실은 뭐고 세금은 뭐냐! 네놈들이 우리에게 풀죽이라도 끓여줘 봤느냐!"

"그래! 장가 네 말이 맞다! 이환님이 아니었으면 우리가 어찌 지금 살아 있겠느냐? 염병할 관청에서 우리한테 해준 게 뭐가 있다는 말이냐!"

"뭐라?"

관인은 극도로 분노하며 마을 사람들을 쏘아봤다.

장 노인이 붉게 충혈된 눈으로 말했다.

"나으리, 나으리 같은 사람은 모르겠지만 우리 농사꾼은 땅이 마르면 피가 마르는 사람들입니다. 지난 세월이 어떠했습니까? 한 방울의 빗물이라도 내린 적이 있습니까? 없습니다. 이 늙은 것은 이제 지렁이가 어떻게 생겼는지 떠오르지도 않을 지경입니다. 황제도 아래에 수발드는 종자들이 있어야 거들먹거리는 게지요. 그런데 지난 흉년 동안 황제님은 무얼 하셨습니까? 우리 촌놈들에게 귀리 한 줌 내리셨습니까? 물 한 바가지 뿌려주셨습니까?"

"무, 무엄한지고!"

"우리를 살린 것은 지현 나으리도, 지체 높은 황제님도 아니라 바로 이환님이십니다! 지상에서 헐벗는 촌놈들이 참 딱해서 하늘의 천신께서 자애로운 마음에 우리에게 보내주신 신인이 비를 내리게 하고 먹을 것을 내려주셨다 이 말씀입니다!"

"옳소! 촌장님의 말씀이 맞다!"

"황제고 나발이고 내가 굶고 있는데 무슨 소용이냐! 우선 나부터 먹고살아야지!"

"어려울 때는 쥐똥처럼 눈에 보이지도 않던 게 이제 와서 뭐가 어쩌고 어째?"

쌓여 있던 지난 세월의 처참함이 한줄기 분노가 되어 활활 피어올랐다.

마을 사람들은 분연히 자리를 떨치고 일어나 결사의 얼굴로 관인과 병사들을 둘러쌌다.

돌멩이를 집어 들었고, 마당 쓸던 빗자루, 항아리 뚜껑도 잡히는 대로 손에 들었다.

"이, 이놈들! 모반죄로구나! 정녕 역적 무리로다!"

"배만 부르다면 역적이라도 좋다!"

"그래! 어차피 우리는 배운 것 없는 무식한 촌놈들이다! 하지만 무식해도 이건 안다! 사람보다 신이 위대하다는 것은!"

"이환님 만세!"

"와아아아!"

관인은 상황이 돌변하자 안색이 새파랗게 변해 입술을 파르르 떨었다.

"이환? 그놈이 누구기에 감히 혹세무민하였느냐? 어디 얼굴 한번 비춰보거라! 네놈이냐? 아니면 네놈이냐?"

관인이 지휘봉을 휘두르며 마을 사람들을 지목했다.

장 노인은 손을 들어 하늘을 가리키고, 넓게 뻗은 능산 줄기를 가리켰다.

"이환님은 인간들이 사조성이라 칭송하는 신인이십니다. 그분은 천계에서 나오셨고, 인간을 구제하고자 능산에 성체(星體)를 강림하시었지요."

"사조성? 그깟 미신을 믿는 것이냐? 오호라! 네놈들이 사교(邪敎)에 빠졌구나! 이환이라니! 그자가 교주(敎主)더냐?"

"교주라니! 그분은 신입니다!"

"관인 나으리, 당신도 천벌을 받기 싫으면 그 악독한 마음씨는 고쳐먹는 게 좋을 겁니다!"

"쇤네는 그분께서 강림하시는 광경을 이 두 눈으로 똑똑히 봤습니다!"

"아암! 나도 보고, 우리 장가촌 모든 사람들이 지켜봤지!"

"사교도로다! 사교로다! 지고한 황법에 이르길, 사람을 미혹하는 무리는 즉참(卽斬)에 처한다고 나와 있다! 오늘 너희들을 이 자리에서 모두 참하여 사교의 뿌리를 뽑겠다! 병사들은 이 천박한 사교 무리를 일거에 참하도록 해라!"

"명을 받들겠습니다!"

"순순히 내 칼을 받아라!"

분노한 관인의 명령을 받자 병사들의 눈빛이 달라졌다.

압송과 참살은 다르다.

데려가는 것은 골치가 아프지만 죽이는 것은 칼질 몇 번이면 끝난다. 무척 쉽다.

병사들이 무서운 얼굴로 다가왔다.

칼날이 번득이는데 푸르스름한 빛이 눈을 아리게 했다.

하지만 마을 사람들 누구도 겁에 질려 도망치지 않았다.

그들은 믿어 의심치 않았다.

신앙의 앞으로 칼이 날아왔다.

촤악!

"끄아악……!"

피와 비명.

사람들은 등을 타고 느껴지는 한기를 느꼈다.

숨통이 끊어지지는 않았지만 가슴 한복판에 혈선이 그어

졌다. 피가 철철 흘렀다.

"으아악!"

"사, 사람 살려!"

사람들은 하얗게 탈색된 얼굴로 사방팔방으로 도망쳤다. 손안의 돌멩이, 빗자루는 이미 발치에 내버린 지 오래다.

병사들은 자신만만하게 칼을 휘둘렀다.

순식간에 장내는 핏물로 땅이 새빨갛게 변했다.

'도와주세요, 이환님!'

그 아수라장의 한가운데 소소가 있었다.

양손을 꼭 모아 가슴 앞에 올리고 굳게 감은 두 눈으로 이환을 떠올렸다.

지금의 이 기도가 그에게 닿기를, 그래서 사조성의 분노가 관인의 폭압을 무찔러 주기를 소소는 간절히 기도했다.

'우리를 지켜주세요……!'

소소의 앞으로 그림자가 드리워졌다.

번들거리는 쇳빛이 눈을 찔렀다. 비릿한 피 냄새와 헉헉거리는 숨소리가 코앞으로 다가왔다.

숨소리가 다가왔다.

뭔가 바람을 가로지르는 소리가 들려왔다.

'이환님……!'

*　　　*　　　*

천마섬환을 완성하기 위해서는 오직 한 가지 조건을 필요로 한다.

최적의 직선을 그리기 위해 언제 어느 때건 수족을 부릴 수 있는 경지!

오래전부터 그 경지는 자연체(自然體)라고 불렸다.

일체의 행동에 군더더기가 없는 자연스러운 움직임!

일출을 바라보던 이환의 손동작이 바로 그랬다.

우연이지만 자연체와 비슷해진 것이다.

그래서 기문(氣門)이 열렸고, 대지에 떠돌던 자연의 힘[自然之氣]이 자연과 비슷해진 이환에게 흘러들었다.

바람이 나뭇잎을 스쳐 가듯 자연의 힘은 그저 이환을 스쳐 지나갔을 뿐이다.

그때의 느낌이 짜릿한 전율이었다.

하지만 오른손에 흘러든 자연지기는 서서히 흩어질 운명이었다. 쌓은 것이 아니라 자연스럽게 흘러들었기 때문이다.

그때 그가 목검을 휘두르며 끊임없이 중얼거린 천마신공의 내공 구결이 흩어지는 자연지기를 붙잡았다.

그래서 축적되어 있되 자신의 것이 아니었던 자연지기는 천천히, 그리고 정순하게 이환과 하나가 되기 시작했다.

바야흐로 자연지기의 진원진기화였다.

*   *   *

불어온 바람은 무척이나 가까워졌다.

소소의 머리카락이 살랑거리며 흔들렸다.

그리고 뜨거운 열기가 살갗에 틀어박혔다.

"아악!"

소소는 비명을 참을 수 없었다.

고통에 눈을 부릅떴다.

눈앞에 잔인한 박도를 든 병사가 서 있다.

하지만 표정은 잔인하지 않았다. 오히려 공포가 잔뜩 묻어 있었다. 소소는 마치 거울을 본다고 생각했다.

그만큼 눈앞에 선 병사의 표정은 자신의 것만큼이나 두려움에 가득 질려 있었다.

털썩!

갑자기 병사가 쓰러졌다.

"……!"

처음에는 당황했지만 이어 경악했다.

병사가 죽었다.

이유는 모른다. 하지만 죽었다.

시체!

살아 있던 사람이 죽었다.

소소는 빠르게 입을 가렸다.

손아귀 힘으로 단단히 입술을 붙여두지 않으면 구역질이 치솟아 옷을 더럽힐지 모른다고 생각했다.

소소는 바들바들 떨었다.

"괜찮으냐?"

"으… 으윽!"

누군가 뒤에서 다가와 어깨를 붙잡았다.

소소는 굳은 신음을 흘렸다. 입을 막은 손을 도저히 뗄 수가 없었다.

"많이 놀랐구나. 잠시 쉬려무나. 그러면 모두 끝나 있을 게다."

탄식이 가득한 목소리에는 우려와 연민이 가득했다.

소소는 그 목소리의 대상을 알고 있었다. 그래서 그를 바라보려 몸을 돌렸다.

하지만 그의 얼굴을 보기도 전에 몸에 힘이 풀리고 눈앞이 흐릿해졌다. 소소는 그대로 곤한 잠에 빠져들었다.

"후우! 어찌 이런 아이에게 참혹한 모습을 보이는지! 관부가 이들에게 준 것이라곤 폭정과 피뿐이니……."

풍적소는 잠든 소소를 부드럽게 안아 들었다.

수혈(睡穴)을 짚었기 때문에 적어도 일각(一刻) 이상은 이대로 깨지 않을 것이다.

"쯔쯧!"

그는 소소의 목덜미를 보며 혀를 찼다.

소소의 뽀얀 목덜미에는 검지 길이의 도상(刀傷)이 길게 남아 있었다.

병사가 내려친 일도(一刀)의 흔적이었다.

"내 벽인권법(壁印拳法)이 녹슬지 않아 다행이구나. 자칫 늦었다가는 어린 생명을 먼저 보낼 뻔했으니!"

병사가 소소의 목덜미를 향해 박도를 내려친 그 순간, 풍적소는 멀리 떨어져 있었다.

관부에 쫓기는 몸이다. 혹시 관인이 자신을 알아볼 가능성을 생각해 눈에 띄지 않는 곳에 은신해 있었던 것이다.

그래서 곧장 소소를 구할 수가 없었다.

그의 독문병기인 손부채가 있었다면 그것을 던지기라도 했을 텐데 장 노인에게 맡겨둔 상태였다.

그래서 그는 권을 출수했다.

권풍(拳風)은 정확하게 병사의 심장을 때렸다. 경력은 단숨에 병사의 경맥을 찢어버렸고, 그렇게 병사는 즉사했다.

일생을 살면서 오직 단 한 번의 위기에 사용하고자 익힌 구명절초였지만, 소소를 살리기 위해 봉인을 푼 것을 후회하지는 않았다.

풍적소는 소소의 목덜미 부분을 점혈하여 피를 멎게 한 다음 근처의 여인에게 치료를 부탁했다.

여인은 굵은 눈물을 흘리며 안타까워했다.

풍적소는 자신의 의형에게로 시선을 돌렸다.

"오제, 이거 오랜만에 진탕 뛰어놀겠는데?"

어디서 구했는지 기다란 몽둥이를 들고 나타난 절름발이는 양 떼 사이의 늑대처럼 병사들을 후려패고 있었다.

병사들은 번번이 대항도 못하고 얻어맞기에 급급했다.

"와하하하핫! 이거 기분 좋다! 묵은 체증이 싹 풀리는구먼!"

절름발이는 호쾌한 웃음을 쩌렁쩌렁하게 터뜨렸다.

마을 사람들은 도망치던 것을 멈추고 절름발이의 무위를 지켜봤다. 평소 단순하고 성질이 괴팍하던 절름발이가 이렇게 대단한 솜씨를 가지고 있을 줄은 꿈에도 몰랐다.

"네놈도 맞고, 네놈도 맞고! 네놈은 더 맞고!"

퍼퍼퍼퍼퍽!

절름발이의 지팡이 휘두르는 솜씨는 세상이 아는 실력이었다. 병사들은 추풍낙엽으로 쓰러졌다.

관인의 얼굴이 잿빛으로 변하고 굵은 땀이 장마처럼 쏟아졌다. 이대로라면 체면을 구기는 것은 둘째 치고 목숨이 위태로울 지경이다.

그때, 한 사람이 움직였다.

관인의 표정이 눈에 띄게 밝아졌다.

그는 관인 행렬과 함께 온 피리 소리꾼이었다.

이제껏 말도 없고 별다른 움직임도 없어서 아무도 그녀의 존재를 신경 쓰지 않았다. 그저 관인이 멋을 내려고 저잣거리에서 동전 몇 푼에 고용한 소리꾼이라고만 생각했다.

그런데 이렇게 의외의 순간에 행동을 펼치니 장내의 시선이 곧장 면사여인에게 집중되었다.

펄럭…….

얼굴을 덮은 면사(面絲)가 바람에 흔들려 여인의 턱 선을 살짝 노출시켰다. 잠시지만 그녀의 붉은 입술이 여실히 드러났다.

절름발이는 군침을 삼켰다.

'입술이 저리 앙증맞고 붉으니 필시 미인이겠구나!'

붕붕붕!

그는 수중의 몽둥이를 크고 호쾌하게 휘둘렀다.

단숨에 이겨서 여인의 면사를 걷어내고 싶었다.

대응하듯 면사여인이 손을 앞으로 내밀었다. 수중에 옥으로 만든 피리가 보였다. 옥은 붉은 빛을 띠고 있었다.

쐐액!

선공은 면사여인이 차지했다.

짧은 피리를 마치 칼처럼 내지르며 단숨에 절름발이의 면전으로 달려들었다.

"이크!"

절름발이는 낮은 경호성을 흘리며 껑충 뛰어 뒤로 물러서며 몽둥이를 거침없이 휘둘렀다.

촤악!

면사여인의 상의 측면이 뜯겨 나갔다. 그녀의 속살이 언뜻 찢어진 옷자락 사이로 수줍은 모습을 드러냈다.

속살을 보인 여인이라면 당황과 침착을 떠나 우선 옷을 여미기 마련이다. 하지만 면사여인은 찢어진 틈새로 찬바람이 스며들거나 말거나 공격만을 위시했다.

면사여인은 저돌적인 황소처럼 전진을 멈추지 않고 절름발이가 지팡이를 제대로 휘두를 시간조차 내어주지 않았다.

긴 길이만큼 넓게 움직여야 제 힘을 내는 지팡이가 소극적인 움직임을 펼치니 공격에 기세가 담길 리가 없었다.

그와 반대로 면사여인은 드디어 기량을 뽐내기 시작했다.

수중의 옥피리를 무쌍하게 휘두르는데 파공성이 예사롭지 않았다.

"흥! 피리 휘두르는 솜씨가 제법이군! 어디 내 쌍지팡이 솜씨도 겪어봐라!"

절름발이가 호탕한 웃음을 터뜨리고는 수중의 지팡이를 반으로 토막 냈다.

양손에 각각 부러진 지팡이를 움켜쥔 절름발이가 번개 같은 기세로 달려들었다.

휙! 휙휙……!

빠르고 변화무쌍한 지팡이의 궤적에 면사여인은 눈이 어지러워졌다. 순간 면사여인은 깨달음이 있었다.

"누군가 했더니 단장괴(短杖怪)였군!"

절름발이가 호쾌하게 고함쳤다.

"날 아는군! 그래, 내가 황철괴(荒鐵拐)다!"

붕붕붕!

지팡이 휘두르는 소리가 칼바람처럼 날카로웠다.

'단장괴 황철괴라면 무시할 수 없지!'

문득 그녀는 좌수로는 권을 만들어 앞으로 내밀며, 우수로는 피리를 장심에서 뱅그르르 회전시켰다.

삐이이이!

피리가 회전하며 기묘한 바람 소리를 만들어냈다.

황철괴는 그 소리를 듣는 순간 마음이 흔들려 눈매를 굳혔다. 그 앞으로 권이 밀려들었다.

"간교한 수법을 쓰는구나!"

황철괴는 우렁우렁하게 고함치며 수중의 지팡이로 면사여인의 주먹을 후려쳤다.

그때였다.

면사여인은 권을 회수하며 왼손 손바닥에 풍차처럼 돌고 있던 피리를 화살처럼 쏘아냈다.

피융!

찰나를 관통하는 파공음과 함께 붉은 빛을 머금은 옥피리가 황철괴에게 틀어박혔다.

푸욱!

면사여인은 회수했던 권을 다시 출수하려 했지만 이내 뒤로 물러났다. 돌멩이 하나가 안면으로 날아들었기 때문이다.

"형님!"

풍적소가 비틀거리는 황철괴의 곁으로 날아들었다. 돌멩이를 던져 면사여인을 후퇴시킨 건 바로 그였다.

"크으윽, 이거 제법 아픈데?"

황철괴는 인상을 쓰며 어깨를 부여잡았다. 찰나였지만 예민한 반사신경으로 몸을 비틀어 피리는 왼쪽 어깨에 틀어박혀 있었다.

풍적소는 빠르게 점혈하여 출혈을 멎게 하고는 의형의 어깨에서 피리를 뽑아냈다.

선혈을 잔뜩 머금은 피리는 더욱 요사한 붉은 빛을 흘려냈다.

풍적소는 면사여인을 바라봤다.

"혈전문(血戰門)은 사도방회라 관부와 척을 지고 있다 들었소. 그런데 어찌 오월동주하는 것인지 물어도 되겠소?"

"본 문을 알아보다니 눈썰미가 상당하군."

면사여인의 목소리는 웃음기를 띠고 있었다. 면사 안쪽의 입술이 어떤 호선을 그리고 있을지는 보지 않아도 알 수 있었다.

"혈옥적(血玉笛)을 보고 미심쩍었는데, 지금의 혈전탄궁(血戰彈弓) 초식을 보며 확신했소."

풍적소는 말하며 수중의 피리를 쳐다봤다.

“본인이 알기로 이 혈옥적은 혈질려의 신물이라고 들었소.
귀하가 혈질려요?”

“그렇다면?”

낮은 콧소리와 함께 면사여인이 대답했다. 그녀는 이 상황
을 즐기고 있는 것만 같았다.

풍적소는 고개를 저었다.

“그럴 리가 없소. 혈질려는 무림 생활에 회의를 느껴 금분
세수하고 무림을 떠났다고 들었소.”

“흥! 금분세수는 무슨! 배가 불러서 경공을 못 펼치니까 도
망친 거지!”

“무슨 뜻이오?”

“모르나 보지? 혈질려는 금분세수한 게 아니라 얼뜨기 같
은 놈과 눈이 맞아서 강호에서 도망친 거야!”

“정인을 찾아 은퇴하였으면 그것이 금분세수지 무엇이겠
소? 귀하는 동문(同門) 사자(師姉)를 너무 격하하는 것 같소.”

“어떻게 내가 그녀의 사매(師妹)라고 생각하지?”

“혈전문주는 이남이녀의 제자를 두었소. 이남은 대사형 적
안탕군(赤眼蕩君)과 삼제자 광야자(狂夜者)이며, 이녀는 이제
자 혈질려와 사제자 독심갈요(毒心喝夭)요. 귀하는 혈전문의
사매(四妹) 독심갈요일 것이오.”

“아니라면?”

풍적소는 빙긋 웃었다.

"아니라면 어떻게 혈옥적을 지니고 있을 것이며, 수준급의 혈전탄궁을 펼칠 수 있겠소?"

"흥! 그래, 내가 바로 독심갈요다."

풍적소가 포권을 취했다.

"무림에 명성 높은 독심갈요 낭자를 만나뵈어 영광이오."

"사람들은 나에게 독심이라고 하지만 당신도 만만치 않군. 그러고 보니 황철괴의 형제들 중에 머리가 비상하고 속내를 드러내지 않는 음흉한 놈이 있다고 들었지. 풍적소라고 하던가?"

"세인들의 과찬이외다."

면사여인 독심갈요는 잠시 묵묵히 서서 미소 띤 풍적소를 응시했다.

"산동팔괴가 황실 재물을 털었다고 하더니 이런 벽촌에 웅크리고 있었구나."

"주원장도 깐깐한 구석이 있소. 고작 금 다섯 수레를 털었다고 금군까지 풀고 말이외다. 덕분에 이렇게 산천 구경도 하니 나쁜 것은 아닌 것 같소. 한데 귀하야말로 어쩐 일이시오? 혈전문은 섬서(陝西)의 유망한 곳인데 광동 최남단에는 어떤 용무가 있으신지?"

"반도(叛徒)를 엄벌하러 왔지!"

"반도?"

순간 풍적소의 눈으로 기광이 일렁였다.

면사여인이 한쪽에서 눈치를 보고 있는 관인에게 고개를 돌렸다. 기다렸다는 듯이 관인이 고함을 힘껏 내질렀다.

"지현께서는 사람을 찾고 있다! 서른 초반의 여자이며 열 살짜리 남자 아이를 데리고 있다. 최근 일이 년 사이에 흘러들었을 것이고, 이 여인을 찾아온다면 지난 연체는 모두 삭감해 주겠다고 약조하셨느니라!"

사태를 관망하며 주변에 둥그렇게 모여 있던 마을 사람들은 관인의 이야기에 귀를 쫑긋 세웠다.

"이봐, 혹시 운비댁 아냐?"

"그런 거 같은데?"

"그러고 보니 운비댁이 안 보이는걸."

풍적소는 사람들이 주고받는 이야기를 듣고 한 사람의 얼굴을 떠올렸다.

'회 부인 그녀가……?'

운비라면 그와 제법 안면이 익은 소년이다.

그 아이의 어미와도 제법 안면이 익었다. 황철괴가 부린 수작 때문이었지만.

'역시 이곳에 있었어!'

독심갈요는 드디어 자신의 오랜 추적이 결과를 맺었음을 알고 크게 기뻐했다.

'용서하지 않겠어!'

그리고 그 희열만큼이나 크게 분노의 불씨를 당겼다.

관인이 소리를 질렀다.

"세금을 낼 테냐, 여자를 바칠 테냐?"

마을 사람들은 서로 웅성거렸다.

의견과 의견, 찬성과 반대.

하지만 소란은 얼마 이어지지 않았다.

장 노인이 허리를 굽히고 나와 머리를 조아렸다.

"저어, 송구하오나 우리 장가촌에는 찾으시는 분이 없는 것 같습니다. 근자에 마을에 들른 분은 저기 두 분 협객님들과 지금 관인 나으리들이 전부이옵지요."

"헛소리!"

독심갈요가 노성을 부르짖으며 매가 먹이를 채듯 장 노인에게 달려들었다.

"어딜!"

황철괴가 단숨에 따라붙어 독심갈요를 향해 단장(短杖)을 내질렀다.

"흥!"

독심갈요가 양손을 활짝 펼치며 손가락을 벌레처럼 꿈틀거렸다.

"오공지(蜈蚣指)!"

풍적소가 외쳤고, 황철괴는 더욱 지팡이에 힘을 줬다.

펑!

십지(十指)와 부딪친 지팡이가 대나무 쪼개지듯 산산조각이 났다.

황철괴는 인상을 찌푸렸다.

"내 지팡이만 있었어도!"

"나섰으니 죽어라!"

독심갈요는 지팡이를 부순 것에 멈추지 않고 재차 살수를
전개했다.

지네의 발처럼 요사하게 꿈틀거리는 그녀의 십지는 살기
가 진득거렸다.

황철괴는 남은 하나의 지팡이를 들고 공격을 가했지만 원
래 그는 두 개의 짧은 지팡이로 펼치는 현란한 연환공격이 특
기였다. 왼쪽 어깨를 부상당한 그가 펼치는 지금의 지팡이 공
격은 독심갈요를 상대하기에 부족함이 있는 게 현실이었다.

"형님!"

풍적소가 의형의 어려움을 느끼고 질풍처럼 신형을 옮겼
다.

파파팡!

세 차례의 권풍이 독심갈요의 면전으로 날아들었다.

"흥! 풍적소가 권법에도 조예가 있었나? 하지만 형편없
군!"

독심갈요가 비웃으며 소매를 펄럭여 권풍을 해소했다.

그 앞으로 풍적소의 수도(手刀)가 파고들었다. 권풍은 허초
였다.

“잔꾀를!”

독심갈요는 오공지의 살초를 내밀었다.

십지를 꿈틀거리는 손바닥이 풍적소의 가슴팍을 뜯어낼 것만 같았다.

그때 풍적소의 신형이 꼿꼿이 선 채 그대로 뒤로 넘어갔다. 철판교의 기법이다. 수도도 허초였다.

넘어진 풍적소 뒤에 황철괴가 있었다.

황철괴는 앞으로 날았고, 바닥에 누운 풍적소가 양손으로 황철괴의 디딤돌이 되어주었다.

팔꿈치가 굽었다 펴지며 강력한 탄력을 선물했다.

슈욱!

성한 손에 지팡이를 쥐고 쏘아진 황철괴는 무척이나 빨랐다.

“어림없지!”

독심갈요는 연달아 이어진 이 합격술에 짜증을 느꼈다. 거칠게 내밀어진 그녀의 오공지 앞에 황철괴가 뻗은 지팡이가 들이닥쳤다.

독심갈요는 지팡이가 대나무처럼 쪼개진다는 것에 의심을 가지지 않았다. 이미 한 번 그랬으니까.

하지만 시원한 파죽음(破竹音) 대신 화끈한 통증이 치솟았다.

“아악!”

황철괴는 득의만만하게 웃었다.

나무 지팡이라면 오공지의 경력을 감당하지 못한다.

하지만 지금은 다르다.

지금 황철괴의 손에 들린 지팡이는 무척이나 단단했다.

바로 자신의 어깨에 틀어박혔던 혈옥으로 된 기물.

혈옥소였다.

손바닥을 관통한 혈옥소를 보며 독심갈요는 눈으로 광망을 흘려냈다.

"죽여주마!"

하지만 그녀는 자신의 분노를 제대로 표출할 수 없었다.

한 손을 다친 권법가는 무딘 칼을 든 검객과도 같았기 때문이다.

그녀와 마찬가지로 황철괴도 어깨를 다쳤지만 풍적소는 멀쩡했다.

그나마 두 사람이 자신의 독문병기를 지니고 있지 않다는 게 독심갈요의 위안점이었다.

"호호, 순순히 항복하는 게 어때?"

자신과 독심갈요의 피로 물든 혈옥소를 빙글빙글 돌리는 황철괴는 즐거운 표정이 역력했다.

그 행복한 웃음은 자신을 향한 조롱이었다.

독심갈요의 흉성이 폭발했다.

그녀는 가녀린 허리에 묶인 요대(腰帶)를 풀어 채찍처럼 내밀었다.

"으억?"

요대는 사람 키보다 길었고, 그래서 뱀처럼 사람을 휘감았
다. 멍청히 서 있던 병사의 몸뚱이를.

휘리리릭!

독심갈요가 병사를 황철괴를 향해 내던졌다.

"이크!"

독심갈요는 연달아 서 있는 병사들을 풍적소와 황철괴를
향해 내던졌다.

황철괴와 풍적소는 병사들을 죽일 생각이 없었지만, 그들
을 곱게 받아줄 생각도 없었다. 우박처럼 떨어지는 병사들을
피해 두 사람은 부지런히 움직였다.

그때였다.

"죽어라!"

독심갈요가 면사 안쪽으로 새빨간 적광을 터뜨리며 그들
을 향해 달려들었다.

수중의 요대는 독 오른 뱀처럼 꼿꼿이 서 있었다.

촤악! 촤자작!

요대가 날았다.

황철괴는 피했지만, 곁의 병사는 그렇지 못했다.

살이 잘려 피가 뿜어졌다.

비명이 터졌다.

촤작!

요대가 날았다.

풍적소는 피했지만 뒤의 병사는 그렇지 못했다.

목이 잘려 피가 터졌다.

비명은 없었다.

"이런 지독한 년!"

병사들의 피로 몸이 벌겋게 변한 황철괴가 인상을 쓰며 바락바락 욕을 퍼부었다.

풍적소의 표정도 좋지 않았다.

'목적을 위해서는 무슨 짓이든 하는구나!'

이제야 병사들을 던진 이유를 알 수 있었다.

병사들은 걸림돌 역할이었다.

동정심으로 인한 망설임 따위가 아니라 바닥의 시체 때문에 동작이 둔해지도록 만든 것이다.

"진창 싸움이라면 우리가 한 수 위다, 이 악독한 년아!"

황철괴가 악을 쓰며 바닥의 시체를 차올렸다.

펑!

공중에 뜬 시체가 그의 장력을 맞고 앞으로 날아갔다.

풍적소와 황철괴는 시체를 방패로 삼고 독심갈요에게 달렸다.

촤작! 차자자잣!

채 다섯 걸음도 떼기 전에 시체가 수십 토막으로 쪼개졌다.

핏물이 안개처럼 뿜어졌다.

"타핫!"

황철괴가 몸을 돌리더니 양팔을 활짝 펼쳐 등으로 시체 토막을 튕겨냈다.

풍적소는 근처의 육편을 발로 찼다.

끔찍한 모습의 사람 토막이 독심갈요에게 쏟아졌다.

독심갈요는 요대를 회수해 자신의 앞에서 휘둘러 빠르게 육편을 쳐냈다.

혈인(血人)이 된 풍적소가 달려들었다.

독심갈요는 요대를 휘둘렀다. 그 순간, 독심갈요의 어깨가 가볍게 멈칫거렸다.

찰나였지만 그 틈으로 풍적소가 권을 내밀었다.

독심갈요의 어깨가 다시 움직였다. 요대가 풍적소의 목을 휘감았다.

휘리리릭!

목이 졸리고, 풍적소의 얼굴이 잔뜩 일그러졌다.

하지만 그는 웃었다.

"쿨럭! 잡았소."

독심갈요의 손이 떨렸다.

풍적소의 손은 목을 휘감은 요대를 단단히 움켜잡고 있었다. 그의 목과 손에서 뜨거운 선혈이 흘렀다.

"순순히 항복한다면 살려주겠소."

“…….”

독심갈요는 망설였다. 이대로 조금의 힘만 가하면 풍적소를 죽일 수 있다. 하지만 그 뒤의 황철괴에게 자신이 죽는다.

죽이고 죽느냐, 살리고 사느냐.

고민은 길지 않았다.

자신의 결정 때문이 아니다.

피와 형체를 알아볼 수 없는 시체가 널브러진 아수라장으로 걸어 들어온 중년미부인의 출현 때문이었다.

“넷째야, 그만 하거라.”

희 부인이 조용히 독심갈요를 달랬다.

그 소리를 들은 독심갈요는 스스로 생각해도 놀랄 정도로 빠르게 수중의 요대를 떨어뜨렸다.

털썩!

풍적소가 무릎을 꿇고 캑캑거렸다.

그는 그 와중에도 웃는 얼굴로 희 부인에게 포권했다.

“적재적소의 도움입니다, 부인.”

“이 악독한 년! 내가 죽여주마!”

황철괴가 불같이 화를 내며 독심갈요의 멱살을 움켜잡았다.

“형님, 약조하지 않았습니까?”

“오제, 이년이 토막 친 병졸이 몇 명이냐? 아무리 사도인이라도 자신의 싸움에 남을 걸고넘어지지는 않아!"

"그래도 살려주겠다는 약속이 저를 살리지 않았습니까."

한숨을 쉰 풍적소가 관인에게 시선을 돌렸다.

그는 이 아비규환을 믿지 못하겠다는 듯, 아니, 더 이상 감당할 수 없다는 듯 바닥에 주저앉아 있었다.

"일어설 수 있겠소?"

"무, 물론……!"

관인은 혼자 힘으로 비틀대며 몸을 일으켰다.

질 좋은 비단 관복이 넝마보다 못하게 변해 있었다.

풍적소는 관인을 응시하며 말했다.

"귀하는 오늘 장가촌에 들르지 않았소. 장가촌으로 가던 도중 길목에서 진을 치고 있던 마적 떼를 만났고, 그놈들을 소탕하느라 지금 같은 피해를 입은 거요. 알아듣겠소?"

"지, 지금 거짓 보고를……?"

"알아듣겠소?"

"내 어찌 없는 사실을 날조하여……!"

"알아듣겠소?"

"대명 황실의 법도가 무섭지도 않느냐?"

"알아듣겠소?"

관인이 항변했지만 풍적소의 말투와 표정에는 변화가 없었다. 되레 잔잔한 미소까지 띠고 있었다.

온몸에 피를 덮어쓴 남자가 짓고 있는 평온한 웃음은 보는 쪽에서는 전혀 평온하지 않다.

"알아듣겠소?"

"아, 알겠다. 내 약속하지."

"현명한 결정을 하셨소. 하지만 잊지 마시오. 강산은 변해도 일조한 사내의 약속은 변하지 않는다는 것을."

"내 장담하겠다. 결코 오늘 일은 기억하지 않겠다."

풍적소는 만족스러운 웃음을 머금었다.

그리고 독심갈요에게로 다시 시선을 옮겼다.

그녀는 돌처럼 굳어서 희 부인을 응시하고 있었다.

희 부인도 가만히 서 있기만 했다.

그녀들은 무언의 대화를 나누는 중이었다.

'희 부인이 혈질려였을 줄이야……'

보통 여인이 아닌 줄은 알았지만 혈질려였을 줄은 몰랐다.

그는 욱신대는 목과 손의 상처를 느끼며 다시 시선을 돌렸다.

참상에 구역질을 하는 마을 사람들이 보인다.

촌민들이 언제 이런 무림의 전투를 봤을까. 마음이 절로 씁쓸해졌다.

풍적소의 눈이 허공을 가로질러 먼 곳으로 향했다.

넓고 높게 뻗은 시원한 산맥이 보였다.

'이환… 그는 왜 오지 않았지? 장가촌은 그를 이렇게까지 신뢰하는데……. 이것은 인의가 아니다.'

풍적소는 장 노인을 찾아갔다.

＊　　　＊　　　＊

이환이 서서히 눈을 떴다.
섬뜩한 안광이 치솟았다.

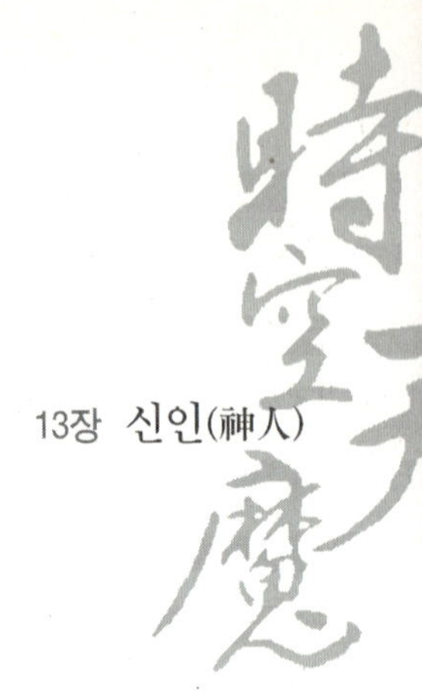

13장 신인(神人)

부와아앙!

"뭐, 뭐냐!"

황철괴가 놀라며 엉거주춤 뒷걸음질을 쳤다.

멀리서부터 들이닥친 굉음이 그들의 귀청을 크게 때렸다.

풍적소는 수중의 접선을 화려하게 펼치며 전방을 응시했다. 같은 순간에 황철괴도 자신의 지팡이를 창대와 같이 앞으로 내밀었다.

부우웅!

수풀을 헤치고 커다란 동체가 모습을 드러냈다.

거대한 쇳덩이였다.

사람이 타고 있었다.

그리고 허공에 떠 있다.

꿀꺽!

바이크를 바라보는 황철괴의 목젖이 크게 움직였다.

"오, 오제, 쇳덩어리가 허공에 떠 있어."

"……."

의형의 목소리가 들려왔지만 풍적소는 대꾸할 수 없었다.

이제까지 그는 사조성 이환이라는 존재는 허풍선이의 거짓말에 불과하다고 믿고 있었다.

세상이 흉흉하니 잔꾀를 쓰는 작자가 촌민들을 우롱해서 잇속을 채운다고 판단하고 있었다.

하지만 눈앞에 떠 있는 이 쇳덩어리와 그것을 탄 기괴한 복장의 사내 앞에서 그 생각은 형체도 없이 쏙 들어가고 말았다.

그는 매우 조심스럽게 입술을 뗐다.

"귀하께서… 이환이시오?"

이환은 무표정한 얼굴로 그들을 응시했다.

"그렇다, 풍적소."

풍적소는 흠칫한 표정이 되었다.

"내 이름을 어떻게?"

반문하던 그는 이내 말꼬리를 흐렸다. 어차피 마을 전체가 이환의 광신도다. 이름 따위야 얼마든지 알 수 있었다.

이환은 황철괴를 쳐다봤다.

"황철괴, 지팡이는 치우는 게 좋을 거야. 내가 바늘에 찔리는 것보다 당신이 먼저 죽을 테니까."

"어엇?"

황철괴는 깜짝 놀라 지팡이를 떨어뜨릴 뻔했다.

풍적소도 등줄기로 땀을 흘렸다.

'형님의 철괴에 암기가 숨겨져 있다는 사실은 우리 팔 형제와 극히 소수의 인물밖에 모르는 일이거늘!'

이환은 다시 풍적소에게로 시선을 돌렸다.

"그 부채 속의 칼날도 제법 날카롭군."

두 사람은 다시 놀라고 말았다.

이환의 말대로 풍적소의 접선에는 한 쌍의 자(刺)가 숨겨져 있었기 때문이다.

'촌장에게 병기를 맡겼을 때 파악한 것일까? 하지만 내 접선의 원앙자(鴛鴦刺)와 형님의 철장 속 암기는 은밀히 숨어있는 기관을 눌러야만 작동한다. 만약 기관을 찾았다고 해도 우리는 기관이 발동한 흔적을 발견 못했지 않는가?

이환을 직접 만나면 머릿속의 모든 의문을 해결할 수 있을 거라고 생각했지만 정작 풍적소의 심중에는 혼란만이 더해졌다.

부웅! 부웅!

바이크의 배기음이 풍적소의 상념을 흩어놓았다.

이환이 말했다.

"의문이 많군. 그리고 의심도 많지. 하지만 그럴듯한 답을 찾아내기는 힘들 거야. 상상도 할 수 없을 테니까."

잠시 멈춰 있던 바이크가 다시 움직이기 시작했다.

허공을 유영하는 부드러운 운행에 풍적소와 황철괴는 자신도 모르게 길을 비켜줬다.

"그럼 마을에서 기다리지."

짧은 말을 끝으로 이환은 빠르게 멀어져 갔다.

황철괴는 입을 벌리고 멀어져 가는 이환을 쳐다봤다. 눈꺼풀 몇 번 깜빡이지 않았는데 벌써 까마득한 점으로 변해 있었다.

"오제야."

"예, 형님."

"저놈… 아니, 저분, 정말 신 아닐까?"

"…소제도 모르겠습니다."

*　　　*　　　*

성큼성큼 걷고 있지만 그는 누구보다 자신의 발걸음이 굼뜨다고 생각했다.

소소는 잠들어 있었다.

사슴처럼 가늘었던 목선에 친친 감긴 헝겊은 상처에서 흘러나온 핏물로 얼룩이 져 있었다.

"소소야, 이환님께서 오셨다!"

이환이 손을 들어 장 노인을 제지했지만 소소는 파르르 눈썹을 떨며 잠에서 깨고 말았다.

"아… 이환님! 윽!"

소소는 이환을 알아보고 몸을 일으키려 했다.

하지만 목의 상처가 심해 신음을 내고 말았다.

이환은 고개를 저으며 소소의 어깨를 내리눌렀다.

"가만히 누워 있어라."

"네…….."

어깨에 닿은 이환의 체온에 소소의 귓불이 가볍게 붉어졌다.

'따뜻해…….'

손끝에서 전해지는 체온은 무척이나 따뜻했다. 마치 나른한 봄날의 햇빛 같았다.

소소는 갑자기 나른해졌다.

착각인지 모르겠지만 상처의 통증이 서서히 줄어들기 시작했다. 베개에 닿은 부분도 전혀 아프지 않았다.

'역시 이환님은 위대한 신이셔…….'

소소의 눈이 사르륵 감겼다.

'자면 안 되는데…….'

소소는 이환의 얼굴을 바라보기 위해 힘껏 눈에 힘을 줬다. 하지만 눈꺼풀이 너무나 무거웠다.

'오랜만인데… 그동안 잘 지내셨냐고 인사도 못했는데……'

눈이 감겼다.

그런데 이환의 얼굴이 또렷하게 나타났다.

소소는 웃으며 잠들 수 있었다.

"잠들었군요."

새근거리는 숨소리를 내뱉는 소소를 바라보며 이환은 어깨에 올렸던 손을 거둬들였다.

그는 힐끗 자신의 손을 쳐다봤고, 이내 시선을 돌렸다.

"여자는 어디 있지?"

독심갈요는 곳간에 갇혀 있었다.

곳간은 낡고 보초도 없었지만 희 부인이 말하길, 점혈당해 내공을 움직일 수 없는 상태라고 했다.

독심갈요가 이환을 보며 이를 드러냈다. 웃음이었다.

가만히 좌정해 있는 그녀의 얼굴은 포로라고는 생각할 수 없이 당당했다.

면사를 벗어 드러난 얼굴은 피로 얼룩져 있었지만 하나도 더러워 보이지 않았다. 그 핏자국조차 묘한 아름다움으로 다가왔다.

“당신이 이곳의 우두머리로군. 근데 몰골이 왜 그래? 경극이라도 할 셈이야?”

이환은 무심하게 물었다.

“여기는 어떻게 알았지?”

“대사형이 모든 걸 전서구로 보냈지. 그 마지막 전서구가 이곳으로 향한다는 거였어. 그건 나도 마찬가지지. 전서구로 보고를 올렸으니까. 나도 대사형처럼 실종되면 본 문에서는 다른 사람을 보낼 거야. 그리고 이 다음에 올 사람은 나처럼 관부 놈들을 대동하는 것보다 훨씬 까다롭고 번거로운 놈들과 나타날 거야.”

“다음 연락은 언제까지냐?”

“글쎄? 죽은 귀신에다 대고 물어보는 게 어때?”

“보고서를 써라. 그들은 이곳에 없다고. 다른 흔적을 발견해서 다른 곳으로 이동한다고 적어라.”

“흥! 내가 왜 그래야 하지?”

독심갈요가 원독에 찬 눈빛을 쏘아냈다.

“당신이 대사형을 죽였지? 내가 원수의 말을 고분고분 들어줄 것 같아?”

“그래야 할 테니까.”

“하하! 난 혈전문의 독심갈요다! 죽음 따위는 두렵지도, 생각하지도 않아!”

이환은 무감정한 눈으로 독심갈요를 응시했다.

험악한 협박은 하지 않았다. 그런 것은 그의 취향이 아니다.

독심갈요가 냉소했다.

"고문이라도 할 생각이겠지?"

"원한다면."

"해봐! 손발톱 몇 개 뽑는다고 내가 울고불고 애원할 것 같아?"

"원한다면."

이환은 독심갈요에게로 다가가 그녀의 머리에 손을 올렸다. 생성된 단전에 의념을 집중하고 뱃속의 열기를 손끝으로 이동시켰다. 뜨거운 열기가 경맥을 타고 손바닥으로 몰려들었다.

이환은 구결을 암송했다.

독심갈요는 백회로 이질적인 기운이 스며들자 안색이 변했다.

"무, 무슨 짓을 하는……?"

적의 어린 눈으로 소리치던 독심갈요가 문득 말을 끊었다.

정확히 말해 말이 나오지 않았다.

할 수 없었다.

멈춰 버렸다. 손발의 모든 기능이.

남은 것은 오직 시선.

눈동자를 제외하고서 그녀가 움직일 수 있는 부분은 하나도 없었다.

당황스러운 정적 속에 두 눈만 빠르게 움직였다.

그때였다.

이환이 그녀의 머리에서 손을 뗀 것은.

지독한 공포가 독심갈요를 찾아든 것은.

고통이 아니었다.

독심갈요는 조금도 아프지 않았다.

육체에 찾아드는 고통은 아무것도 없었다.

찾아온 것은 공포.

그냥 두려웠다.

미칠 듯 두려웠다.

이유는 몰랐다. 알 필요도 없었다.

안다고 해서 이 두려움이 없어진다고는 생각할 수 없었다.

공포는 밀려드는 밤처럼 끊임없이 독심갈요에게 드리워졌다.

인간이 겪을 수 있는, 독심갈요가 태어나 세상에 구르며 겪은 그 어떠한 공포보다 거대하고 두려운 공포였다.

독심갈요는 내심 신체에 감각이 없어진 상태를 무척 감사하게 생각하기 시작했다.

만약 소리를 낼 수 있다면 성대가 찢어질 때까지 비명을 질렀을 테니까.

그리고 이 상태를 무척이나 저주했다.

손가락 하나라도 움직일 수 있다면 자살을 했을 거니까.

한시라도 빨리 죽어서 이 지독한 공포에서 벗어나고 싶었다.

이환은 가만히 서서 공포심에 빠진 독심갈요를 쳐다봤다.

그녀는 너무 두려워서 견딜 수가 없을 것이다.

이것은 천마신공 심공편에 기록된 '공황심(恐惶心)'의 효력이었다.

공황심은 고문법이다.

공황심은 고통을 주지 않고도 공포를 준다. 그것도 극도로 지독하고 거대한 공포를 선사했다.

그래서 공황심은 세상에서 제일가는 고문법이다.

유일하게 움직일 수 있는 눈으로 갈심독요는 간절히 외쳤다.

제발 멈춰줘! 무슨 짓이든 할 수 있어! 제발, 제발……!

주르륵!

눈물이 치솟았다.

아리따운 미인이 간절한 눈빛으로 애원하는데도 이환의 표정에는 별다른 변화가 없었다.

그렇게 한 시간이 흘렀다.

이환은 조금 지루했고, 독심갈요는 지옥의 구렁텅이에서

억만겁의 시간을 보낸 것만 같았다.

이환은 힐끗 손목시계를 쳐다봤다.

그리고 독심갈요가 그토록 간절히 원하고 바라던 행동을 했다.

다시 그녀의 머리 위로 손을 올린 것이다.

"흐으윽……!"

독심갈요는 드디어 길고 지독했던 공포가 끝나자 자신도 모르게 대성통곡을 하고 말았다.

"이제 네 말대로 손톱부터 시작하지."

독심갈요는 급히 고개를 저었다.

"아니에요! 잘못했어요! 제가 실수했어요! 제발 그러지 말아요!"

한번 지독한 공포를 겪은 사람은 다시는 그 어떠한 공포도 느끼고 싶어하지 않는다. 겁쟁이가 되는 것이다.

그녀는 무릎을 꿇고 고개를 조아렸다. 도도하고 오만했던 모습은 찾아볼 수가 없었다.

"편지를 쓸게요! 제발 제가 편지를 쓸 수 있게 허락해 주세요!"

그녀는 품 안으로 손을 집어넣어 작은 죽통을 꺼냈다.

속에는 둘둘 말린 흰 천과 세필 한 자루가 들어 있었다.

독심갈요는 다급히 세필을 입 안에 집어넣었다.

입술과 입 안이 온통 먹물로 새카맣게 변했다. 하지만 그녀는 신경 쓰지 않았다. 그녀의 머릿속은 온통 편지를 써야 한다는 의지밖에 남아 있지 않았다.

독심갈요의 턱 선으로 시커멓고 진득한 침이 흘러내렸다.

그제야 그녀는 충분히 젖은 세필을 꺼내 흰 천 위에 드리웠다.

"멈춰."

독심갈요는 흠칫 놀라며 눈치를 살폈다.

"그 손으로 글을 쓸 생각은 아니겠지?"

그녀는 떨고 있었다.

광증에 걸린 사람처럼 미친 듯 떨고 있었다.

그런 떨림이라면 한 일(一)도 제대로 긋지 못할 것이다.

"죄, 죄송… 곧, 곧 괜찮아질 거예요. 그러니까 제발 잠시만 시간! 하, 하하! 이제 괜찮아지고 있, 있어요!"

독심갈요는 횡설수설하며 중얼거렸다.

마음의 평정심을 찾기보다, 육신의 경련을 멈추기보다 그녀는 부디 이환이 관대하게 넘어가 주기를 필사적으로 기도했다.

그때였다.

이환의 얼굴이 험악하게 일그러졌다.

"히이익! 제, 제발!"

독심갈요는 다급히 엎드렸다.

이환은 그녀를 제쳐 두고 바깥으로 나갔다. 곳간 앞에는 희 부인이 초조한 얼굴로 서 있었다.

"희 부인, 저자가 편지 쓰는 것을 감독해. 내용은 적당히 꾸며서 다시는 당신 친구들이 나타나지 않도록 말이야. 알아들었지?"

희 부인은 고개를 숙였다.

이환은 빠르게 마을을 가로질렀다.

마을 중앙에는 사람들이 나와서 아비규환의 참상을 정리하고 있었다.

사람들은 이환을 향해 고개를 숙였다.

순간, 이환은 걸음을 멈췄다.

이환은 물끄러미 그들을 바라봤다.

"내게 할 말이 있나?"

"……."

대답은 없었다.

하지만 이환은 읽을 수 있었다.

저들의 마음에 담긴 원망을.

이환은 느릿하게 다시 입술을 벌렸다.

"할 말이 있느냐고 물었는데……?"

사람들은 동시에 고개를 조아렸다.

"없습니다!"

이환은 표정 없는 얼굴로 그들을 가만히 지켜봤다.

그리고 천천히 걸음을 옮겨 장내를 벗어나기 시작했다. 사람들은 멀어져 가는 그의 등을 향해 계속 고개를 조아렸다.

바이크가 있는 마을 입구까지 나온 이환은 다시 한 번 같은 말을 했다.

"할 말 있나?"

바이크를 세워둔 곳에는 풍적소와 황철괴가 있었다.

황철괴는 바이크에 올라타 말을 몰 듯 엉덩이를 들썩거리다가 이환을 보고는 황급히 바이크에서 내려왔다.

풍적소가 엄숙한 표정으로 이환을 향해 포권지례했다.

"정식으로 소개하겠습니다. 소생은 풍적소라고 하며, 여기 이분은 본인의 의형이신 황철괴이십니다."

"반갑소!"

황철괴가 너스레를 떨며 포권했다.

이환은 풍적소를 쳐다봤다.

"번거로운 일을 좋아하는군."

"강호에 예의가 없다면 사람 살 곳이 못 되지요."

"본론부터 시작하지. 오늘은 좀 바쁠 예정이니까."

"그렇다면 감히 여쭙지요."

풍적소는 잠시 뜸을 들였다. 한쪽에서는 황철괴가 눈을 초롱초롱 빛내며 지켜보고 있었다.

"정말… 사조성의 현신이십니까?"

이환은 바이크에 올라타며 짧게 대답했다.

"좋을 대로 생각해."

부우웅!

바이크는 빠른 속도로 멀어져 갔다.

풍적소는 사라지는 이환의 뒷모습을 응시했다.

생각은 길지 않았다. 그는 신형을 날려 쾌속하게 이환을 뒤따르기 시작했다.

"어, 오제! 어디 가?"

"그와 이야기를 나누고 싶습니다. 형님께서는 독심갈요가 다른 생각을 하지 못하게 지켜봐 주십시오."

"나만 믿으라고!"

이환은 힐끗 옆을 쳐다봤다.

풍적소가 바이크와 비슷한 속도로 달리고 있었다.

"어디를 가시는 겁니까?"

풍적소는 대답을 들을 수 없었다. 이환이 바이크의 속력을 올렸기 때문이다.

부우웅!

풍적소는 인상을 쓰면서 더욱 발끝에 힘을 가했다. 전력을 다해야 했기에 그는 멈출 때까지 한마디도 할 수 없었다.

*   *   *

저녁노을이 아스라이 깔리는 도시의 광경은 제법 운치가

있었다.

이환은 바이크에서 내려 도시를 내려다봤다. 두 사람은 도시가 내려다 보이는 언덕 위에 있었다.

"이곳은……?"

"만나볼 사람이 있지."

풍적소는 담 위로 고개를 들었다. 그는 날카롭게 주변을 돌아봤다.

관청은 어두웠다.

등불이 드문드문 걸려 있었지만 그늘진 곳이 훨씬 많았다.

"보초를 서는 병졸은 보이지 않습니다. 하지만 관청인만큼 은신하고 있을 가능성을……."

"보초는 없어."

이환은 순식간에 담을 타 넘었다. 풍적소는 눈매를 가볍게 찡그렸지만 이내 제비처럼 신형을 날렸다.

옷자락 스치는 소리도 없이 관청으로 들어선 풍적소는 재빨리 드리워진 나무 그늘 속으로 신형을 옮겼다.

이환은 가만히 서서 그 모습을 구경했다. 그리고 아무런 거리낌 없이 마당을 가로질렀다.

마치 익숙한 친구의 집을 거닐 듯 발걸음에 망설임이 없었다.

나무 그늘 속에 숨었던 풍적소는 당황하며 이환의 뒤를 따라갔다.

구름이 쓸려 나간 자리에 만월이 모습을 드러냈다.

달빛이 두 사람을 환하게 비췄다.

저벅저벅 걷는 이환의 등을 바라보며 풍적소는 문득 쓴웃음을 지었다. 제법 많은 담을 넘어봤지만 이런 침투는 처음이었다.

두 사람은 너무도 쉽고 빠르게 건물로 들어섰다.

'인기척!'

풍적소는 앞에서 다가오는 발자국 소리를 들었다. 그는 이환에게 말하려 입술을 벌렸다.

채 음성이 흘러나오기도 전에 이환이 근처의 방문을 벌컥 열었다. 두 사람은 방 안으로 숨었다.

발소리가 방 앞을 지나칠 때, 풍적소는 절로 손아귀에 땀이 찼다. 다행히 발소리는 방을 지나쳐 멀리 사라졌다.

"조금 무모하셨소."

풍적소가 퉁명스레 말했다.

이환은 작게 중얼거렸다.

"소변이 마려운 사람이 방문을 열어볼 이유는 없지."

"상대가 측간으로 간다는 걸 아셨다는 말입니까?"

"몸이 말했지."

"……?"

이환은 다시 복도를 걸었다.

"언제가 좋겠소?"

"황철괴와 풍적소의 피로가 풀리기 전이어야 합니다."

"내일 새벽이 좋겠습니다."

"더 빨리는 안 되오?"

"섣불리 움직여서는 타초경사의 우를 범할 수 있습니다."

"흠. 동원할 수 있는 군사의 수가 얼마나 되오?"

"삼백 정도입니다."

"군졸 삼백으로 그들을 나포할 수 있겠소? 황철괴와 풍적소 외에 산동팔괴, 누가 또 있을지 모르는 일이오. 혈질려로 추측되는 인물도 있다고 하지 않았소?"

"만약 독심갈요가 생존해 있다면 그녀를 포섭하는 게 좋을 것 같습니다. 그리고 어쩔 수 없는 상황이 오면 사살해 버릴 수밖에 없지요."

"흠, 그렇겠지. 어찌 됐든 산동팔괴의 수급만 바치면 황상께서 나와 그대들을 눈 안에 품어주실 거요. 이따위 촌구석에서 썩을 게 아니라 대도(大都)로 이직할 수 있다는 뜻이오."

"대도……!"

"한데, 나라에서 이르기를 산동팔괴의 행적을 발견하면 동창에 즉각 보고하라 하지 않았습니까? 이렇게 독단적으로 일을 벌였다가 꾸중을 듣는다면……."

"어허! 동창에 보고를 올리고 금군위사들을 기다린다면 적어도 두어 달은 그냥 흘러가게 되네. 그들이 눈치라도 채고 도주한다면 그때는 어쩐다는 말인가?"

"으음, 과연 말씀이 옳습니다."

드르륵!

문이 열렸다.

둥근 탁자에 앉아 있던 회의실의 세 사람은 갑작스럽게 나타난 두 명의 침입자를 쳐다봤다.

한 명은 그럭저럭 괜찮은 몰골인데, 한 명은 괴상한 복장을 하고 있었다. 어디에서도 본 적 없는 몰골이었다.

"너희는 누구냐?"

두 겹의 턱을 가진 뚱뚱한 노인이 눈매를 찌푸리며 말했다.

"나, 나리, 저, 저자가 바로 풍적소입니다!"

노인의 곁에 앉아 있던 남자가 손가락을 바들바들 떨며 풍적소를 가리켰다.

풍적소는 자신을 가리킨 남자를 향해 부드러운 미소를 지었다.

"또 뵙소. 다시는 뵙지 않기를 바랐는데……."

"히익!"

관인은 사색이 된 얼굴로 탁자 밑으로 기어들어 갔다.

"네 이놈! 여기가 어디라고 제 발로 찾아오느냐!"

회의실의 또 다른 남자, 고급 비단으로 무복을 차려입은 중년인이 풍적소를 향해 눈을 부라렸다.

손은 이미 허리춤의 검을 뽑아 들고 있었다.

"내 손으로 즉참하겠다!"

이환이 물었다.

"그걸로?"

호박을 박은 칼자루만 손아귀에 들려 있었다.

검신은 그곳에 없었다.

그는 다급히 검갑(劍匣)을 들었다. 묵직한 검신의 무게가 그곳에서 느껴졌다.

"이, 이럴 수가?"

그는 손안의 검파와 검갑의 검신을 번갈아 쳐다봤다.

이환은 노인을 응시했다.

"당신이 이곳의 고위 간부인가?"

"내, 내가 지현이다."

노인은 턱살을 흔들며 고개를 끄덕였다.

이환의 특이한 복장이 이제는 전혀 우스꽝스럽지 않았다.

그의 몸에서 풍기는 기세와 그 기괴한 복장이 어쩐지 사람을 압도하는 힘을 가지고 있었다.

"나는 장가촌에서 왔다."

"그, 그렇다면 산동팔괴?"

"나는 한낱 인간 따위가 아니다."

“그, 그런?”

“여기가 어디라고 헛소리를……!”

이환은 지현을 물끄러미 응시했다.

벌거벗은 자신을 속속들이 관찰하는 눈빛에 지현은 몸을 웅크렸다.

“심장이 좋지 않군. 가끔씩 간헐적인 발작을 하지 않나? 검은 피를 뱉는 일도 있었을 거야.”

지현이 눈을 찢으며 경악했다.

“어, 어떻게 아시오?”

이환은 차갑게 웃었다.

“그게 내 일이니까.”

“누, 누구십니까?”

“사람들은 나를 죽음의 신, 사조성이라고 부르지.”

“말도 안 되는 소리!”

중년인이 검파를 내던지며 말했다.

“어찌 인간 따위가 사술을 써서 신을 사칭하느냐?”

이환은 중년인을 쳐다봤다.

순간 이환의 왼쪽 눈으로 푸른 광채가 일렁였다.

“오른쪽 어깨에 상처, 그때 부러진 뼈가 아직도 골치를 썩이는군. 왼쪽 넓적다리는 짐승에게 물렸어. 덕분에 아직도 좌우 허벅지의 폭이 달라.”

“어떻게 알아냈지? 내 집에 간자를 심었느냐?”

"그리고… 지나친 흡연은 자제하는 게 좋겠군. 한쪽 폐에 구멍이 뚫리기 시작했거든."

이환의 말에 중년인은 자신의 왼쪽 가슴을 만졌다. 이따금 씩 가슴 왼쪽 부위가 바늘로 찌르는 듯 심한 고통이 느껴졌었 다.

이환은 지현을 돌아봤다.

"관청에는 현재 서른여섯 명이 있다. 병졸들은 모여서 도 박을 하고 있는데, 가장 많은 금액을 딴 사람은 왼쪽 볼에 사 마귀가 있는 중년인, 유칠이다. 그리고 감옥에 세 명이 있지. 노인 둘에 청년 한 명인데, 노인 중 하나는 폐병에 걸려서 죽 어가고 있군."

이환은 웃었다.

"조만간 내가 방문해야겠지."

"히, 히이익……!"

낮은 미소였지만 지현의 눈에는 사신(死神)의 잔혹한 웃음 으로만 보였다.

"아직도 의심이 많군. 역시 인간들이란 그런 족속이지."

문득 이환이 손목을 앞으로 내밀었다.

손목에 채인 시계가 조용한 빛을 머금었다.

"너희를 위해 위대한 분이 강림했다."

지잉!

액정에 어린 빛이 폭발하듯 커져 크게 치솟아올랐다.

그리고 서서히 형체를 만들기 시작했다.

한쪽 어깨가 드러난 낡은 가사, 손에 들린 보리수(菩提樹) 가지, 이마 한가운데의 점, 온화하게 떠진 눈매…….

장내의 모든 사람들과 풍적소마저 경악하며 무릎을 꿇었다.

시계에 내장된 스피커를 통해 목소리가 흘러나왔다.

―인간들이여, 의심을 지우라…….

"아미타불!"

"오오… 보살이시여!"

중인들은 감복한 얼굴로 고개를 조아렸다.

―번뇌를 지우면 도원경(桃源境)이 그대들을 기다릴 것이로다. 아미타불, 참회하고 회개하라.

음성이 잦아들고 손목시계의 액정에서 흘러나온 빛이 사그라졌다. 방 안이 다시 어두워졌다. 그럼에도 불구하고 사람들은 쉽사리 몸을 일으키지 못했다.

"장가촌은 내 것이다. 이견 있나?"

"아, 아닙니다."

"없사옵니다!"

이환은 몸을 돌려 방을 벗어났다.

풍적소는 그때야 정신을 차리고 황급히 그를 뒤따랐다.

방 안의 남은 사람들은 한참의 시간이 흐르고, 느지막이 순찰을 돌던 병졸이 그들을 발견할 때까지 고개를 조아리고 있었다. 두 눈으로 눈물을 줄줄 흘리며.

＊　　　＊　　　＊

장가촌으로 돌아가는 길은 너무도 조용했다.

이환은 출발할 때와는 반대로 돌처럼 말이 없는 풍적소의 굳은 얼굴을 보며 슬며시 미소를 지었다.

왼쪽 눈의 렌즈, 손목의 전자시계는 모두 무궁화와 무선으로 연결되어 있다. 렌즈는 위성이 보는 것을 직접 전송해 주고, 전자시계는 홀로그램과 음성 대화 같은 일을 가능하게 해 준다.

바람을 맞으며 달려나가던 이환은 문득 자신의 얼굴을 만지작거렸다. 근육이 딱딱하게 굳어 있는 게 느껴졌다.

표정 없는 얼굴을 하는 것도 제법 피곤한 일이었다.

'신 흉내도 어지간한 자료와 공부가 필요해.'

이환은 사조성이 되기 위해 수많은 자료를 검토했다.

그리고 하나의 캐릭터를 만들었다.

냉혹하고 무자비하며 오만한 성격.

무궁화의 데이터베이스에 있는 무협영화와 소설에 나오는 악당들에게서 많은 영향을 받았다.

일단 캐릭터가 잡힌 다음에는 거울을 보고 연기를 연습했다. 인간 이환이 아니라 신 사조성의 인격을 자연스럽게 연기하기 위한 노력인 것이다.

뛰어난 연기력과 적당한 연출.

더 이상 필요한 것은 없다.

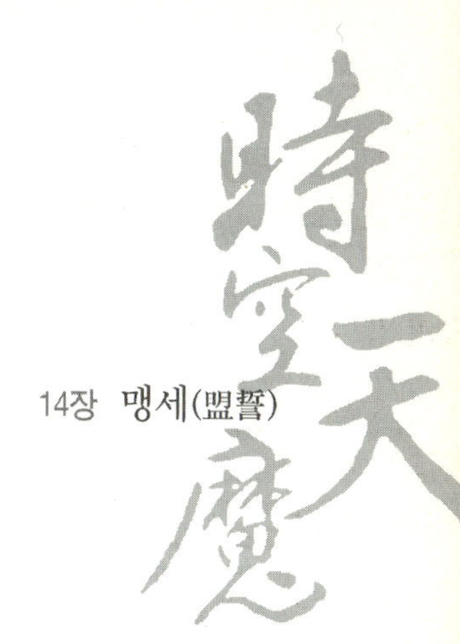

14장 맹세(盟誓)

독심갈요는 서서히 이성을 찾기 시작했다.

'무서운 자다. 심령을 뒤흔들 정도로 기괴한 사술을 쓰다 니……!'

맑아진 눈으로 이환의 잔재가 보이는 것만 같았다.

독심갈요는 다시 공포로 어깨를 움츠렸다.

시간이 지나 공포에 질식했던 이성이 제자리를 찾았지만, 그래도 이환이라는 존재는 심저(心底) 깊은 곳에 똬리를 틀고 사라질 생각을 하지 않았다.

'무서운 자다. 무서운 자야. 어째서 저런 자가 심산유곡에 있는 것일까? 어째서 맹위를 떨치지 않고…….'

그녀는 문득 풍적소와 황철괴를 떠올렸다.

산동팔괴는 산동에서 이름을 떨치는 협객들이다. 따지자면 괴협(怪俠)인데, 언행과 벗을 사귐에 정사 분간이 없기 때문이었다.

'산동팔괴가 황실 재물을 강탈해서 난민들을 돕고, 스스로는 관군을 피해 동서남북으로 흩어졌다고는 하지만… 혹시 이들이 다른 계략을 품은 게 아닐까? 그리고 산동팔괴의 배후에 그자가 있는 게 아닐까?'

추측이 추측을 물고 계략을 만들어냈다.

'이환이라고 했나? 내가 들어보지 못한 이름이니 가명일 가능성이 높다. 외모는 역용술인가? 인피면구인가? 아니야. 표정이 없는 얼굴이었지만 분명히 자연스러웠어. 그러면 반로환동(返老還童)?'

독심갈요는 입술을 깨물었다.

'무언가 암계가 이루어지고 있다. 이환과 산동팔괴가 연관된 음모다. 산동팔괴가 비록 세력은 없지만 지인들이 많고 흠모하는 풋내기 협사들도 많다. 그들이 한곳에 뭉친다면 능히 천하를 위협할 수 있을 것이다.'

과대망상이다.

하지만 이미 독심갈요의 심중에 이환이라는 존재는 더없이 위험하고 잔인한 인물로 인식된 상태였다.

그의 손에서 여태껏 단 한 번도 겪어본 적 없는, 차라리 죽음이 달콤하게 느껴질 정도의 공포를 느꼈기 때문이다.

'사자도 분명히 이환에게 포섭당했다. 역시 촌무지렁이 따위와 사랑을 느끼고 은거했다는 것은 이 새로운 세력에 포섭되기 위한 거짓에 불과했어. 아무렴 사자가 촌놈 때문에 삶을 버릴까.'

그녀는 혀를 찼다.

'무림 정벌의 계략을 착실히 구상하고 있을 무렵 대사형이 찾아온 거야. 쯧쯧, 대사형은 운도 없지. 아무리 사자를 사랑했다고 하지만 돌아올 수 없는 길을 간 거야. 덕분에 살인멸구가 이루어졌겠고, 나도 곧 그렇게 될 테지.'

공포에 억눌렸던 이성이 되살아났다고는 하지만, 어느 한 부분이 부서지고 고장이 난 게 틀림없었다.

'이 새로운 방파의 이름은 무엇일까? 천하칠패(天下七覇) 중 하나인 본 문도 이들의 걸림돌 중 하나겠지? 아아, 스승님은 이환의 적수가 될 수 있을까?

독심갈요는 혈전문을 일으킨 스승을 떠올렸다.

그리고 차근차근 대사형, 사자, 삼사형의 얼굴을 생각했다.

'삼사형에게 사과하고 싶어. 난 괜히 대사형을……'

독심갈요의 눈빛이 우울해졌다.

그녀는 대사형을 흠모했다. 수년간 자신만을 바라본 삼사형의 구애를 차갑게 외면할 정도로.

뜨거운 사랑이었다. 모든 것을 줄 수 있었다. 자신만 바라봐 준다면.

하지만 대사형도 자신과 다르지 않았다.

차갑게 돌린 고개는 사자에게 향해 있었다.

자신과 대사형, 그리고 삼사형.

사슬처럼 이어진 짝사랑이었다.

하지만 누구도 결국 행복을 얻지 못했다.

사자는 자신의 사랑을 찾아 떠났고, 대사형과 자신, 삼사형은 누구의 짝도 되지 못하고 혼자 남았다.

그렇게 사람은 피폐해져 갔다. 빛을 보지 못한 풀처럼 메말라 갔다.

그리고 대사형은 떠나갔다.

왜냐고 물었을 때 대사형은 왜, 라고 대답했다.

왜 내가 아닌지 꼭 물어보고 싶었다.

시간은 흘렀고, 대사형은 돌아오지 않았다. 불어온 바람도 대답을 담아오지 못했다.

그래서 이렇게 됐다.

독심갈요는 웃었다.

"청백귀(淸白鬼)가 될 줄 알았다면 차라리 삼사형에게나 줘 버리는 건데."

여름밤, 뜨거운 정열의 대가로 자신이 선사한 오지흔(五指痕)을 생각하니 조금 미안해졌다. 삼사형은 남자다운 얼굴이라고 호탕하게 웃었지만 얼굴에 그어진 다섯 줄기의 손톱자국을 멋지다고 생각할 사람은 별로 없을 것이다.

"이봐, 무슨 말을 그렇게 중얼거려? 혹시 도망칠 생각이라면 일찌감치 접는 게 좋을 거야."

허술한 곳간 문이 열리고 황철괴가 들어왔다.

절뚝거리는 그를 바라보며 독심갈요가 낮게 웃었다.

"하늘도 참 관대하구나. 처녀귀신은 면하라는 건가?"

그녀는 다시 한숨을 내쉬었다.

"하늘도 참 무심하시지. 고작 저런 사내라니……."

감정의 변덕이 심해진 독심갈요를 보며 황철괴는 눈썹을 찡그렸다.

그는 돌려받은 지팡이를 가볍게 휘둘러 끝을 독심갈요의 면전에 내밀었다.

"헛소리하지 말고 입 닫아!"

독심갈요가 황철괴를 바라보며 치아를 드러냈다. 땀과 먼지가 묻어 추레한 몰골이지만 박꽃처럼 새하얀 웃음을 보는 순간 황철괴는 조금 매혹되고 말았다.

"당신, 내 소원을 하나 들어주지 않겠어요?"

"소원? 살려달라는 개소리는 하지 마. 입 아프니까."

"내가 죽을 건 나도 알고 있어요. 아직 세상에 드러나서는 안 되잖아요. 내 부탁은 죽더라도 편히 저승에 가서 정인을 만날 수 있게 청백귀가 되는 것만 막아달라는 거예요."

"정인? 청백귀?"

독심갈요가 조금 구슬프게 중얼거렸다.

"처녀가 죽으면 정한(情恨) 때문에 이승을 떠돈다는 말이 있죠. 적어도 옳게 저승길에 오르려면 정한을 조금이라도 풀어야 하지 않겠어요?"

"그, 그렇단 말은?"

황철괴가 침을 꿀꺽 삼켰다.

독심갈요가 소매를 걷어 팔목을 보여줬다. 새하얀 피부에 주황색 홍점(紅點)이 작게 박혀 있었다.

"여인에게 수줍은 말을 자꾸 시키지 말아요."

"으허, 허허허……!"

황철괴가 의미심장한 웃음을 터뜨렸다.

'수궁사(守宮砂)! 이거 화가 복으로 변했구나!'

그는 벌써부터 몸이 달아오르는 기분이었다.

도망치고 숨느라 벽촌을 전전하다 보니 주색을 겪어본 지가 아주 까마득한 옛날로만 느껴졌다. 그런데 이렇게 호재를 만나게 되었으니 산동의 여자 고래라고 불렸던 황철괴로서는 금덩이를 포대로 주운 것보다 더 기뻤다.

그는 다급히 상의를 벗어젖혔다.

"으흐흐, 분명히 먼저 원한다고 했겠다! 나중에 딴소리하기 없어!"

독심갈요는 가만히 눈을 내리깔고 말이 없었다.

황철괴는 그녀를 품에 껴안았다.

“……!”

단단한 근육이 가녀린 교구를 눌렀다.

귓가에 들리는 거친 숨결에 독심갈요는 갑자기 머리를 후려치는 둔중한 충격을 느꼈다.

‘내, 내가 지금 무슨 짓을……!’

독심갈요는 정신을 번쩍 차렸다.

아무리 비관적인 생각을 했다지만 이렇게 쉽게 정조를 내던질 만큼 지금의 상황이 엉망은 아니었다.

‘홀렸어! 뭔가에 홀린 게 분명해!’

공황심의 공포 잔재가 만들어낸 망상의 결과지만 독심갈요는 인정하지 못했다.

“아구구, 이 보들보들한 살결이라니!”

허리를 더듬는 황철괴의 손길이 맨살을 기어가는 도마뱀의 차가운 피부처럼 느껴졌다.

구역질이 치밀었다.

‘모두 이환 때문이다. 대사형이 죽은 것도, 내가 이 수모를 당하는 것도 모두 그놈 때문이야!’

빠드득!

분노가 치솟았다.

독심갈요의 눈으로 독기가 치솟았다.

그녀는 양손으로 황철괴의 목덜미를 휘감았다. 뱀처럼 달라붙는 독심갈요의 손짓은 독아(毒牙)를 숨기고 있었지만, 황철괴는 황홀하기만 했다.

"황철괴, 난 대맥혈이 막혀서 몸에 힘이 없어요. 혈도를 풀어주지 않겠어요? 그러면 내가 알고 있는 모든 방중 기법을 사용할 수 있어요."

황철괴는 곤란한 얼굴을 했다.

"그럴 순 없어. 내가 뭘 믿고 네 내공을 되살려 준다는 거야?"

"우리가 이렇게 가까워졌는데 아직도 내가 흑심을 품고 있다고 생각하는 건가요?"

황철괴의 귓가에 입술을 붙인 독심갈요가 달콤하게 속삭였다.

"난 이미 제압당했어요. 게다가 고수가 몇 명인데 내가 왜 죽을 짓을 사서 하겠어요? 그저 지금의 열락을 제대로 느끼고 싶을 뿐이에요."

"흐흠! 허험!"

독심갈요는 달콤하게 유혹했다.

"내가 석녀처럼 굴어도 좋은가요?"

황철괴가 흔들렸다.

목석같은 여자는 재미없다.

배도 같이 노를 저어야 모는 맛이 있는 것이다.

"방사가 끝나고 다시 점혈을 하면 아무런 문제도 없을 거잖아요. 우리 둘만의 비밀인데 남들이 어떻게 알겠어요?"

“에잇, 딴생각하면 재미없을 줄 알아!”

결국 황철괴는 점혈을 풀고 말았다.

독심갈요는 희미하게 웃었다.

“고마워요.”

“나야말로 고맙지. 흐흐… 허억!”

갑자기 우측 어깨에서 느껴지는 따끔한 통증에 황철괴가 숨을 들이켰다.

“이, 이년이!”

그는 퍼뜩 몸을 뒤집으며 독심갈요에게서 물러났다.

“호호호! 색에 눈이 먼 남자만큼 다루기 쉬운 족속도 없지!”

독심갈요가 신형을 일으켰다.

득의만만한 웃음을 터뜨리는 그녀의 머리카락이 한올 한올 위로 치솟았다.

그녀는 들짐승처럼 황철괴에게 달려들었다.

“이, 이 비겁한 년!”

황철괴는 왼쪽 어깨가 혈옥적에 관통당해 움직임이 불편하고, 오른쪽 어깨마저 점혈당해 마비되자 양팔을 축 늘어뜨린 채 두 발로만 그녀의 공격을 피해냈다.

하지만 그는 체질적으로 절름발이라 보신경의 성취가 높지 못했다.

수십 초식이 교환되고, 초식이 가중될수록 황철괴의 얼굴에는 굵은 땀방울이 줄줄이 흘러내렸다.

그나마 다행이라면 독심갈요 또한 손을 다쳐 공격의 연수가 정확하지 않다는 것이었다.

그는 힘껏 소리를 질렀다.

"이봐! 여기로 좀 와! 계집이 사람 잡는다!"

우렁차게 지른 외침에 곳간 지붕이 들썩였다.

독심갈요는 그가 응원군을 불렀지만 상관없다는 얼굴로 살초를 계속 뿌렸다.

"이크! 이 고약한 년!"

황철괴는 발치에 떨어진 철장을 발끝으로 차올려 어깨로 퉁겨냈다.

피리리링!

지팡이가 출렁이며 독심갈요에게 날아갔다.

"흥!"

그녀는 소매를 늘어뜨려 지팡이를 둘둘 휘감았다. 그리고 날아온 힘을 그대로 이용해 황철괴에게 돌려보냈다.

쾅!

"크윽!"

황철괴는 본능적으로 손을 뻗어 지팡이를 회수하려 했지만 양손은 움직일 수 없었고, 철장에 실린 경력은 자신의 것과 독심갈요의 것이 겹쳐 보통이 아니었다.

그는 입으로 피를 뿌리며 뒤로 날아갔다.

"황 대협! 사매!"

날아간 황철괴를 부드러운 경력이 바로잡았다.

희 부인이었다.

그녀는 살기충천한 독심갈요와 심각한 내상을 입은 황철괴를 번갈아 바라보며 안색을 침중하게 물들였다.

"네가 본 것을 잊고 더 이상 손을 쓰지 않는다면 목숨을 지켜준다 내가 약속하지 않았더냐! 어찌 이런 악수를 두는 것이더냐, 사매!"

"흥! 사자야말로 나를 아직까지 어린아이로 보는군요. 내가 믿을 것 같아요? 방회의 이름이 뭐죠? 마지막 가는 길에 그거나 가르쳐 주지 그래요? 번천회? 군림방?"

희 부인은 눈썹을 찡그렸다.

"무슨 소리를 하는 게냐? 방회라니? 설마 섣부른 오해를 하고 있는 건 아니겠지?"

"오해라니! 사자는 지금 이 모든 게 오해 나부랭이라고 변명하는 건가요? 아하하하!"

희 부인은 고개를 설레설레 저었다.

독심갈요는 무척이나 흥분해 있었다. 무슨 이유인지 모르겠지만 일단 진정시킬 필요가 있다고 생각했다.

"일단 멈춰. 오해는 대화로 풀어낼 수 있어."

"대화는 개뿔!"

황철괴가 악을 바락바락 썼다.

"저 음탕한 계집이 냄새나는 몸뚱이까지 써서 음모를 꾸미는데 말이 통할 것 같아? 저년은 미쳤다고!"

"다시는 말을 못하게 만들어주마!"

눈을 표독하게 뜨고 독심갈요가 달려들었다.

황철괴가 다급히 외쳤다.

"내 점혈을 풀어줘! 빨리!"

희 부인은 한숨을 내쉬며 일단 그의 마비된 팔을 해혈(解穴)했다.

일단 한쪽 팔이 되살아나자 황철괴는 몸을 굴러 떨어진 자신의 철장을 집어 들고 이전과는 달리 조금씩 공격을 하기 시작했다.

부웅! 부우웅!

철장이 낭창하게 휘어 바람을 갈랐다.

독심갈요는 오공지로 철장과 맞섰지만 속까지 강철로 만들어진 황철괴의 철장을 부러뜨릴 수는 없었다.

"어떠냐! 으하하하!"

황철괴가 신이 나서 고함을 내질렀다.

순식간에 수십 합이 흘렀다.

두 사람은 각자 약점을 지니고 있는 만큼 쉽사리 공격의 우위를 점하지 못했다.

"모두 멈춰요!"

희 부인이 두 사람 사이로 끼어들었다.

"비켜, 아줌마! 저 요망한 것을 봐줄 인정은 없어!"

"이제는 이인합격인가요, 사자?"

황철괴와 독심갈요는 눈도 깜빡하지 않았다.

되레 더욱 살기를 키웠다.

전력을 다한 공격이었다. 둘 중 하나는 필시 큰 내상을 입거나 그에 준하는 부상을 입을 게 자명했다.

희 부인은 고민했다.

한쪽은 지금은 적이나 과거 동문수학하던 사매고, 한쪽은 인의가 높기로 유명하고 마을의 위기를 해소한 산동의 협객이다.

둘 중 누구의 편도, 적도 될 수가 없는 난처한 상황이었다.

결국 희 부인은 이를 악물고 양수를 펼쳤다. 좌수로는 황철괴의 철장을 붙잡고 우수로는 독심갈요의 오공지를 받았다.

그리고 유연하게 양수를 움직여 양손에 치닫는 공력을 흩어냈다.

이화접목(移花接木)의 기법이었고, 그녀는 능숙하게 그것을 펼칠 줄 알았다.

하지만 그것은 과거의 일이었고, 그녀의 내공이 조화경에 이른 절정기 시절의 무위였다는 것이다.

물론 이화접목이 극소의 힘으로 태산의 위력을 만들어내는 사량발천근의 묘리를 바탕으로 한다지만, 극소의 힘도 힘이었다.

황철괴와 독심갈요의 전력이 담긴 경력을 해소하기에는 지금 희 부인의 내공 수위가 무척이나 일천했다.

"푸확……!"

결국 그녀는 입으로 선혈을 뿌리며 뒤로 물러났다. 안색이 창백해졌다. 수일은 조양해야 치료될 내상까지 입고 말았다.

"더러운 계집! 사형제에게 내상을 입혀?"

"흥! 반도에게 남길 정은 없다!"

황철괴가 분노하여 달려들었다.

비록 철장을 분리해서 양손에 들고 휘두를 수는 없었지만 지금으로도 한 손을 다친 독심갈요에게는 큰 위험이었다.

"내가 제일 싫어하는 년이 줄 듯 안 주는 년이랑, 안 주면서 주는 척하는 년, 나만 안 주는 년이다! 네년은 그 세 가지 모두야!"

황철괴가 버럭 고함을 내지르며 철장을 휘둘렀다.

독심갈요가 뒤로 물러서다가 돌부리에 걸려 몸을 휘청거렸다.

틈을 흘리지 않고 황철괴가 껑충 다가왔다.

순간 독심갈요가 어금니 안쪽을 깨물었다.

그녀의 볼이 불룩 튀어나왔다.

푸확!

"크억!"

황철괴는 얼굴을 부여잡고 바닥을 뒹굴었다.

“으아아악! 얼굴, 내 얼굴!”

살이 타는 악취와 함께 매캐한 유황 냄새가 코끝을 자극했다.

희 부인의 얼굴이 창백해졌다.

“사매… 너, 어떻게 풍화소를?”

독심갈요는 대답하지 않았다.

그녀는 무심한 눈으로 꿈틀거리는 황철괴를 응시했다.

“끄으으윽… 내 얼굴!”

얼굴이 타는 듯 뜨거웠다.

황철괴는 지면을 긁어 흙을 최대한 모아 얼굴에 뿌렸다. 차가운 흙으로도 얼굴의 열기가 쉽사리 식지 않았다.

코가 녹아내리고 눈꺼풀이 달라붙었다.

“끄아아아!”

“사매, 풍화소는 독왕곡(毒王谷)의 기법이다! 어떻게 숙적의 무공을……!”

“내 성이 뭔지 잊은 모양이죠?”

“사매의 성은… 설마?!”

“맞아요. 독왕(毒王) 여엽수가 내 부친이죠.”

“어떻게, 어째서 독왕이 혈왕(血王)의 문하에?”

희 부인이 경악하며 물었다.

혈왕과 독왕.

이 두 무인은 견원지간과 같았다. 결코 한 사람이 혈왕과 독왕의 무공을 동시에 지닐 수 없었다.

"이독제독이란 괜한 말이 아니죠. 아버지는 자신의 독공에 혈왕의 살법(殺法)이 더해지면 최고의 살예(殺藝)가 될 거라고 자신하셨어요."

독심갈요는 씁쓸하게 웃었다.

"정(情)만… 이 쓸모없는 정만 없었어도 아버지의 이독계(以毒計)가 성공했을 텐데."

희 부인은 말을 잃었다.

독심갈요가 숙적의 방회에서 보낸 첩자였을 줄은 몰랐다.

게다가 숙적의 딸일 줄은 생각도 못했다. 그것은 혈전문의 문주이자 그녀들의 스승인 혈왕도 생각지 못했을 것이다.

그만큼 독심갈요는 자신을 완벽히 숨겼다.

"끄으윽… 방탕한 년에 배덕자였구나! 으으으!"

듣고 있던 황철괴가 상처 입은 짐승의 울음소리로 중얼거렸다.

독심갈요는 무심한 눈으로 황철괴에게 다가갔다.

황철괴는 녹은 살점과 피와 엉킨 흙으로 얼굴이 엉망진창이었다.

독심갈요는 빠르게 오공지를 내밀었다.

콰득!

다섯 개의 손가락이 황철괴의 척추를 파고들었다.

"커허헉!"

황철괴는 두 눈으로 흰자위를 드러냈다.

"사매!"

"아직도 날 사매라고 부르다니, 사자는 참 순진한 구석이 있어요. 어찌 그래서 혈질려라고 불렸는지……. 풍진이 모난 돌을 다듬는 것처럼 사람의 마음도 다듬나 보군요."

중얼거린 독심갈요가 손을 번쩍 치켜들었다.

황철괴에게 쏟아질 마무리 일격이다.

오공지의 권격이 아래로 쏟아졌다.

그 순간,

"크아악!"

짐승 같은 울음과 함께 웅크려 있던 황철괴가 몸을 번쩍 일으켰다.

수중의 철장이 힘껏 내밀어진다.

푸확!

하지만 독심갈요가 빨랐다.

황철괴의 천령개가 바스러졌다.

피가 얼굴의 모든 구멍으로 치솟았다.

독심갈요는 그의 피를 온통 뒤집어쓴 채 미동없이 서 있었다.

"사매!"

독심갈요는 그녀를 향해 천천히 신형을 돌렸다.

그녀는 먼 하늘을 응시했다.

“대… 사형…….”

털썩!

독심갈요가 쓰러졌다.

“사매!”

희 부인은 참담한 표정으로 부르짖었다.

그녀의 전면에는 빼곡한 단침이 가득 박혀 있었다.

황철괴의 마지막 한 수, 철장 속에 숨겨 있던 암기.

탈명초(奪命針)다.

이환과 풍적소는 마을 사람들에 의해 두 구의 시체가 수습됐을 무렵 돌아왔다.

“형니임! 크흐으윽……!”

풍적소는 짚에 덮인 황철괴의 시신 앞에서 오열을 쏟아냈다.

“형님! 둘째 형님! 크아아아!”

굵은 눈물이 붉게 물들었다.

그는 짚을 들어 황철괴를 쳐다봤다.

독액으로 인해 얼굴이 화상처럼 녹아 있었지만 두 눈만은 원한으로 가득하여 부릅뜨여져 있었다.

비감을 느낀 풍적소가 독백하듯 중얼거렸다.

“이형께서는 본시 양인(陽人)으로 천성적으로 몸에 열이 많아 성격이 불처럼 급하고 뜨겁습니다. 이 양기를 해소할 방법을 찾다가 결국 성합으로 풀어내기 시작하였는데 소생은 그것이 위태롭고 중독이라는 것을 알지만 막을 수가 없었습니다.”

그는 무릎을 꿇고 황철괴의 눈을 감겨줬다.

부릅떠 있던 황철괴의 눈이 그제야 편안히 감겼다.

“천형(天刑)이라는 것도 하늘이 내린 것인데 이것을 절제하라고 권유할 수는 있지만 금(禁)하라고는 못할 일이지요. 실제로 그럴 수도 없었고 말입니다.”

그는 황철괴의 시체를 들어 올렸다.

옷이 온통 피로 물드는 데도 풍적소는 전혀 신경 쓰지 않았다.

풍적소는 우울한 얼굴로 중얼거렸다.

“어쩌면 이와 같은 결과는 미리 예견되어 있었는지도 모릅니다.”

그는 마을을 벗어났다.

무궁화의 위성이 풍적소를 따라갔다.

풍적소는 가까운 들판에 황철괴를 묻었다.

손톱이 빠지고 살갗이 벗겨지도록 맨손으로 깊이 땅을 팠다.

그는 무덤에 누인 황철괴를 향해 슬픈 미소를 머금었다.

“형님, 우리 여덟 형제가 같이 모여 강산을 떠돌던 때가 생각나는군요. 그때 맹세하기를, 같은 날 같은 시에 죽자고 했었지요. 한데 이렇게 형님은 차디찬 시체가 되었고, 아우는 멀쩡하게도 살아 있습니다. 또한 나머지 형제들의 거취조차 모르고 있군요. 혹여 형님보다 먼저 이승을 떠난 형제가 있는지도 모릅니다. 우리 형제는 좋은 일만 했는데 이 어찌 이토록 시련을 겪는지 모르겠습니다. 참으로 통한스러운 일이 아니겠습니까?”

그는 조용히 무덤에 절을 했다.

“강호로 나가 형제들을 모아 오겠습니다. 그래서 산동팔괴 황철괴가 이곳에 잠들어 있다는 것을 형제들에게 알려야겠습니다. 그래야 무덤에 향 하나, 술 한 모금이라도 올리지 않겠습니까? 이 풍적소가 꼭 형제들을 형님의 무덤 앞까지 인도하겠습니다. 외로우시더라도 하늘 위에서 지켜봐 주십시오.”

풍적소는 눈물을 훔쳤다.

충혈된 눈은 금방이라도 왈칵 혈루를 터뜨릴 것만 같았다.

하지만 더 이상은 울지 않을 것이다.

남은 울음은 형제와 함께할 것이다.

이환은 희 부인을 살폈다.

안색이 좋지 않아 몇 년은 앓은 병자처럼 보였다.

“송구합니다. 이 모든 것이 천녀의 업보입니다.”

희 부인은 육체의 상처보다 마음의 근심으로 더욱 아파 보였다.

이환은 긍정도 부정도 하지 않았다. 위로도 하지 않았다. 그것은 이환의 몫이 아니다.

그는 단지 짧게 말했을 뿐이다.

"모든 것은 인과에 따라 흘러갈 뿐이지."

그리고 등을 돌렸다.

멀어지는 이환의 등을 보며 희 부인은 쓸쓸히 그의 말을 곱씹었다.

"인과… 그래, 운명이겠지요. 내가 그분을 연모한 것도, 대사형이 나를 연모한 것도, 사매가 대사형을 사모한 것도……."

주르륵.

"엄마, 왜 울어?"

그녀는 운비를 품에 안았다.

"운명이란 가혹하단다, 운비야."

이환은 청와대로 돌아왔다.

진한 블랙커피 한 잔을 앞에 놓고 이환은 손을 깍지 껴 턱을 괬다.

"넷이 찾아와 셋이 죽었군."

그는 무덤을 떠나는 풍적소를 응시했다.

"그리고 또 찾아와 죽겠지. 누가 올지 모르고, 누가 죽을지도 모를 일이야."

화면은 변해 곤히 잠든 소소를 비췄다.
목을 감싼 붕대가 애처롭다.
"나로 인해 깨어진 평화……."
이환의 눈매가 깊어졌다.
"내가 지킨다."

『시공천마』 2권에 계속…

무한 상상 · 공상 세계, 청어람 신무협&판타지

설봉 新무협 판타지 소설!
절대로 놓칠 수 없는 2006년 최고의 걸작!!

마야(魔爺) / 설봉 지음

강렬하다……!
절대적 무협 지존!
『마야』
(魔爺)

소사(小事)로 시작되어 천하대란(天下大亂)으로 이어지는 끝없는 피의 역사…

북검문(北劍門)과 남도문(南刀門)의 탄생이었다.

두 세력은 장강을 경계 삼아 전쟁을 방불케 하는 싸움을 벌이고 있다.
삼십 년…… 삼십 년 동안이나…….

그리고 절대 죽을 것 같지 않던 그가 죽었다.

"나를 죽인 건…… 큰 실수야.
나보다 훨씬 무서운… 곧… 곧 너희를……."

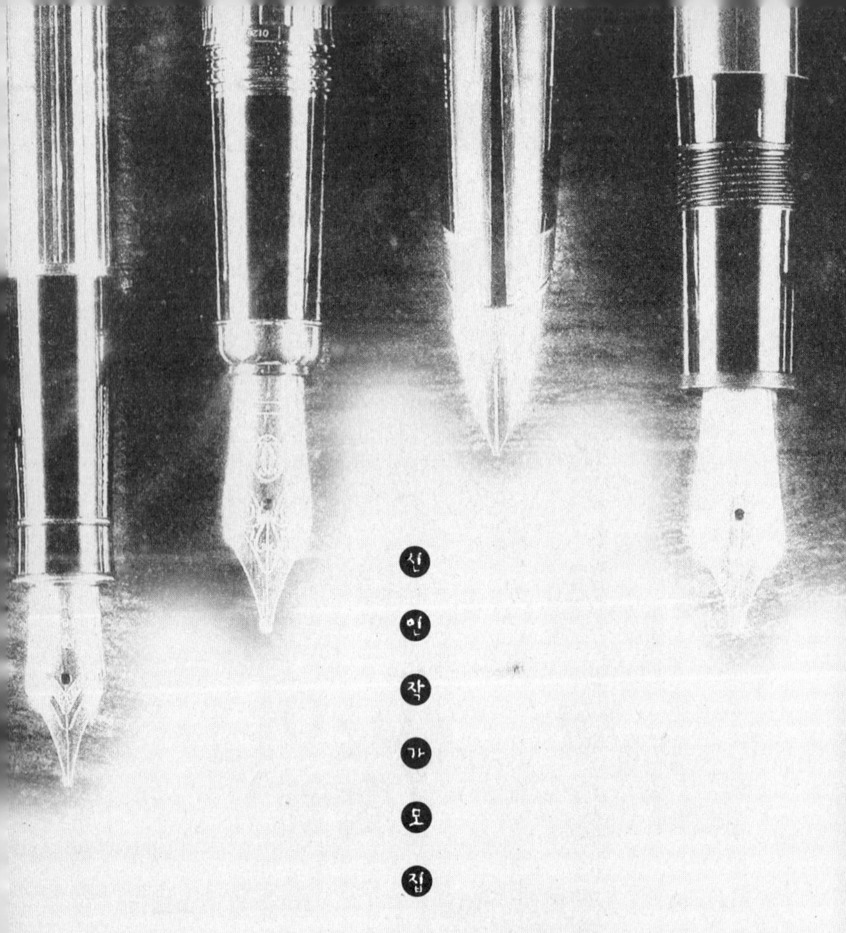

입소문을 통해 아는 분은 다 알고 계십니다!
올 한해 공인중개사 최고의 화제작!

1~2권 합본 | 이용훈 지음
3~4권 합본 | 이용훈 지음
5~6권 합본 | 이용훈 지음
용어해설 | 이용훈 지음

수험생 기본 필독서
만화 공인중개사

제목 : 만화공인중개사 쓰신 분에게 감사드립니다.

학원을 두 달 다녔어요. 근데 과연 그 숫자 외우기 그런 게 몇 문제나 나올까 생각을 했어요.
아니라는 생각이 드네요. 학원강의를 뒤로하고 서점을 갔어요. 내 머리에 가장 이해될 수 있는
책이 없나 하구요. 거기서 만화를 발견했어요. 무조건 세 번 봤어요. 3개월 걸렸어요. 문제집을 보라고
했는데 그건 시행을 못했어요. 근데 합격을 했네요.
어떻게 감사의 말을 해야 될지……
도서관에서 만화책 들고 다니니까 사람들이 비웃더라구요. 만화책으로 공인중개사를 공부한다고
미친 사람처럼 보더라구요. 근데 그거 다 감수하고 했던 내가 자랑스럽습니다.
어떻게 감사의 말을 해야 할지… 정말 감사합니다.
부디 행복하세요. 제 나이 41살에 좋은 스승을 만난 것 같습니다.
엎드려 감사드립니다.

-본사 홈페이지에 독자분이 올린 메일 中 에서 발췌-